7月のダークライド

ルー・バーニー
加賀山卓朗 訳

DARK RIDE
BY LOU BERNEY
TRANSLATION BY TAKURO KAGAYAMA

ハーパー
BOOKS

Published by K.K. HarperCollins Japan, 2024

スティーヴ・ハリガンに

7月のダークライド

おもな登場人物

ハーディ（ハードリー）・リード――寂れた遊園地で働く青年
マロリー――ハードリーの友人
グエン――ハードリーの友人
エレノア――市庁舎の受付係
テリー・オロックリン――エレノアの祖母
サルヴァドール――ハードリーの職場で働く高校生
フェリス・アプトン――元私立探偵
バーク――ハードリーが暮らすガレージの家主
パール――火傷跡のある少女
ジャック――火傷跡のある少年
トレイシー・ショー――パールとジャックの母親
ネイサン・ショー――パールとジャックの父親。弁護士
プレストン――ハードリーの義兄
リア――プレストンの婚約者

1

ぼくは迷い、歩きまわり、ちょっとハイになっている。この駐車場のまんなかに立ってると、通りから見たときよりはるかに広くて果てしないと感じる。それともこれは、ぼくが自分をほんのちっぽけな存在だと感じてることの裏返しかな？　それが問題だ。太古の昔からの。

７月で、死ぬほど暑い。見上げると、空はいまにもパッと燃え上がる白い紙のようだ。空を見たことのない人がいたとして、その人にどうやって空をわからせる？　まず毎日変わることを説明しなきゃいけない。青と灰色のあらゆる色合いがある。おまけに日の出と日の入りまで。そして雲！　雲はどう説明すればいい？

「何か困ってます？」

「は？」ぼくは言う。

スーツを着た男が車に乗りこもうとしている。歳《とし》はぼくと同じくらいで、たぶん大学を卒業して数年。でもスーツと髪型から、どう見てもビジネスマンだ。対するぼくはサーフパンツにビーチサンダル、年季が入って色褪《いろあ》せたヴァン・ヘイレンのTシャツという恰好《かっこう》だ。シャツは〈グッドウィル〉の店で5ドルだった。ずっとまえから髪を切ってなくて、仕事は遊園地の恐怖体験ゾーンのおどかし役。最低賃金で働いている。

でもどっちが幸せかな？　彼とぼくと。もちろん彼も幸せであってほしいけど、ぼくだって幸せだ。そもそもそんなに幸せは必要ない。多くを望まないほうなので。必要なものはすべてそろってる。完璧なバランスだ。

「そこにぼうっと立ってるから」スーツの男が言う。

「ああ、いや、だいじょうぶ。ありがとう」

「バックするから、そこどいてくれる？」

「ああ、そっか。新しい市役所がどこにあるか知ってる？」

男は駐車場の遠い端を指差す。

「あれね」ぼくは言う。「ありがとう」

新しい市庁舎は、じつを言うと新しくない。まえとちがう古い建物に、市の古い組織が移っただけだ。なかはおなじみの暗い役場の雰囲気。低い天井と死にかけた蛍光灯、床のすり切れたカーペットと傷だらけのドア。壁を汚い手の跡が蔓みたいに這《は》い上がっている。長い廊下を人々が往《ゆ》き来する。女性がひとり言をつぶやいている。

「息を吸い、体を静める」彼女はぼくの横を通りすぎながら言う。「息を吸い、体を静める」

ぼくは駐車違反の窓口の列に並ぶ。今日5時が期限の違反切符があるのだ。あと11分。このまま待つとたぶん間に合わないけど、10分前から並んでれば、たいてい認めてもらえる。

列は少しずつ進む。右の廊下の先で、男が閉まったドアを蹴っている。例の女性はまだ歩きながらぶつぶつ言っている。ぼくのうしろに並んだ男ふたりが、どこかのチームのクォーターバックに腹を立てて大声で議論しはじめる。次はどこかの政治家について、それから〈ソニック・ドライブイン〉と〈ワッタバーガー〉のハンバーガーのどっちが美味《うま》いかについて。これほど多くのことに強い意見を持っていると、さぞかしくたびれるだろう。ぼくの好き嫌いはほどほどだ。というか、ほどほどまでいかないことのほうが多い。

まえにいる女性が携帯電話を耳に当て、腋の下の怪しいしこりが心配だと話している。車のなかでマリファナをやってきて本当によかった。おかげで、いまこの瞬間から大きな消しゴムでそっと消されているような気分でいられる。

左の廊下の先、木のベンチに子供がふたりきりで坐《すわ》っている。そのことに気づいたのは、そのベンチが大きすぎ、子供たちが小さすぎたからだ。6、7歳？　小さい男の子と、小さい女の子。とても行儀よく坐っているので感心する。もぞもぞしたり、つかみ合ったりしていない。足をブラブラさせたりもしていない。あの歳のぼくなら、そのへんを這いまわって、ベンチの下にくっついたチューインガムの化石をなめたりしてる。

列がじりじりと進み、ようやくぼくの番になる。

「支払いですか？　延長ですか？」係員が訊《き》く。

「延長で」

係員はぼくの駐車違反切符にスタンプを押して、30日の延長を許可する。ぼくは窓口から離れる。せっかく来たんだから来週期限が来る切符の延長もしておくべきだと気づいたけど、うしろの男がイライラしてるみたいだから、窓口を譲る。善行は誰の迷惑にもならない、と母さんがいつも言ってた。

帰る途中で見ると、あのふたりの子はまだ大きなベンチに坐っている。ふたりきりで坐ってるのはちょっとおかしくないか？　親か保護者はいないのかとあたりを見まわしても、みんな自分の世界に閉じこもって、子供のほうをちらっとも見ようとしない。

まあ、ぼくの知ったことじゃないし、子供の成長過程については何ひとつわからない。それでも、あの小さい男の子と女の子は、ふたりだけでいるには幼すぎるように思える――とくにこれだけ多くの挙動不審者がうろつき、つぶやき、ドアを蹴っている場所では。

ぼくはベンチに歩いていく。東京に現れたゴジラみたいな威圧感を与えないように、ふたりからけっこう距離を置いてしゃがむ。つまり客観的に見れば、ぼく自身も挙動不審者のひとりだから。

「やあ、きみたち」ぼくは言う。「元気？」

小さい男の子が、ぼくの肩越しに遠くを見る。小さい女の子は、ぼくのもう一方の肩越しに遠くを見る。ぜったいきょうだいだ。双子？　そこまではわからない。同じ茶色寄りのブロンドの髪で、広いおでこも、大きな緑の目も同じ。ふたりとも怖がっているようには見えない。まるで通勤バスに乗り、胸のまえで腕を組んで、うしろに流れていく毎日変わり映えのしない景色をじっと見てるかのよう。

「ママかパパはいるの？」ぼくは言う。

反応なし。たんに――このバス、このルート、とても退屈。科学的根拠はまったくないけど、男の子は6歳、女の子は7歳ということにする。ふたりとも足元はちっちゃいスニーカーで、ちっちゃいジーンズをはいている。男の子は青と黄色のボーダーのちっちゃいラガーシャツ。女の子はスパンコールで〝ハッピー！〟と書かれたちっちゃいTシャツ。スパンコールがいくらかはげて〝ハッピー〟だけになっている。

ぼくは顔を右に10センチ動かして小さい男の子の注意を引く。彼はまばたきすらしない。ぼくは透明人間だ。男の子の目はオフラインになっている。開いてはいるが、うつろで、暗い光と多くの影しかない。

お姉さんについても同じ。ぼくはすごく不安になる。ふたりともかわいい子だ。にこっとしたり、くすくす笑ったりするのを見たくてたまらない。顔をしかめたり、睨《にら》みつけたりするのでもいいくらいだ。

子供はみんなこの子たちみたいにガリガリでなきゃいけないのか？　こんなに華奢《きゃしゃ》で繊細な首や胸や手首や足首でいいの？　本物の人間の子供というより棒人形の絵のようだ。ぼくは女の子の足首、靴下とジーンズのあいだからのぞいている肌に気づく――シャツのボタンほどの大きさの丸い点が3つ。ほくろ？　最初はそう思う。でも、点はどれも完全に同じ大きさで、あまりにも完全な丸だ。次に思ったのは――インク？　この歳の子がタトゥーなんて入れるか？

離れて見ると点は黒だけど、しゃがんで目を近づけると、実際にはどれも暗い暗い赤で、まわりだけが黒いのがわかる。

煙草《たばこ》の火傷跡。それだ。なぜ断定できるかというと、高校時代に頭のイカれた2年生がパーティでLSDをやり、自分の肌は強化ナイロン素材でできていると思った事件があったからだ。「見てろよ」と彼は言い、手首の裏に煙草の先をぎゅっと押しつけた。で、叫びに叫んだのだ。みんながバターを見つけてそこに塗ってやったあとでさえ。

ぼくは胃が痛くなる。煙草の火傷跡？　小さい男の子は靴下を引き上げているので足首は見えないけど、ラガーシャツの襟元の鎖骨に沿ってきれいに点が3つ並んでいる。女の子の跡より明るい赤で、縁の黒い部分は細い。つまり、最近ついた跡だ。

ぼくは立って1歩うしろに下がる。煙草の火傷跡がひとつだったら事故の可能性もなくはないが、女の子と男の子にそれぞれ3つずつ？　それもきちんと等間隔で一直線に？　事故のわけがない。めまいがする。廊下に響く声、床を鳴らす足音、蛍光灯のジーッという音——まわりのすべての音が消え去り、一瞬後に倍の大きさでうるさく鳴りだす。子供たちはまだこっちを見ない。ただ坐って、うつろな視線を送っている。

女性がひとりオフィスから出てきてベンチに駆け寄る。母親だ。そうにちがいない。外見が子供たちに似てるし。同じ茶色っぽい髪に大きな目。ブラウス、スカート。ここで働いているのか、役所に用事があって来た市民なのかはわからない。見ていちばん気づくのは〝鋭い〟ことだ。顔の線も体の線も鋭い。どこも折り紙みたいにカクカクしている。「行くわよ」彼女は子供たちに言う。そこでふたりは初めて動く。小さい女の子はゆっくりと体をひねって床にすべりおりる。小さい男の子は姉さんの動きを見て、まったく同じようにする。

母親がぼくを見ている。当然ながら疑っている。**長髪でサーフパンツのあなたはいったい誰で、なぜうちの子たちを見てるの？**　と言わんばかりに。でもぼくはある動作に気づいて、ちらっと下を見る。母親が小さい男の子のラガーシャツの襟を立てて整えている——鎖骨の煙草の火傷跡を隠そうとしているのだ。

なんだって！

母親がぼくと子供たちのあいだにすっと入って視界をさえぎり、ふたりを急《せ》き立てる。

すべてがあまりにも早く起きて、頭がついていけない。ぼくの頭はまだ3分前の過去にいて、初めて気づいた煙草の火傷跡のことを処理している。廊下の向こうで入口のガラスの自動ドアが開き、まばゆい陽《ひ》の光が射《さ》しこむ。ぼくが何か思ったり動いたり、そもそも動こうと思いつくまえに、母親と子供たちはいなくなっている。

助けを求めてまわりを見ても、近くの人たちはみな携帯に集中しているか、無関心にあくびをしている。1階を巡回している守衛がいた——はずだけど？　エレベーターで地下におりたのかも。ぼくはエレベーターに走っていきかけて、ふと自分があの母親と子供たちを追いかけるべきじゃないかと考える。まわれ右して反対方向に走りだす。横向きにすり抜けられるまで自動ドアが開くのに、永遠とも思える時間が流れる。

建物の外には何箇所か桃のにおいのする電子煙草の煙が漂っている。駐車場に母親と子供たちの姿はない。駐《と》まった車の窓に反射する陽の光が目に飛びこんでくる。

いまいる場所からそう遠くないスペースに駐まっていたダークブルーの車が出ようとしている。ボルボ、だと思う。助手席側の窓がおりている——あの母親だ。まっすぐまえを向いている。隣に男がいて運転している。男の顔はよく見えない。後部座席に小さな頭がふたつ見える。

さあどうする？　ぼくはまた動けなくなる。ボルボは方向転換し、駐車場から出ていく。追いかけてもいい。たぶん追いつける。でもそのあとは？

ナンバープレート。ナンバープレートだ！　数字を憶《おぼ》えようとしたところで、小さい女の子が顔を上げて座席で体の向きを変え、リアウィンドウから外を見る。こっちの目をまっすぐ見てきたので、ぼくは意表をつかれる。車はスピードを上げて遠ざかる。不思議な魔法がとけたかのように、ぼくはもう透明人間でなくなる。

2

市庁舎に戻る。この状況に対処してくれる人をいますぐ見つけないと。どう考えてもぼくは対処にふさわしい人間じゃない。特別な技術や才能もないし、責任ある仕事をまかされたことは、誰からも一度もない。遊園地の恐怖体験ゾーンで人をおどかすことには、たいした責任がともなわない。料理の宅配や、履歴書のほかの仕事についても同じだ。中学校のバスケットボールチームでは補欠の補欠だった。4年前、大学に1年半いたときには、立てつづけに全科目でBマイナスをもらった。

これっぽっちも悔いはない。ぼくはふつうが好きだ。プレッシャーがないのがいい。それなのに、いまはプレッシャーに押しつぶされそうだ。どうすればいい？　ダークブルーのボルボはいなくなった。母親と子供たちはもういない。息を吸い、体を静める？　やってみるとちょっとだけ効く。役立たずの守衛はあいかわらずどこにもいない。

あの母親はオフィスから出てきた――そこから始めよう。ぼくは歩いていく。ドアの表示には〝運転向上証明〟とある。はーん。古い市庁舎にもあった。数年前、ぼくが自動車教習所の修了証を見せろと言われたところだ。

なかに入ると、待合スペースには誰もいない。空っぽの椅子が並び、プレキシガラスで囲まれた受付デスクにゴス・ファッションの娘がいて、携帯をいじっているだけだ。

「あなた、お尻のイボにくわしい？」ぼくが近づくと、彼女が言う。

「え？」

「インターネットの意見はまっぷたつに分かれるの」

人をなめている。「やあ」ぼくは言う。「担当の人と話せます？」

「ここに名前を」

彼女は携帯を置かなくてすむように、肘でクリップボードを押し出す。肌は水差しからおたまからいま注がれたみたいにツルツルで白いのに、ほかのところは――髪も、目のまわりのシャドウも、唇も――どす黒い。仕事では一般市民の恰好をしなきゃいけないんだろう。服は花柄のヴィンテージドレスで袖のまわりにフリルがついているが、銀のネックレスにつながった小さな文字は〝悪魔はわたしを愛している〟だ。

「予約しに来たんじゃないんだ」ぼくは言う。「きみはずっとここにいた？　5分前にも？」

「ここに名前を」

「いいから。女性がひとり来ただろう。5分前に。彼女が出ていくのを見た。茶色っぽい髪で、35歳くらい、なんというか……シャープな感じの。折り紙みたいな」

ゴス娘が携帯から目を上げる。一瞬だけどいくらか興味を引いたようだ。帽子をかぶった犬がいたときくらいの。「折り紙？」彼女が言う。

　受付の奥の仕切りの向こうから年上の女性が出てくる。歩き方と顎を突き出した感じからして上司だろう。髪はステンレススチール色。ぼくは安心する。この女性は困難な状況を処理するために生きている。

「何かご用ですか？」女性がぼくに訊く。

　ぼくは子供たちと煙草の火傷跡、母親について話す。上司はうなずき、うなずき、うなずいて、ぼくが話し終えると、困ったように首を振る。

「うーん」彼女は言う。「然《しか》るべきところに知らせないと」

　ぼくは次のことばを待つ。次のことばはない。上司は眉を上げる——ほかに何か……？

「然るべきところって、あなたでしょう？」ぼくは言う。「だからあなたに知らせてる」

「ここは市役所です」彼女は言う。「それは州当局に話す必要があります。保健福祉局《DHS》、たぶんそこの児童サービスに」

　以上、ということなんだろう。少なくとも連絡先はわかった。「彼女の名前はわかりますか？　あの母親の。児童サービスに報告したいので」

「申しわけありませんが、その情報は提供しかねます」彼女は言う。「ここの記録は極秘扱いなので。違法になります」

なんだと！　「母親の名前もわからずに、どうやってこの件を児童サービスに報告するんです？」ぼくは言う。心からの純粋な疑問だ。あえて嫌なやつになりたいわけじゃない。

上司はゆっくりとまばたきする。こんなに辛抱強いということを、ぼくに感謝してもらいたいようだ。そして背を向け、また仕切りの向こうに消える。ぼくは信じられない思いで立っている。

「ここに名前を」ゴス娘が言う。

「マジで？」とぼく。

「ほら」ちらっとこっちを見て、クリップボードに目を落とす。またぼくを見て、クリップボードに戻る。「名前を書いて、この紙に」

ああ。ああ。彼女の言いたいことがわかった。クリップボードに挟まれた紙は名前で埋まっている。下へたどっていくと、ほとんどの署名はただの殴り書きだが、最後のいちばん新しい名前はちゃんと読める。**トレイシー・ショー。**

彼女だ。あの母親。トレイシー・ショー。ゴス娘が携帯の画面をぼくに見せる――スポーツの試合で勝利を祝って大騒ぎするスタジアムの観客のＧＩＦ。ぼくは、ベルクロ・テープでクリップボードにくっついている嚙《か》み跡つきのボールペンを取って、母親の名前を手の甲に書き留める。

「ありがとう」ぼくが言うと、ゴス娘はまた別のＧＩＦを見せる——競走でつまずいて転び、ゴールラインに顔からすべりこむ男。

ぼくは車に戻って保健福祉局を調べ、代表電話番号にかける。自動音声システムで脳が溶けそうになる。番号を押す。まえのメニューに戻る。なぜか何度やっても、老年・調和・情報科学コーディネーターのアンジェラ・プリンス＝ストーヴァーのボイスメールに行き着く。誰だそれ？　何と何と何の担当だって？

ようやく児童保護サービスにつながる。５時をすぎたので、メッセージを残すしかない。ぼくはすべて説明する。トレイシー・ショーの名前を綴《つづ》りまで言う。それから自分の名前と綴りを伝え、連絡番号を残す。

「質問があったら電話してください。それか、えーと、追加の情報が必要だったら」ぼくは言う。「ありがとうございました」

電話を切って、ひと息つく。やるべきことはやった。児童保護サービスがあの子たちの安全を確保してくれる。これでまたぼくの世界に心配事はなくなった。

3

〝死んだ保安官〟になりたいやつはいない。ほかの仕事と比べて面倒なことが多すぎるのだ。〝食屍鬼の住民〟や〝ゾンビのならず者〟や〝ブートヒル墓場の幽霊〟たちは、夜のあいだじゅうほとんどくつろぎ、次のゲストの集団が来るまでくだらない話をして大麻グミでも食べてればそれですむ。一方〝死んだ保安官〟はフル出演でゲストの相手をしなきゃならない。でもって毎回出番の最後には、なすすべもなく〝ゾンビのならず者〟に引きずっていかれるのだ。華麗な最期さえ用意されてない。

ぼくも〝呪われた西部開拓地〟で働きだして2年近くになるから、目立たずふるまって無用のイライラと骨折りを避ける方法は知っている。でも今日は20分の遅刻だ。透明人間になってこっそりもぐりこもうとしたら、シフト長が気づいて飛びついてくる。

「おやおや、ご登場か」ダットワイラーが言う。

〝ゾンビのならず者〟のふたりがぼくの不運を笑う。ぼくはダットワイラーの声が聞こえなかったふりをして、ベストとカウボーイ・ブーツを取り、もう動かないバンパーカーの座席に坐る。おどかし役の俳優たちは遊園地の元修理工場を楽屋に使っている。園内の販売店はここを、馬鹿でかい梱包袋に入った〈マウンテンデュー〉の在庫の保管場所にしてるけど。

ダットワイラーが金の保安官バッジを投げてよこす。「ほらよ、わがヒーロー」

「ダットワイラー。ダットワイラー。このチームに、もっと別のかたちで貢献させてもらえないかな」たとえば、くつろぐことどとか。大麻グミを食べることとか。「頼むから」

ダットワイラーは歩き去る。サルヴァドールがぴょんと立って、保安官補をやりたいと言う。〝食屍鬼の住民〟ふたりが彼にペットボトルを投げ、〝ゾンビのならず者〟たちが笑う。サルヴァドールはまだ16歳の高校生だ。熱心すぎ、うるさすぎて、歯列矯正器をつけたナナフシみたいに見える。何か謎めいた理由から、ぼく自身の意向などお構いなしに、ぼくの忠実でがむしゃらな子分になろうとしている。

ダットワイラーがこっちを見る。ぼくが望めば、サルヴァドールを遠ざけて、幽霊が出る墓穴に入れておいてくれるだろう。でもそうなると、ほかの〝ブートヒル墓場の幽霊〟たちが彼にひと晩じゅう泥を投げることはわかっている。サルヴァドールがかわいそうになる。彼が煩《わずら》わしい理由の大半は、本人の責任じゃない。

「いいよ」ぼくはサルヴァドールに言う。「いっしょにやろう。行くぞ」

ぼくたちは園中央の集合場所で最初のゲストの集団を迎える。〈美しきアメリカ大陸〉

はディズニーからのパクリで、70年代か80年代あたりから破産寸前の綱渡り経営をしている。〝呪われた西部開拓地〟は、昔はパークの一角を占める〝アメリカ西部開拓地〟だった。それがすっかりぼろぼろに荒廃して、経営層の誰かがこう考えたわけだ。**おお、そうか、利用できるぞ、このぼろぼろの荒廃を。**

「ようこそ《ハウディ》、相棒たち《パードナーズ》」ぼくはゲストたちに言う。「ワイルド・ウェストの恐怖の旅に出かける準備はできたかな?」

「ハウディ、パードナーズ!」サルヴァドールがぼくの耳元で叫ぶ。

ぼくはツアーのルールをざっと説明する。小柄だけどミニチュア・ピットブル並みに獰《どう》猛《もう》そうな顔の女性が、すでに文句を言っている。「なんでこれが別料金? 追加8ドル分の価値はあるんでしょうね」

ない。その半分の価値だって怪しい、と請け合ってもよかったが、ぼくはただステットソン帽のつばをちょっと下げ、みんながリストバンドをつけていることを確かめてから、先頭に立って案内を始める。昼間の〝呪われた西部開拓地〟は見るだけで気落ちする寂れた場所だ。窓という窓は割れ、バルコニーはたわんで傾き、羽目板は裂けている。でも暗くなると、町の残骸はたしかにぞっとする場所になる。思わぬ恰好で影が伸び、闇がこぼれて水たまりのように広がる。明かりはほとんどない——経費削減が徹底している。

よろず屋から〝食屍鬼の住民〟が何人か、うめきながらよろよろと出てくる。ぼくは

〝地獄の渓谷〟の話をする。冬の嵐、大虐殺、人喰《ひとく》い、その他もろもろ。話しながらほかのことを考えはじめる。市庁舎にいたあの子たち。火のついた煙草を押しつけられたらどれほど熱くて痛いだろう。しかもそれを3回も?

かわいそうな子たち。彼らを見たら二度と忘れられなくなる人がいる――ぼくの母さんだ。ホームレスの人に会うたびに、母さんはかならず施しをしてた。タイヤがパンクした車の横を通ればかならず停《と》まり、迷子の犬はかならずなだめて自分の車の後部座席に乗せていた。一度、交差点のまんなかで動けなくなっている犬を見かけたことがある。車がその横をビュンビュン走っていて、誰もスピードを落とさなかった。でも母さんは車を路肩に停め、道路に飛び出して犬を救った。そのあとたしか1時間以上費やして、近くの家を1軒ずつまわり、ドアベルを鳴らして、ついに犬の飼い主を見つけたのだ。

ベンチにいたあの子たちはだいじょうぶ、と自分に言い聞かせる。もうちゃんとした人たちが守ってくれる。児童保護サービス――その名のとおり、児童を保護するのが彼らの存在理由だ!

前方にどこからともなく食屍鬼たちが現れ、金切り声で叫んで突進してくる。ブートヒル墓場でも同じ。〝吊《つ》るされた囚人〟が手足をばたつかせ、息を詰まらせる。

「いまのところぜんぜん8ドルの値打ちはないわね」ミニチュア・ブルテリアが不満げに言う。

またくねくねと丘をおりて町に戻る。酔っ払った女子高生3人が、こっそり持ちこんだ〈ホワイト・クロー〉マンゴー味をハンドバッグから取り出してゴクゴクやりはじめる。

「おっと、すまないが、それは認められていないのでよろしく」ぼくは言う。〝アルコール禁止〟というルールのひとつを説明してからまだ10分もたってない。「しまってもらおう」

女子高生たちはぼくを無視する。フラッシュを使って写真を撮る男も――〝つねにフラッシュ禁止〟もルールのひとつ――ぼくを無視する。どうしようもない。保安官バッジは偽物だし、銃も偽物、ぼくに彼らを止める正式な権限はない。表向き〝死んだ保安官〟は、ルール破りが誰だろうとツアーから蹴り出せることになっている。けど実際には、料金の払い戻しを要求され、苦情も申し立てられるので、誰も蹴り出せない。この遊園地の公式のモットーは〝すべてのゲストに最高のイエスを！〟だ。

酔っ払いの女子高生たちがフラッシュを使って自撮りしはじめる。インスタグラム用？　ティックトック？　それとももっと新しい何か？　ぼくはソーシャルメディアをしない。労力がかかりすぎる。それが個人的な印象だ。

〝ゾンビのならず者〟たちが監獄から不吉な雰囲気を漂わせてぞろぞろ出てくる。

「おお、まずい」ぼくは言う。「これはいかん」

「これはいかん！」サルヴァドールが叫び、ブヨを叩《たた》こうとしてうっかり自分の横面をはたいてしまう。

酔っ払った女子高生のひとりがハードセルツァーと青い綿あめのゲロを吐く。とんでもないにおいだ。友だちは奇声をあげて大喜び。ぼくは規定に背いて、ゲロ吐きの高校生に将来使える無料のリストバンドを2本渡す。いかにも気分が悪そうだったから。

〝食屍鬼の住民〟のひとりが片方の目の玉をぽろりと出し、女子高生の掌《てのひら》に押しつけてつぶす。これはかなり怖いが、何十回も見れば慣れる。

〝呪われた西部開拓地〟で働くのが大好きとは言えないけど、正直なところ、それほど嫌でもない。給料は多くなくても生活に困らない程度だし、ほとんど努力はいらず、頭はまったく使わない。ひと晩の仕事を終えて〝呪われた西部開拓地〟をあとにすれば、その存在すら忘れている。ぼくの兄さんのプレストンの仕事と比べてみればいい。都市計画課で働いてるけど、仕事用のノートパソコンを毎晩、毎週末、家に持って帰らされ、あの締め切りだのこの昇進だのでいつも歯ぎしりし、服を引きちぎるほど悲しんでいる。

ぼくはいまいる場所で満足だ。最初の〝ゾンビのならず者〟に飛びかかられて、戦いもせずにばったり斃《たお》れる。

4

朝。まあまだ朝と言っていい。ぼくはベッドに寝ている。ゆっくり、だんだん目覚めて、なめらかにその日に入るのが好きだ。携帯のアラーム機能は人類を滅ぼすためにディストピアの未来から送られてきた発明だ。ナイトスタンド代わりの牛乳ケースに置いたワンヒッターパイプに手を伸ばし、火をつける。

ぼくの母さんは1972年生まれなので、好きな音楽はティーンエイジのころ聴いた80年代の曲だった。つまりマドンナ、プリンス、ザ・ゴーゴーズ、U2、ホイットニー・ヒューストン、ビースティ・ボーイズ。毎朝、登校前にそういう曲をガンガンかけてぼくを起こし、ぼくのベッドの上で歌いながら飛び跳ねた。曜日ごとに決まった曲があって、月曜はもちろん『マニック・マンデー』、金曜は『バケーション』。それがわが家の揺るぎない伝統だった。ぼくが9歳のときに母さんが亡くなるまで、1日も欠かさなかったと思う。

煙草の火傷跡のあるあのふたりの子にとって、目覚めるのはどういう感じだろうと想像してみる。自分がどこにいるのかわからない瞬間があるんだろうか。自分に起きたことすべてがただの夢だったと明るく感じられるような瞬間が？

携帯をチェックする。児童保護サービスが電話をかけてこないことが少々心配？　いや、メッセージを残してからまだ２日だ。時間がかかるのはしかたない、だろう？　そもそもぼくに電話する必要もないのかも。すでに必要な情報はすべて得られた可能性が高い。

ダークブルーのボルボと、後部座席に乗った子供たちをまた思い描く。彼らは家に帰る。自宅のドライブウェイに入る。子供たちはたぶん車のなかではくつろげる。たぶん車のなかで悪いことは起きない。悪いことは、きっと家に帰ったあとでしか起きない。

あの子たちを虐待しているのは母親だろうか。それとも、ボルボを運転していた父親かボーイフレンド？　あの母親が煙草の火傷跡のことを知ってたのはまちがいない。あれをぼくから明らかに隠そうとしてた。つまり、罪悪感があったから？　それともたんに逮捕されたくなかった？　罪悪感があるとしたら、それは彼女が加害者だからか、それともあんな火傷跡を作らせたことに責任を感じているからか。

フトンからごろりと出て服を着る。ぼくはガレージ・アパートメントに住んでいる。文字どおり、かつて車２台用のガレージだったところだ。広々としていて快適だ。コンクリートの床の大部分を大きな敷物が覆っていて、冬には携帯用ヒーター、夏には扇風機がある。このところ室内をもっと飾ろうと思っていて、フトンの上の壁にポスターをテープで貼っている。ここに引っ越したときに友だちのマロリーからもらったポスターで、有名な絵画『イカロスの墜落のある風景』の複写だ。前景で農夫が畑を耕していて、遠くの海におそらくイカロスと思われる男が落ちている。彼はむき出しの2本の脚を海から出して、空中に蹴り上げている。農夫はそれに気づいていない。この構図がぼくの心をとらえる。ぼく自身も長いこと、むき出しの脚2本に気づかなかった。

どうしてまだ児童保護サービス《CPS》は電話をかけてこない？　今日はとくに用事もなく、グエンとマロリーとプールに行ってぶらぶらするだけだ。保健福祉局《DHS》の窓口は家から車でたった15分なので、あの子たちの無事を100パーセント確信するためにCPSに寄ることにする。行って失うものはないだろう？

冷蔵庫をあさって、まだ食べられるにおいがする残り物のピザのひと切れを取り、出発する。街を横切るのには思ったより時間がかかる。溶岩に呑みこまれたポンペイ《の》みたいに、ぼくの古いキア・スペクトラも大量の車の流れに呑みこまれる。まわりの風景は退屈だ。この街はアメリカのどまんなかの中規模の都市だ。平らに広がり、ほかの多くの地域と似ていて、地理的にもほかの点でも目立った特徴がない。ぼくの街が犯罪の容疑者だったら、目撃者は人相を描写するのに苦労するだろう。たぶんぼくについても同じだ。

曲がるところを数回まちがえただけで、CPSのオフィスが見つかる。〝運転向上証明〟のオフィスと似てるけど、ここの待合スペースの床はファイルフォルダーの山に埋もれている。取り散らかったなかを歩き、正面の受付カウンターのうしろで両手両膝をついている職員を見つける。フォルダーの中身を確かめては、グラグラする巨大なひとつの山をふたつの山に分けているが、できた小さい山もグラグラしている。

「ヘイ」ぼくはカウンターから身を乗り出して言う。「ちょっとすいません」

男はゆっくりと立ち上がる。髪の毛がいろいろ勝手な方向にふくらんでいて、ボタンダウンシャツの裾がカーキパンツの外に出ている。5分前に目覚めたか、でなければ何日も寝ていないように見える。

「すばらしい」彼が言う。

「え?」

「いや別に。なんのご用ですか?」

「ハードリー・リードといいます。正式にはハーディ・リードですが、みんなハードリーと呼びます。月曜日にボイスメッセージを残しました。2日前かな? 見かけた子供ふたりについて」

「それで、なんのご用です?」

いま説明したつもりだったが、もう一度やってみる。「2日前にメッセージを残しました。5時15分か、そのころ? 少し問題のある状況だったので、どう処理されてるか知りたいと思って」

男は微笑《ほほえ》み、ニヤリとし、大声で笑う。「2日前にメッセージを残した?」

「ええ」

「ここの手続きがどのくらいの速さで進むと思います？」

「さあ」

男は今度は逆に、大笑い、ニヤリ、微笑と進んで、また何日も寝てないような顔に戻った。

「なんならケースワーカーと直接話せますけど」

「もちろん。じゃあそうします」

ぼくたちは廊下を歩いて狭い部屋に入る。彼はドアを閉め、机の向こうの椅子に坐って、携帯のアプリをいじる。

「テスト、テスト、テスト」そう言ってから再生する。テスト、テスト、テスト。机の抽《ひき》斗《だし》を開けて法律用箋を取り出す。「オーケイ。どうぞ」

「あなたがケースワーカー？」

「ダンです。うかがいます。どうぞ」

ぼくは起きたことを話す。ダンは法律用箋に書き留める。ときどき指を1本立ててぼくの話をさえぎり、質問する。

「子供は6歳と7歳とおっしゃいました？」

「たぶんそのくらいです。正確にはわかりません」

「子供たちについていたのが煙草の火傷跡だというのは確かですか？」

「まちがいありません」

ボルボの描写をしていると、いきなり彼の携帯の着信音が鳴る。潜水艦が出てくる映画かビデオゲームの台詞《せりふ》と効果音だ。もぐれ、もぐれ、もぐれ！　あーがっ！　あーがっ！　ダンは録音アプリを切って電話に出る。「やあ、リチャード。いや、リチャード。そう、だと思う。悪いけど、リチャード、とても信じられない」

彼は電話を終えると、中断を詫《わ》びて、法律用箋を見直す。「ええと……なんの話だったか……」

「もう録音しないんですか？」ぼくは言い、机にのった彼の携帯を指差す。

「あ、そうだ」彼はまた録音アプリをオンにする。「で……そう。車には女性と子供ふたりのほかに男性の客がいたとおっしゃいましたね」

「彼が運転していたと言ったんです。男性が。客じゃなくて」

彼は顔をしかめ、まちがった単語を線で取り消す。そして何度も消しはじめ——×、×、みっちりした渦巻き模様——しまいに単語はまったく見えなくなる。

「いま私が案件をどのくらい抱えてると思います？」彼は言う。

「は？」

「ざっくりで。ヒントをあげましょう。どんなときでも最大12件までです。それが決まりなんで。ケースワーカーひとりにつき最大12件。で、私がいま何件抱えてると思います？」

さっぱりわからない。なぜそんなことを訊かれるのかも。「いや……」

ダンは指を上げてぼくを制する。「失礼しました。気にしないでください。続けましょう」

ぼくがダンの補足質問に答えたところで、また彼の着信音が大音量で鳴る。**もぐれ、もぐれ、もぐれ！　あーがっ！**「すぐ戻ります」彼が言う。「ちょっと待って」

「はい、どうぞ」

廊下か別の部屋からくぐもった声が聞こえる。ふたりの男のふたつの声。大きいほうの声が、どうやら「ほんとに？　ほんとに？」と言っている。

ドスンという音。足音。ぼくは背筋を伸ばす。けど戻ってきたのはダンじゃなくて、ボタンダウンシャツとカーキ色のズボンにベルトを締めた別の男だ。ダンより少し年長で、やはり乱れた髪だが分量が少ない。彼はダンが坐っていた椅子になめらかな動きで坐る。

「すばらしい」ダンがメモをとっていた法律用箋をまっすぐに直す。「報告をありがとうございます。今後の進め方を説明させてください。まず調査を開始します。証拠を集めて、慎重に検討します。児童虐待の申し立てについては、すべて最重要案件として扱うことを100パーセント、完全にお約束します」

「すみません」ぼくは言う。「ダンはどこに？」

「ダンはほかの専門的な状況を探ることになりました」

「ダンはほかの……なんですって？」ぼくはこういう説明があるのだと思っていた。ダンは家庭に急な用事ができましてとか、ダンはチポトレ料理で腹をくだしてトイレに駆けこみましたとか。「彼はこの件からおりたということですか？　いま？」

新しいケースワーカーのアイコンタクトは強烈すぎて、こっちが落ち着かなくなる。机の上に手を伸ばしてきたので、ぼくは手か手首を握られるんじゃないか、あるいは頬をポンと叩かれるんじゃないかと思う。彼はそうする代わりに、ウッドラミネート加工の天板に両手の拳を打ちつける。

「ご心配なく」彼は言う。「本件には最大限の注意を払って集中的に取り組みます。１００パーセント、完全にお約束しますので」

5

3時ごろ、ようやくグエンとマロリーのアパートメント・ハウスに行くと、ふたりはまだプールに行っていない。マリファナ用水煙管《ギセル》をやりながら、古い『ジ・オフィス』のエピソードを観《み》ている。グエンは、登場人物のスタンリーがじつは死んでいて、ドラマの全シリーズは彼自身の地獄でくり広げられているという独自の説を唱えている。

「ならタラハシーへの出張はどうなの?」マロリーが言う。「説明してよ、ねえ。スタンリーはダンダー・ミフリン社のチームがセーバー社の支店を開くためにフロリダ州に行ったとき、ものすごく幸せだったでしょ。地獄でどうしてそうなるの?」

グエンは肩をすくめて降参し、超人的な肺活量で水煙管を一気に吸う。トランペット奏者がひとつのメロディのあいだ、1音をずっと鳴らしつづけるようなものだ。

「このハイブリッドはすごいぞ」彼は言い、また水煙管を満たしてぼくに差し出す。「ＣＢＤ（大麻草に含まれる化学物質カンナビジオール）がだいぶ強いけど、頭蓋骨から目玉がふわふわ出ていきそうになるのは同じだ」

吸ってみる。ぼくはグエンほど通じゃない。いや長年吸ってるんだから通だろうと思うかもしれないけど、バランスと効き目になんとなく好みがあるくらいで、あとはグエンが出してくれるものをなんでも吸う。

コマーシャルが終わり、『ジ・オフィス』がまた始まる。ドワイトはドワイトらしく、ジムはジムらしい。心が和《なご》む。水煙管も心が和む。ぼくはだんだん物理的な体から離れていく。なめらかなシルクの手袋が指1本ずつ脱げていく。

それでも児童保護サービスであったことが頭から離れない。くそファックな状況だっただろう？　ケースワーカーのダンが話の途中で仕事を投げ出したこともそうだし、あちこちに積まれたあのファイルの山もそう。あの1個1個が別の案件にちがいない。あそこにケースワーカーが何人いる？　ダンの言ってたことが真実なら、人数が足りない。それに、ダンの代わりに現れたケースワーカーは、なぜあそこまでぼくを安心させようとした？　かえって安心できない。

ただ、ぼくはど素人だ。昼日中《ひるひなか》にいなくなるケースワーカーはさほど珍しくもないのかもしれない。待合スペースのあのファイルだって、調査がきちんとおこなわれて解決した案件なのかもしれない。

野望家の兄プレストンなら、地元の役所で働いているから、ＣＰＳの内情にいくらかくわしいだろうか。ぼくは外に出て、プレストンに電話してみる。

「どうして最近、顔を見せない？」彼は言う。「今週、食事に来いよ」

「調整してみる。仕事があるんだ」

「あの自称アミューズメント・パークで？」

「なんで自称？　文字どおりアミューズメント・パークだよ、プレストン」

「自称アミューズメントだ。本物の仕事、キャリアと呼べるような仕事なら、日中のふつうの時間に働くだろう。そしてふつうの社会生活を送り、ガールフレンドができて、最終的に家庭を持つ」

　ぼくは電話を切りたくなる衝動と闘う。正確に言うと、プレストンはぼくと血がつながっていない兄だ。母さんが死んで、ぼくがある家族の養子になったとき、彼はすでにそこの養子だった。ぼくより2歳上。そこでいっしょに7年間暮らしたあと、彼は大学に行って誰かと部屋をシェアすることになった。ぼくたちはほぼあらゆる点で正反対だ。彼は黒人で、ぼくは白人。ぼくはのんびりしていて、彼はピリピリしている。ぼくは8学年でマリファナをやりはじめた。8学年のプレストンは、頭のなかに便利で住みやすい都市をいくつも生み出し、細部に至るまでその計画を立てていた。

「児童保護サービスについて何か知ってる？」ぼくは言う。「この街の」

「CPS？　CPSになんの用がある？」

「いやいい。何も知らないよね。役所のたいていの人は、自分の課のことしか知らない」

プレストンはあらゆることを知ってるのが自慢だし、決して自分を〝たいていの人〟だとは思っていない。それでも彼のエゴを刺激するときには注意が必要だ。プレストンはそこが自分の弱点だということを知っている。

「オフレコで」彼は言う。「CPSの間抜けどもに、こっちの芝生を刈らせることはまずない」

「でも、優秀な人もいるんだろう?」

「もちろん。干し草の山のなかに針は2、3本落ちてるだろう。1、2年以上あそこでもてばだが。CPSになんの用がある?」

「何も」

ぼくは建物のなかに戻る。電話をするまえより不安になって。こうならないことを祈っていたんだけど。

プレストンとぼくの養子生活は悪くなかった。運がよかったのだ。養父母は世界一やさしいとか、愛情深いとか、世話好きな人たちじゃなかったけど、ぼくたちは食べるものには困らなかったし、清潔な服を着て、清潔なシーツで寝て、学校にも遅刻せずに行った。親に殴られることもなかった。しょっちゅう怒鳴られはしても、与えられる罰には納得できた——ぼくはテレビ禁止、プレストンは図書館の利用制限だった。ぼくたちふたりは誰かに煙草の火を押しつけられる心配をしなくてよかった。

「とはいえ」マロリーが言っている。「スタンリーも結局、タラハシーを追われてスクラントンに戻らざるをえなくなるわけよね。それで彼の永遠の苦悩はますます耐えがたくなる」

グエンは見るからに集中して考える。「そうそう。まさにそれが言いたかったわけ」

「数日前にこういうことがあったんだ」ぼくは言う。「駐車違反切符の延長に行ったとき」

「こういうことって？」マロリーが言う。

ぼくは彼女とグエンに、ベンチに坐っていた子供たちの話をする。煙草の火傷跡について説明すると、マロリーがリモコンを取って『ジ・オフィス』をミュートにする。

「ひどいな、おい」ぼくが話し終えると。グエンが言う。「重い話だ」

「まさに」マロリーが同意する。「つまり、ほんとひどい話」

ぼくたちはしばらく静かに坐っている。やがてマロリーが首を振って、『ジ・オフィス』の音を復活させる。グエンはまた水煙管にマリファナを詰める。

「ほかのことをしたほうがいいかな？」ぼくは言う。

「たとえば？」とマロリー。

「さあ」

「ほかに何が、できる？」とグエン。

彼の言うとおりだ。できることはすべてした。警察に話してもいいけど、CPSに行けと言われるのがオチだろう。

「わたしたちは最初からすべて決まった宇宙で生きてて、自由意思は幻想にすぎない」マロリーが言う。「すでに決定はなされている。自分たちが誰かも決まってて、何があってもそれは変わらない――自分は自分だから」

彼女はまえにもこの哲学を語ったことがある。文句なしに魅力的だ。自由意思がないと思えば、人生からストレスがだいぶ取り除かれる。流れに身をまかせればいい。行き先は流れが知っている。人は行き着くべきところへ行き着く。すべて決まった宇宙だから、しかたない。

「あの子たちはぼくの手に余る」ぼくは言う。

「その子たちはあなたの手に余る」マロリーが言う。

その夜、家に帰ったあとでまたマリファナをふかし、しばらくXｂｏｘで『ファークライ』をやって、ソケットパイプと発煙弾だけで前哨《ぜんしょう》基地を解放する。この軍事行動だけをすでに何十回もプレーしていて、あらゆる場面を隅々まで知り尽くしている。くり返されるNPC（非プレーヤーキャラクター）のあらゆる動きも。ぼくの指は完全自動でコントローラーを操作し、ぼくがいなくてもボタンを連打する。とても瞑想《めいそう》的で平和だ。

でも長続きしない。

ぼくはコントローラーをフトンに放り、グーグルで〝児童保護サービス〟を検索する。

正式な政府のリンクをいくつかスクロールして飛ばしたあと、まず出てくるのは、国じゅうの児童福祉機関が人員不足、資金不足で崩壊寸前という去年の記事だ。テキサス州のケースワーカーは27家族を担当。案件が多すぎて、子供たちがみな安全かどうか知りようがないと訴えている。オハイオ州のある所長は、ケースワーカーをきちんと訓練するのにまる２年かかるが、みな平均３年で離職してしまうと嘆いている。ネヴァダ州では未処理案件がたまりすぎて、ホットラインへの通報を調査するのに何週間もかかるという。

３カ月前の別の記事も基本的には同じことを言っている。児童福祉機関には虐待の証拠を集める人が足りず、資金もない。そして虐待の充分な証拠がなければ、立ち入って子供を守ることはできない。

煙草の火傷跡を見たというぼくの証言は充分な証拠になるだろうか。たぶんならない。調査を始める理由にすらならないかも。始める気になったとして。で、いまちょうどあのＣＰＳが大混乱の時期だったら？　その結果、子供たちがごちゃ混ぜになって取りちがえられ、忘れられ、永遠に消えてしまったら？

最後にもうひとつリンクをクリックする。２０１７年、アメリカでは児童の虐待と放置死が１７２０件あった。その４分の１以上の子が――４分の１以上！――すでに制度の世話になり、つまり児童福祉機関の保護下にあった。

やっぱりもうひとつクリック。ケンタッキー州では５歳の女の子が両親に殴られ、さらに殴られて、走行中の車から突き落とされた。その子が亡くなる1カ月前、CPSのケースワーカー――彼女にとっては4人目――が看護師からのホットライン通報に対応したが、まちがった家を訪問し、1週間後にようやく正しい住所を突き止めたときには、女の子の傷は癒えていた。ケースワーカーは報告書に〝危険の証拠なし〟と書いた。

ペンシルヴェニア州の6歳の男の子。カリフォルニア州の7歳の双子の女の子。39の家族をひとりで受け持つケースワーカー。虐待を疑いながらも証明する方法を見つけられないケースワーカー。予告なしに問題の家を訪ねても、両親はドアを開けず、居留守を使っていた。

リンクをクリックするたびに、ひびが入ったぼくの携帯画面に、同じように醜悪で愚かな、めちゃくちゃぞっとする記事が現れる。しばらく読むうちに1段落どころか1文も理解できなくなり、単語や句だけが目に飛びこんできて、詳細情報が毒のように体にまわる。クリックするな、読むのをやめろ。でもやめられない。気づくと2時間たっていて、バッテリーが切れる。

〝トレイシー・ショー〟を検索してみる。市内にはトレイシー・ショーが1ダース以上いる。ありふれた名前だ。サイトに出てくるトレイシー・ショーはどれもあの子たちの母親のようには思えない。

『イカロスの墜落のある風景』のポスターを見上げる。イカロスが溺れているのに、空中を蹴る2本の脚には誰も注意を払わない。農夫は畑を耕している。羊を連れた羊飼いはあさってのほうを向いている。牧羊犬まで！　右下の隅にもうひとりいて、たぶん漁師だ。彼がいちばんイカロスに近い。イカロスは目のまえだから、漁師は溺れるイカロスを救うことができる。顔を上げて海に飛びこむだけでいい。

この2日が1、2世紀のように思える。ぼくの駐車違反切符にスタンプを押した係員も、〈ホワイト・クロー〉マンゴー味を飲んでいた女子高生たちも、時の霧の向こうにいてほとんど見えない。たったひとつ残っている鮮明なイメージは、走り去る車と、ぼくの目をまっすぐ見ていた後部座席の女の子だ。あの子と弟が頼れるのがぼくだけだとしたら？

ぼくの人生にこういうプロットのひねりは必要ない。ベンチのあの子たちに気づかなきゃよかった。彼らに近づかなきゃよかった。そして何より、人間の想像力では、燃える煙草の先で子供を傷つけるなんてことが思い浮かばないような多元宇宙のひとつに生きていたかった。

でもここはそうじゃないし、ぼくもそういうところに生きてない。

6

翌朝は早起きする。ぼくだけじゃなく誰にとっても早い時間だ。家主が飼っているジャーマンシェパードのユッタがバスルームに入ってきて、ビニールのシャワーカーテンに鼻をぶつけ、事の成り行きに戸惑う。ぼくはカーテンを引いて彼女の耳をなでてやる。

「ぼくも同じ気分だ」

7時45分に市庁舎に行く。正面玄関前に駐めた車のなかでワンヒッターパイプを吸う。道路の中央分離帯でショウジョウコウカンチョウがぴょんぴょん跳ねていて、日向の草の上に落ちた血の1滴のようだ。

車が1台、また1台と駐車場に入ってくる。人々が建物に入る。8時10分、〝運転向上証明〞の受付係のゴス娘が車から出てくる。彼女の車はぼくのに輪をかけてポンコツで、マフラーがこぼれ出した腸《はらわた》みたいに垂れている。ゴス娘の服装は一般市民のスカートとブラウスに、鋲《びょう》つきの厚底ブーツだ。

ぼくは歩いていく。彼女は割れたサイドミラーのまえに屈《かが》んで黒い口紅を塗っている。

サイドミラーは箸とダクトテープで器用に修復してある。

「ヘイ」ぼくは言う。「ハイ。ちょっといいかな」

彼女は背筋を伸ばす。どこでぼくに会ったのか思い出すのにしばらくかかる。ぼくは気を悪くしない。そもそも記憶に残る人間じゃないから。

「ああ、あなた」彼女が言う。

「そう、ぼく。このまえ会った。名前はハードリー」

「ハードリー？」

「みんなそう呼ぶんだ。ちょっと話せるかな？」

彼女は次の行動をぼくにしっかり見せる――ハンドバッグに手を入れ、おそらく武器のようなものを握ったのだ。でもすぐにぼくが危害を加えないことを見て取り、緊張を解く。

「なんの用？」彼女は言う。「あなたストーカー？　言っとくけど、わたしは女性にしか興味がないから」

「は？」

「わたしたちの愛は実らない。妹はいる？　あなたよりかわいくて、鼻が曲がるほど大麻臭くないような？」

悪口がいつまでも続きそうなので、ぼくは要点に入る。「きみのオフィスにいたあの女性について話したいんだ。ぼくがあのとき尋ねた？　トレイシー・ショー？」

「彼女がどうしたの」

「彼女についてもう少し教えてもらえないかな。すごく基本的なことだけでも。住所とか」

ゴス娘は目を細めてこっちを見る。ぼくは守衛が近づいてくるのに気づく。ほら、やっぱりいる。しかもいちばんいてほしくないときに。

「だいじょうぶかい、エレノア？」彼が呼びかける。

「わけがわからないだけ」彼女が答える。

守衛もわけがわからなくなるが、すぐそばまで来て、やはりぼくは危害を加えないと判断し、ズボンをずり上げてのんびり去っていく。

「児童サービスに電話しなかったの？」ゴス娘がぼくに訊く。「どうして名前以外のことを知りたいの？　必要なことは児童サービスが全部調べるでしょ」

議論に深入りしたくはないが、説明しないと、ぼくが欲しい情報を快く与えてくれる見込みはない。

「児童サービスに電話したけど、向こうから電話がなかった」ぼくは言う。「だから昨日訪ねてみたら、なんというか、くそファックな状況でね。彼らはあの子たちに起きてることを調査しないんじゃないかと思う。それか、調査しても手遅れになるとか。かえって事態を悪化させるとか。心配だから、その……手助けできないかと思って」

「手助け？　どうやって？　もっとわけがわからなくなった」

ぼくもだ、正直。ゆうべ、というか朝の3時に思いついた案はもっと鋭くて明確で、ずっと筋が通っていた。

「つまり思うのは……ぼくに、その、ＣＰＳの下働きができないかって。彼らが使えそうな証拠を見つけるとか。そしたら彼らもあの子たちを助けやすくなる。あの子たちが見捨てられることはない」

「証拠？」

「まあ、それが何なのかはまだわからないんだけど。ゆうべ思いついたことだから。でも、そう、たとえば、誰があの子たちを虐待してるのかを探ってみる」

それは母親ではない。考えれば考えるほど彼女じゃない気がする。勘だけど。市庁舎で彼女が子供たちのほうへ手を伸ばしたとき、ふたりは怯《おび》えなかった。それに彼女はぼくを見ただけでもビクビクして不安そうだった。外で彼らを待っていた男のせいだろうか。ダークブルーのボルボの運転席に坐っていたあの男？

「これ、どういうインチキ商法？」ゴス娘が言う。「いままで聞いたことがないのは認める」

「インチキ商法じゃなくて。あの子たちを助けたいんだ」

彼女はタランチュラの脚のようなまつげをゆっくりと上下させる。「あ、あ、あなたが？」と言う。「あなたが、調査する？　証拠を探す？　こんなにうれしくなるくらい笑える話はずいぶん久しぶり」

ぼくは怒らない。実際、できるかどうかについては彼女と同じくらい疑っているから。

「やってみるよ、とりあえず」

「どうして知り合いでもない子供ふたりをそこまで助けようと思うの？」

ぼくは肩をすくめる。それも実際よくわからない。「家にポスターが貼ってあるんだ。ちょっと有名な絵で、『イカロスの墜落のある風景』？　彼が海に落ちて溺れかかってるんだけど、岸辺ではほかの人たちがふだんの自分の仕事をしてる。バシャンとか、落ちる音は聞こえたはずだ。でもみんな、溺れる男をたんに無視してる」

「そんなに手間をかける理由が、まさか家の壁のポスター？」

「いや、ただ……わからないけど。あの子たちの顔、あれをきみも見てればね。もしほかのみんながあの子たちを無視してたら？　ぼくしか気にする人間がいなかったら？」

「怖い考えね」彼女は言う。

ぼくはうなずく。だよね！

彼女はまた目をすがめてこっちを見る。「本気なのね」

「お願いできないかな」ぼくは言う。「トレイシー・ショーの情報を教えてくれる？」

「タダじゃできない。代わりに何かしてくれなきゃ」

「もちろん」

「ひとつじゃだめよ。その情報を知らせたら、わたしクビになるかもしれないんだから」

クビになることをそう心配しているようには見えない。ぼくから何か引き出そうとしているんだと思う。「オーケイ。何をすればいい？」

「あとで教える」

彼女が何をしろと言ってくるのか、ちょっと不安になる。〝悪魔はわたしを愛している。それがわかる〟のネックレスは皮肉のつもりだろうけど。皮肉にちがいない、だろう？

「取引成立」ぼくは言う。

彼女が携帯を差し出す。ぼくは連絡先に自分の番号を登録して彼女に戻す。

10分後、車で家に帰る途中で電話が鳴る――知らない番号からのショートメッセージだ。紙1枚を撮った写真。曲がってピントも合ってないから、急いだんだろう。タップして広げると、印刷の書式に手書きの文字がある。いちばん上に名前――〝トレイシー・ペイジ・ショー〟。

〈チーズケーキ・ファクトリー〉の駐車場に車を入れて、書式をざっと見る。ふつうの基本情報だ。誕生日、自宅の住所、電話番号。職業：ノー。結婚：イエス。配偶者の名前：**ネイサン・ショー**。配偶者の職業：**自営業**。子供：**イエス**。

ネイサン・ショー。夫の名前にピンとくるが、なぜかはわからない。ページの右端、配偶者の職業の行の横に、左右から押しつぶしたような文字で単語がふたつ並んでいるのに気づく。

パール　ジャック

これは誰だろう。あるいは、なんなのか。夫の会社の名前？　と考えたときに、パールとジャックはトレイシー・ショーの子供たちの名前だと気づく。

小さい女の子がパール。小さい男の子がジャック。ふたりの名前を知ったのは衝撃だ。もう彼らはどこかの知らない子じゃない。風船の結び目みたいに唇をすぼめてたのがパール。細い首に大きな頭で、ベンチから姉さんがおりるのをじっと見てたのがジャック。

電話がまた鳴る。これもゴス娘、エレノアからのメッセージだ。

クレイジーにやっちゃってと書いてある。

7

まだ2時で、今晩はシフトすら入ってないけど、〝呪われた西部開拓地〟に向かう。平和と思索を求めるときによく行く場所がひとつあって、それが〝廃坑の鉱山列車〟、本当に廃棄されたダークライド・アトラクションだ。車輛倉庫は鎖で封鎖されているものの、屋根つきのプラットフォームがある〝探鉱者の小屋〟にはいまも行ける。破れたナイロン製の網のフェンスをめくり上げ、偽のダイナマイトの箱をいくつか乗り越えれば、そこはゲストたちから遠く離れ、雨風からも守られた場所だ。何よりいいのは、この探鉱者の小屋を知っているのがぼくだけってこと。ここで働きはじめたときに、何人かのおどかし役からこっそり教わった。彼らがいなくなったので、ぼくが最後のサボり屋になったのだ。

ゴス娘が送ってくれた書式からトレイシー・ペイジ・ショーのことはあまりわからない。39歳で、ネイサン・ショーと結婚している。あのボルボを運転していたのはネイサン・ショー？　住所をグーグルマップで調べてみる。料理の宅配をしていた経験から、そのあたりの土地勘がある。きれいな新築の家がどんどん建ってる地域だ。誰が住んでるか？　ぼくみたいな人間は住んでない。麻酔専門医とか、マーケティング企業の重役とか、私立校に子女がかよう家族とか。驚くべきでもないけど驚いてしまう。子供を虐待するような連中はぼくと似たようなところか、それ以下の場所に住んでいる、と当たりまえのように思ってた。

ネイサン・ショーを検索してみる。破産と国税庁《IRS》とのもめごとを専門に扱う弁護士だ。だから名前に心当たりがあったのか。テレビの地元のコマーシャルで見るから。「IRSに追いつめられていますか?」「すぐに新たなスタートを切りたいですか?」「ネイサン・ショー法律事務所に電話して、いますぐあなたの人生を取り戻してください」

携帯で彼のコマーシャルをいくつか見る。ネイサン・ショー自身はちらとも出てこない。没収されるトラックと、キッチンのテーブルで請求書と格闘している人の画像だけだ。〈ショー法律事務所〉のウェブサイトには写真がある。ネイサン・ショーが堅苦しく笑っている。波打つ髪、鋭い眼光、ハンサムだけど、自分のトラックの運命を託したくなくなるほどハンサムではない。

ネイサン・ショーは白髪交じりで、トレイシーより5歳から10歳上に見える。これがわが子を傷つける男の顔? わからない。誰かを見ただけで、邪悪かどうかなんて判断はできない。そんなことができたら人生はずっと単純だ。

引っかいたり、ドスンと落ちたり、口でハーハー息をする音。冗談だろう。でもそう、まちがいなくサルヴァドールが探鉱者の小屋に飛びこんでくる。

「ここで何してる？」ぼくは言う。

「あとを尾《つ》けたんだ！」彼が叫ぶ。

「サルヴァドール！　年がら年じゅう大声を出さなくていい。1メートルしか離れてないだろう」

「あとを尾けたんだ！」彼は少し音量を下げて叫ぶ。「きみがここに入るのを見て、何か手伝えることがあるかなと思って」

　手伝えることがどこにある？　そもそも彼を必要としたことがこれまで一度でもあっただろうか。その証拠に、サルヴァドールは小道具の重いつるはしを拾い上げ、拾うと同時に足の上に落とす。

「ここ、すごくいいね！」彼は言う。「どうやって見つけたの？」

　出ていけ、いなくなれ、戻ってくるな、と言おうとして、ふと思いつく。

「サルヴァドール。ある人について調べられるかな。わかることをすべて調べ上げるんだ。どう？」

　彼はうなずく。「やるよ！」

　ぼくはプログラミングとか、機械語とか、インターネットを都合よく改造することはまったくわからない。しかもサルヴァドールより7歳上の23歳で、最新テクノロジーに関しては先史時代の人間だ。「やり方はわかる?」

サルヴァドールはまたうなずくが、今度は雰囲気がちがって、いつもの首振り人形の勢いではなく、自信ありげに顎を持ち上げている。表情も変わる。不敵にくつろいだ顔つきが意外にも彼に似合っている。陸《おか》ではドタドタとぎこちないオットセイとかペンギンとかが、水にすべりこんだとたんに美しく変身し、なめらかでつややかな銃弾になるみたいに。

「もちろんわかってるよ」彼は言う。「携帯見せて」

ぼくは彼に携帯を手渡す。彼はトントンとタップして、ぼくに戻す。口の片方の端を上げて微笑んでいる。どうやら本物の薄ら笑いだ。

「その人の名前を入れるだけでいいよ」彼は言う。「ズガーン」

ズガーン? これまで見たことのないサルヴァドールの一面だ。ぼくは携帯を見て、彼が何を出したのか確かめる。もちろん、グーグルだ。

「マジでこれ?」ぼくは言う。

彼はちょっと落ちこむ。「名前を引用符で囲んで検索するんだ。この技を知らない人が多いんだけど」

「この惑星に住む人間はひとり残らずその技を知ってるよ、サルヴァドール」

ぼくは彼を蹴り出す。サルヴァドールはへこんだが、立ち直る。彼についてひとつ言えることは、いつも逆境からすばやく立ち直るということだ。逆境とは彼自身である。

もう一度画面に、確認した住所を出す。ネイサンとトレイシーは、信号がみんな青ならここから20分のところに住んでいる。だったら……なぜ行ってみない？　児童サービスのためにどんな証拠を見つけられるのか、まだこれっぽっちも手がかりはないけれど、行ってみることが合理的な最初の1歩という気がする。ぼくは〝案内開始〟ボタンを押す。さあ出発。

8

ショー一家は〈メドウ・ウッド・エステイツ〉という分譲地に住んでいる。入口の石造りの守衛所は、守衛もいないし門もないからただの飾りだ。ぼくは難なく通り抜ける。家並みはだいたい想像したとおりで、どれも大きく、新しく、わずかに中世ふう。風よけの若い並木の先に、ひびひとつない舗道がくねくねと続いている。

どの家も似たように見える。同じ基本要素を多少変えながらアレンジしたみたいに。あ、の位置にアーチつきの入口。ピクチャーウィンドウの周囲は明るい赤煉瓦の代わりに暗い赤煉《れんが》瓦。曲がったどの通りも、ただのストリートじゃなくて、ドライブやレーンやテラスと呼ばれる。メドウ・ウッド・ブロッサム・ドライブ。メドウ・ウッド・ブロッサム・レーン。メドウ・ウッド・ブロッサム・テラス。何度か曲がる場所をまちがえる。GPSの女性はムッとしたらしく、小さなため息をつく。「もう一度ルートを設定しています」

ようやく探していた住所にたどり着く。ショーの家は分譲地のいちばん奥まで行く道のどん詰まりだ。一連の開発のなかでももっとも新しい開発なので、その先には牧草地と空しかない。

〝ウッド〟というのは森のことだから、木がいっぱい生えているのでは？　そして〝メドウ〟というのは木がない草地では？　ここを〈メドウ・ウッド・エステイツ〉と名づけるまえに、誰かがそのことを考えるべきだった。まるである土地をプレイリー・マウンテン（平原山地）とか、クラッシュ・ランディング（墜落着陸）と名づけるのと同じじゃないか。

奥まで進んで、行き止まりの手前で車を寄せる。ショーの家はよく見えるけど、なかにいる人が外を見たときに気づかれる怖《おそ》れのない距離だ。

問題の家。さあどうだ。驚くまでもないが、分譲地のほかの家に似ている。ドライブウエイに車。3日前に市庁舎から走り去るのを見た、ダークブルーのボルボにまちがいない。

車のウィンドウをおろし、エンジンを切って、家を観察する。何を探せばいい？　わからない。それが問題だ。児童サービスに持ちこめるような証拠が楽々と手に入らないのは当たりまえ。もし手に入ったときには、わかるといいけど。

ひとつこれは興味深いかもしれない。家のカーテンとブラインドが1階も2階もすべてきっちり閉まっている。今日も暑く、明るく獰猛《どうもう》な太陽が輝いている。冷房のためというのはわかるが、近所であそこまで何もかも閉めきっている家はない。

たぶん興味深いことがもうひとつ。裏庭を囲む木製の防護塀もほかの家より高い。〈メドウ・ウッド・エステイツ〉の塀の標準の高さが1メートル80センチあたりとすれば、これは2メートル半近くあるにちがいない。何か意味があるのだろうか。なくはない？

木曜の午後、道は静かで、お婆《ばあ》さんがひとり花壇に水をやっているだけだ。ぼくはパールとジャックのことを考える。ふたりとも家のなかにいるのかな。閉じられたブラインドとカーテンの向こうに。今日はふたりにとっていい日だったのか、悪い日だったのか。そもそも彼らにとって、いい日なんてものに意味があるのだろうか。まえの日にやられたクソひどいことをほとんど忘れられるなら、それがいい日？　明日はこんなことは起きないと、ほとんど思いこめたら？

いま児童サービスの車がこの道に入ってきて停まったら、すばらしい。児童サービスの車に加えて、警察の車が2台来たりしたら。ぼくはここに坐って、警官たちが手錠をかけたネイサン・ショーかトレイシー・ショーか、その両方を家から連れ出すのを眺めてればいい。正義感あふれる若くて優秀なケースワーカーが力いっぱいパールとジャックを抱きしめて、ふたりにぬいぐるみを与え、これから先は何もかもずっと、はるかによくなることを目で教えているところを見届ければいい。そしてぼくは車で去る。もう振り返る必要もない。

明日またここに戻ってくるべきだろうか。たとえばスナック菓子と双眼鏡を持って？本物の監視というのがどういうものなのか、見当もつかない。とりわけこれほど暑い日には。本物の探偵はエンジンを切らずにエアコンを使うのだろうか。本物の探偵はこういうときにメモ帳を持ってきて、カーテンや塀について気づいたことを書き留めるのかもしれない。そもそもショー家の監視は賢明な策だったのだろうか。わからない。それがいまだに問題だ。

頭のなかでゴス娘のうざったい声が聞こえる。「あ、な、た、が、調、査、す、る？」彼女はうざったいくらい正しい。ぼくは携帯を取り出し、〝監視　コツ〟で検索する。ユーチューブの動画があったので、ひとつ見てみる。男がアパートメント・ハウスの大型ゴミ容器の蓋を開けて、なかをのぞいている。

「パート3の今日は」男が言う。「手を汚してゴミで愉《たの》しんでみましょう」

ズガン！　何かがぼくの車にぶつかる。ぼくはもらすほど驚いて飛び上がり、携帯を取り落とす。突然目のまえに男が現れる。いったいどこから来たんだ。大きくてたくましく、分厚い胸と肩がピンクのゴルフシャツの上からもわかる。ごつごつした大頭で、灰色の髪は軍隊ふうの丸刈りだ。**ズガン！**　**ズガン！**　彼が拳でぼくの車のボンネットを叩く。

「おい！」ぼくは叫ぶ。「おい！　ちょっと待って！」

男は開いた窓までドスドス歩いてきて身を屈め、ぼくをまともに睨みつける。顎が突き出て、有刺鉄線を嚙み切ろうとしてるみたいに左右に動く。それか、いま素手で絞め殺した動物の硬い皮を嚙みちぎろうとしてるみたいに。ものすごく、とんでもなく怒っているようだ。とりわけピンクのゴルフシャツを着る男にしては。

「ここからさっさと出てけ」彼が言う。

「え？」

「クソいますぐだ。２秒やる」

どうして彼がここまでぼくに腹を立てているのかわからない。ぼくは一般的に言って、人々に強い感情を抱かれるような人間じゃない。

「なあ、ちょっと」ぼくは言う。「申しわけないけど、たいへんな誤解があると思うよ」

ぼくがまんまえに車を駐めていた家——そこの玄関のドアが開いていることに、いまごろ気づく。怒ったゴルファーは、ぼくがユーチューブに気を取られているあいだに、完璧に刈られた芝生を突っ切ってきたにちがいない。彼の家のまえに駐車したから怒った？かもしれないが、男の怒りは一気に対決の頂点に達している。たとえば、ポーチからしかめ面でこっちを見て、歩いてきて、不機嫌そうに「なんの用だ？」と訊くような初期の段階を完全にすっ飛ばして。

「２秒だ」彼は言う。「２秒後に警察に通報する」

「え？　オーケイ、わかったよ」

道の向かい側の花壇にいたお婆さんがまた外に出てきて、困り顔でこっちを観察している。ぼくは彼女が気の毒になる。こんな凶暴な男の向かい側に住んでるなんて。

「ナンバーは控えたぞ。もし戻ってきたら警察に通報する」

「わかったよ！」

イグニションキーをまわし、ウィンドウを上げ、携帯を探すのを全部同時にやろうとする。怒ったゴルファーは家に戻りかけたところで立ち止まって、また叩くぞと拳を振り上げる。こんなの馬鹿げてる。公道で駐車を禁じる法律なんてないはずだ。まあ〈メドウ・ウッド・エステイツ〉のドライブやレーンやテラスを公道と呼べるかどうかについては、ちょっと自信がないけど。

エンジンがようやくかかる。怒ったゴルファーのドライブウェイにバックで入《はい》れないので——それは明らかだ——また道の先まで行かなきゃいけない。怒ったゴルファーは芝生の上に立って、ぼくが何かおかしなことをしないか見張っている。花壇のお婆さんもこっちに怒りの目を向けている。なんだよ！　ぼくが何をした？　道を引き返しながらバックミラーを見ると、彼女が嫌悪もあらわに首を振っている。

9

家に帰りながら〈メドウ・ウッド・エステイツ〉での作戦失敗について振り返る。本当に自分が嫌になる。ピンクのゴルフシャツの男があれほど怒った理由はわからないけど、理由はともかく、彼が近づいてくるのに気づくべきだった。あるいは、彼の家のまんまえじゃなくて、家と家のあいだに駐めようと思いつくべきだった。

ラジオで〝クラウドベースのソリューション〟の宣伝が流れる。スピーカーがポンコツなので、最初〝道化師《クラウン》ベースのソリューション〟と聞こえる。家をたった5分見張るようなごく基本的なこともできないなら、パールとジャックを助けるために何ができるというのか。

数年前のことを思い出す。今年みたいに暑い夏だった。グエンとマロリーとぼくがボートを借りて、湖でチュービングをした。愉しかったけど、途中でロープがプロペラにからまり、ボートが湖のまんなかで動かなくなった。ぼくはマロリーにエンジンを切らせてから、水に飛びこんだ。水中でプロペラを確認しているときに、彼女かグエンがうっかりスロットルレバーに当たったら困る。自分のちぎれた手で顔をひっぱたかれるのはごめんだった。

ロープはきつくからまって、ほどけなかった。ぼくはプロペラのネジをゆるめてシャフトから10センチほど動かした。でもそこからプロペラはびくともせず、しかたないので船上に戻って何秒かエンジンをかけ、プロペラを振動させてロープからはずした。

理屈上はすばらしい考えに思えた。ぼくは茶色く濁った水にもぐり、湖の底を手探りして落ちたプロペラを見つけようとした。でも結局、プロペラも湖の底も見つからなかった。もうお手上げだ。専門家のアドバイスが必要だと思う。だよね？　それもユーチューブで大型ゴミ容器を適当に選んでのぞきこんでる男じゃなくて、本物の私立探偵の意見を聞かなきゃならない。

家に着くと、家主のバークがキッチンにいる。テーブルについて坐り、油で光る機械の何かとても小さくて複雑な部品を分解している。ユッタがのっそりと起き上がり、トコトコと近づいてきて挨拶する。

「やあ、バーク」ぼくは言う。

「ブエノス、ナチョス、ミスター・リード」彼が言う。

バークは30代。いろんな催事会場で生存主義者の講習に参加し、寝室のドアには閂《かんぬき》を複数取りつけている。ぼくが何か質問しても、得体の知れない笑みを浮かべて素直に答えない。部屋を借りて1年たったけど、いまだに彼が何で生計を立てているのかわからない。

「あんたは何で生計を立ててる、バーク？」と訊けば、得体の知れない笑みを浮かべて、

「しないことは何だと思う？」とでも答えるだろう。

バークは家主兼同居人に真っ先に選びたい相手ではないが、きれい好きで、かつて車2台のガレージだった場所にしても家賃は格安だ。

ぼくはユッタの耳をなでる。彼女はぼくに体をすり寄せ、低くうなる。地下鉄の列車がトンネルを近づいてくるときのような、胸の奥で響く音だ。ユッタの耳をなでて彼女の祝福の声を聞くのが、たいていぼくの1日の頂点だ。

「甘やかさないでくれ」バークが言う。

「なあ、バーク」ぼくは言う。「湖でチュービングをしててロープがボートのプロペラにからまったら、どうする？」

「みじめな状況から自分を救い出す」彼は油で光る機械から目を上げない。「マークXIXデザート・イーグルに325グレイン50口径の弾をこめて、銃口を口にくわえ、世界をよりよい場所にする」

オーケイ。バークもたまには素直に答えるのだ。

ぼくは自分の部屋に戻って考える。知り合いのなかに本物の探偵を紹介してくれそうな人はいるだろうか。〝呪われた西部開拓地〟の警備責任者は元警官だけど／だから、ふざ

けたことはいっさい受けつけない。たぶんこの件とぼくを、ふざけたことと見なすだろう。バークは？　だめだ。これにバークを巻きこむのは気が進まない。彼とのかかわりは、ガレージで邪魔されずに静かに暮らすことだけで充分。

7時ごろ車でプレストンの家に行く。うちの近所と同じくらいむさ苦しい地域の小さなぼろ屋だ。とはいえ、そこは借家ではなくプレストンの持ち家で、彼はこの夜が終わるまでに、ここぞというところで少なくとも2回はそう強調するだろう。

「40分遅れるなんて信じられないな」彼は言う。「でもまあ、信じられるか」

「会えてぼくもうれしいよ」ぼくは言う。

「なかに入るまえに靴を脱いでくれ」

「兄さんを気取り屋だとみんな言うけど、プレストン、ぼくはそう思わない」

彼の婚約者のリアがぼくの手を取って、長くしっかりと握る。「ああ、ハードリー。どうしてた？　生活はだいじょうぶ？」

「毎日すばらしいよ、リア」ぼくは言う。「ありがとう」

「興味深い」プレストンが言う。「どういう基準で見れば、ガレージ生活が〝すばらしい〟ことになるんだ？　あるいは自称アミューズメント・パークで最低賃金で働くことが？」

「この床は本物の木？」

「集成材はほぼあらゆる点で無垢《むく》の木よりすぐれている」

「なるほど納得」

「あなたたち」リアがやさしく釘《くぎ》を刺す。

ぼくたちはテーブルに移動する。プレストンがマルチクッカーで煮たチリを出す。なんとも驚いたことに、赤ん坊にやれるくらい薄味だ。リアが涙ぐましい努力で礼儀正しい会話を進めようとする。彼女の人生いちばんの親友は自分の姉妹だから、ぼくとプレストンの関係には困惑している。ぼくたちはどちらも幼いころ母親を失った。父親も知らない。そしていっしょに育った。どうしてそれで親友になれない？というわけ。じつは心の底では親友なのだとリアは信じている。やさしい人だ。でもそれは事実じゃない。ぼくたちは親友ではない。その意味で、おそらくどんな兄弟より本物の兄弟らしい。

「その人生をなんとかしないとな」プレストンが言う。

ほら出た。スケジュールどおりだ。「なんとかなってる」ぼくは言う。「この人生に最高に満足してる」

「大学に戻れよ。大学を卒業しないと。謙虚に反省して目標を立てるんだ」

「ぼくは兄さんじゃないよ、プレストン」

「それはよくわかってる」

「目標だってある。ぼくの目標は、この人生に最高に満足することだ」

プレストンは不満げになるが、それが有意義な目標であることは否定できない。ぼくは一般人として、今日のアメリカで確固たる経済的手段を持たないふつうの若者として、自分が不利な立場に置かれていることを理解している。大学の授業料はばかばかしいほど高い。やめてほぼ4年なのに、いまだに借りた1年半の授業料を血のにじむ思いで少しずつ返している。で、卒業したらどんな仕事がある？　給料がいまの稼ぎとたいして変わらないエントリーレベルの仕事だ。なんの足しにもならないのでは？

プレストンは出世の梯子《はしご》を着実にのぼっているのかもしれないが、それは彼がものすごく利口で、鉄の意志と恐るべき職業倫理を持っているからだ。それでも都市を設計するという夢を実現するにはまだ何年もかかる。小売店開発の研究をくわしく調べたり、店の正面に使う建築材料に何が適切で何が不適切か、考えを書き留めたりすることに日々を費やしている。

さすがは兄さん！　口に出しては言わないが、ぼくはプレストンを誇りに思っている。彼は彼のためになることをすればいい。ぼくはぼくのためになることをする。

「最高に満足することはできない」プレストンは言う。「形容がおかしい。人は満足するか、しないかだ」

「ぼくは最高に満足してる。だから、そう、最高に満足だ」

「文法の問題だろうが。まったく」

「あなたたち、」リアが言う。

「だいじょうぶだよ、リア」ぼくは言う。兄弟間の活発なやりとりについて彼女がもっと気分よくいられる方法はないものか。例によってプレストンが先にいいことを思いつく。

「おれは中学校や高校では人気がなかった」とリアに言う。「黒人のオタクだから。あの年齢の黒人のオタクにはほとんど社交的な取り柄がない。逆にハードリーは人気者だった」

プレストンはただの黒人のオタクじゃなかった。黒人で頭がよくて口うるさいオタクだ。馬鹿と我慢してつき合ったりしなかった。馬鹿というのは、彼を除くほぼ全員が含まれる広大なカテゴリーだ。

「人気者なわけない」ぼくは言う。「人気者からほど遠かった」

「まわりの子はおまえを殴らなかったぞ」

「それが人気者の定義？」

「ある日、おれが殴られているところをハードリーが見て駆け寄ってきた」

「でもって、ふたりとも殴られた」とぼく。

プレストンがうなずく。リアは話の続きを待っている。でも、それで終わり。それだけだ。どう考えればいいのか、何を言えばいいのか、リアが迷っているのがわかる。これはハッピーエンドの心温まる話？　それとも悲しくて気が滅入《めい》るような話？　ぼく自身にもよくわからない。

　リアがデザートを出してくる。チェリー・コブラーだ。

「これ最高だよ、リア」ぼくは言う。「いままで食べたなかでいちばん美味しいコブラーだ」

「ところで」プレストンが言う。「どうしてCPSを調べてる?」

「兄さん、ひょっとして私立探偵と連絡がつく人を知らないかな」

「何?　なんで私立探偵が必要なんだ?　どんなおかしな理由から?　もっとわかるように説明してくれ」

　ぼくはふたりにパールとジャックの話をする。煙草の火傷跡と、ケースワーカーのダンの話も。そして何を達成したいのか説明する。プレストンの反応はない。ぼくがするどんな無意味なことにももう驚かないという立場なのだろう。

「ハードリー!」リアが不安になって言う。「それって、あなたがしなきゃいけないこと?」

「たぶんちがう」ぼくは認める。

「危険かもしれないわ。それにそもそも……合法?」

　リアはプレストンのほうを向いて評決を待つ。プレストンはコブラーを食べ終え、スプーンを置いて、ナプキンをたたむ。もっと食べたそうだが、ただの誘惑が彼の鉄の意志に勝ったためしはない。

「心配ない」彼はリアに言う。「こいつは危険なところまでは踏みこまないよ。なんであれ、努力が必要になったとたんにあきらめるから」

ぼくは椅子をうしろに押して立つ。椅子の脚が絨毯《じゅうたん》の端に引っかかって倒れ、一瞬、思っていたよりドラマチックな展開になる。ぼくに対するプレストンの評価は正しい。彼は不公平なことは言わない。

「ごめん」ぼくは言う。

「コーヒーをつぎ足そうか？」プレストンが言う。

「そろそろ行かなきゃ。私立探偵の名前を探してみてくれる？」

彼はため息をつく。「やれることをやってみる」

「呼んでくれてありがとう、リア」

「気をつけてね、ハードリー」彼女が言う。「約束できる？」

10

翌朝、ぼくはサルヴァドールが出し惜しみする異次元の検索エンジンを使って、街にいる私立探偵の名前を探る。グーグルは山のように候補をあげるが、電話をかけてみるとほとんどボイスメールにつながる。生きた人間と話したのは合計3回。最初の男はぼくの話を途中でさえぎって料金を説明する。実際に雇える金は手元になく、いくつか質問したいだけだと説明すると、彼はまた料金を告げる。2番目の男はそれよりわずかに友好的だが、やはりタダでアドバイスはくれず、料金はもっと高い。3番目の男は笑って電話を切る。

午《ひる》ごろプレストンがメッセージを送ってくる。私立探偵の名前と電話番号が書いてある。オチが見えた？　それは笑って電話を切った男の名前と番号だ。

ほかの私立探偵がぼくのメッセージに応じて電話してくるのを待ちながら、ＣＰＳと児童虐待についてもう少し調べてみる。これは魂を切り刻まれるようなひどい話であり、途方もないまちがいだ。これほどぞっとすることはほかに思いつかない。虐待者たちはわが子を傷つけるためにいったいどこまで創造性を発揮するのだろう。なんのためらいもなくそんなことをする人もいるようだ。

パールはライターがカチッとつく音を聞く。煙草の煙のにおいがする。それともジャックが泣きはじめるのが先だろうか。ジャックは泣く？　ふたりともあのベンチでは静かすぎた。火傷《やけど》させて彼らが泣かなかったら、ネイサン・ショーは怒り狂うのだろうか。

くそ。くそっ。ぼくは携帯をフトンに放り、マリファナを吸って、しばらく『ファークライ』をやる。集中できない。前哨基地の警告を見落として何度も何度も殺される。

5時になる。ぼくが状況を説明して電話が欲しいとメッセージを残した私立探偵は誰もかけてこない。ひとりも。ゼロ。〈美しきアメリカ大陸〉に行って、警備責任者のベケットを捜す。ぼくが尋ねた相手のいい加減さの度合いによって、彼は1日留守にしているか、まだ出勤していないか、1週間の休暇でブランソンに行っている。ぼくは本部を訪ね、〝先史時代のアメリカ〟も訪ね、〝未来のアメリカ〟も訪ねてみる。

ようやく〝植民地時代のアメリカ〟でベケットが見つかる。彼はただ突っ立って、バレー・フォージ（アメリカ独立戦争中の大陸軍の宿営地）の急流すべりでゲストたちが歓声をあげるのを静かに眺めている。ぼくは、やあ、ハロー、と言い、もしかして私立探偵の知り合いはいないかなと尋ねる。ぼくの給料じゃ雇えないけど、ちょっと質問してアドバイスをもらいたいんでと説明する。

ベケットはぼくをじろじろ見る。ぼくの顔は知っていても、どういう人間かは知らない。

どうでもいいことについて何度か短い会話を交わしただけだ。ぼくが〝呪われた西部開拓地〟のおどかし役をしばらくしてること——たいていのおどかし役より不自然なほど長く——は知っている。

「いない」彼は言い、立ち去る。

うむ。まあ手短にすんだのはよかった。振り返るとサルヴァドールが自由の鐘のうしろでコソコソしている。

「また尾けてたのか?」ぼくは言う。「マジな話、サルヴァドール、おまえのせいで頭がおかしくなりそうだ。ぼくの頭をおかしくしたいのか? それがおまえの悪巧みだとしたら見事なもんだ。感心した」

彼は怯えた様子で陰から出てくる。「どうして私立探偵のアドバイスが必要なの?」

「おまえには関係ないよ、サルヴァドール」

ぼくは昔の修理工場に引き返しはじめる。あと20分で仕事だから、衣装に着替えなければならない。サルヴァドールが急いで追ってくる。スズメバチの攻撃から逃げてるような駆け足だ。彼の体が車で、いまマニュアルのギアチェンジを習っているかのような走り方。「うちのママが私立探偵と仕事をしてるよ」彼がゼーゼーあえぎながら言う。「なんか一度言ってた」

そう聞いても、ぼくはぴたりと立ち止まったりしない。「おまえのママ、不動産屋じゃないの?」

「私立探偵だった人と働いてる」

なおいい。「わかった、サルヴァドール。ありがとう」

「連絡先をママから聞いてきみに送ろうか」

「いや、いい」ぼくは舞台裏のゲートをくぐりながら言う。

〝嘆きの幽霊〟ふたりが元修理工場から現れる。ひとりがサルヴァドールに近づいて彼の腰に自分の腰をぶつける。幽霊たちは素っ頓狂な声で笑う。「サルヴァドあほール!」

「やり返せよ」ぼくはサルヴァドールに言う。「ああいうのを放っておくと、いつまでもやられるぞ」

サルヴァドールは首を振る。「やり返したって同じだよ」

たしかに。ぼくの考えが甘かった。「まあ、それなら注意を引かないようにしろ」

「わかった」

「控えめにな。たとえば、大きい声でしゃべらない。できるだけふつうに行動する」サルヴァドールが携帯を取り出してメモをとっている。ぼくはため息をつく。

「すごくいいこと教えてもらった!」彼が言う。

ぼくたちは元修理工場に入る。カウボーイ・ブーツの山のなかから、なんとか自分に合うものを探す。テンガロンハットについては、ブーツと同じにおいがしなきゃいい。サルヴァドールがぼくに選ばせるために、ガンベルトとホルスターをまとめて持ってくる。従者のまねはたいがいにしろと口を酸っぱくして言ってるのに。

「私立探偵のアドバイスが必要なのは」ぼくは言う。「小さい子がふたり危ない目に遭ってて、助けてやりたいからだ」

サルヴァドールは濡《ぬ》れたような音を立てて口から大きく、鋭く息を吸いこみ、「わあ」と言う。

「両親がふたりを痛めつけてる。あるいは、両親のどちらかが」

「わあ」

どうやって私立探偵を見つける？　どうすればパールとジャックを助ける方法がわかる？　何かをしたいのに、いや、しなきゃいけないのに、やる能力がないのは本当に情けない。この先決して、そんな能力は身につかないとわかっているのは。

サルヴァドールが持ってきたガンベルトはどれもこれも相撲取りサイズで、体重77キロのぼくみたいな人間向きじゃない。

「私立探偵についてママに訊いてみるよ、ＡＳＡＰ」サルヴァドールが言う。「できるだけ早《アズ・スーン・アズ・ポシブル》くって意味だけど。最優先事項だと伝えて、すぐにきみにメッセージする」

「頼むからやめてくれ」ぼくは言う。

11

日曜の朝、マロリーがぼくの携帯にパイナップルとライオンの顔を送ってくる。グエンと動物園に行ってハイになるというお誘いだ。

いいね。完璧だ。いつもどおりの1日。以前の摩擦ゼロの存在に戻る日。

ぼくは返事を送る——無理。そして生まれて初めて住宅内覧会に出かける。寝室とバスルームが3つずつある現代的な家で、きちんとしたリビングに作りつけの家具や本棚、プール、バーベキュー炉があり、ご近所も夢のような家ばかり。最近値下げしたという34万ドルは、ぼくの購入価格帯を約34万ドル上まわっている。

ぼくは通りに車を駐める。あとはドライブウェイに車が1台あるだけだ。遅刻した？　そんなことはない。いま3時で、庭の〝販売中〟の看板には、2～4時まで内覧会とある。看板の名前は、サルヴァドールが送ってくれた名前と同じだ。フェリス・アプトン。

玄関のドアが開いている。ぼくはなかに入って、「ハロー？」と言う。

返事はない。家のなかを歩きまわる。どの部屋も空っぽで、ペンキを塗り替えた壁しかない。家具も、写真も、壁飾りも、人がここに住んでいたことを示すものは何ひとつない。しかも不気味なくらい静かで、磨かれた木の床をパタパタ歩くぼくのビーチサンダルの音だけが響く。オーブンからいま出した焼きたてのアップルパイのにおいがする。それも不気味だ。たぶん不動産屋が用いる販売戦術だろうけど、空っぽの静かな家に焼きたてのアップルパイというのは意味不明だ。**誰がパイを焼いてる？　誰が食べる？**　とどうしても考えてしまう。

キッチンに入ると、幽霊パイがオーブンで温まっている。アイランドには薄くスライスしたチーズとさまざまな果物の皿がのっていて、誰も手をつけていない。溶けかけた氷のボウルに突っこんであるワインのボトルも、コルクが抜かれていない。

パティオにつながるドアを開け、外に出る。サングラスをかけた女性が日陰に置いたラウンジャーに寝そべって、プラスチックのカップで何か飲んでいる。スカートにゆったりしたブラウスという勝負服だが、両脚には何もはいていない。スタック・ヒールの靴の横には、半分空けた白ワインのボトルがある。

彼女は裏庭の芝生の向こうを見つめていて、ぼくにはまだ気づいていない。ぼくはできるだけ大きな音を立ててパティオのドアを閉める。こっそり忍び寄ろうとしたと思われたくない。

「やあ」ぼくは言う。「ハイ。すいません」

ったの?」

彼女はカップからワインをひと口飲むが、顔はこっちに向けない。「チーズは食べなかったの?」

「はい?」

「チーズを食べたかと思った。ブドウも何粒か。高級チーズよ。誘惑に負けると思ったのに」

彼女はサングラスを下にずらす。芝生のほうを向いているが、実際には見ていない。この間《かん》ずっとぼくを見ていたのだ。

「負けそうになりました」ぼくは認める。「でもチーズを食べるのは礼儀に反するかと思って。家を買う気もないのに」

「誰も買わない。持ち主は価格を相場より4万ドル高く設定していて、ステージングの費用は払おうとしない。売りに出されてもう8カ月よ」

「あなたがミズ・アプトンですか?　ぼくはハードリーです」

「ハードリー?」

「あだ名で」

「フェリスと呼んで。ワインはいかが?」

「いえ、けっこうです」

「坐って」

ぼくはもうひとつのラウンジャーに坐る。火の入っていないバーベキュー炉を挟んで彼女の向かい側に。フェリスは歳のころ40から45くらい、雰囲気のある人だ――とてもクールで、とても落ち着いている。音楽で言えば、ジャズ。でもすぐに、それは文化的に偏った見方かもしれないと反省する。たとえ黒人でなくても彼女には、好きなほうへ進み、好きなだけ時間をかけ、堅物の考えなど気にもしない音楽を思わせるものがある。

「ハードリー」彼女はワインを飲んで思案する。「わたしはあなたのことを知ってるはずなの？」

「いいえ。いや、はい。サルヴァドールからぼくのことを聞きませんでした？」

「わたしはサルヴァドールって人を知ってるはずなの？」

きわめて順調なすべり出し。サルヴァドールめ、殺してやる。「あなたは元私立探偵じゃないんですね？」

「元……何？」彼女は自分のカップを縁まで満たし、ぼくに差し出す。「ワインをどうぞ」

ぼくは飲む。お人好《ひとよ》しにもほどがある。サルヴァドールが適切なことを言うとか、役に立つとか、ほんのちょっとでも信じたなんて。「あなたの時間を無駄にしちゃって、すいません」

「見ればわかるでしょ。わたしはわたしの時間を無駄にしてるの。ところで、どうして私立探偵を捜してるの？」

　ぼくは彼女に説明する。別にいいよね？　ほかにいい考えもないし。彼女はひと言もしゃべらずに、ぼくの短くて簡潔で客観的なバージョンの説明を聞く。終わっても、彼女は何も言わない。ぼくは多少くわしいことを話す。パールとジャックが通勤バスに乗ってるみたいにぼくの先を見ていたこと。ネイサン・ショーのテレビコマーシャル。面談の途中でいなくなった児童サービスのダンのこと。

　彼女はまだ何も言わない。沈黙がどうにも居心地悪くなる。ぼくは話すつもりがなかった監視の大失敗と、怒ったピンクのゴルフシャツの男のことまで話す。1年半で大学から落ちこぼれたこと、〝呪われた西部開拓地〟でおどかし役をしていること、自分は率直なところ、こういう状況で誰もがいちばん頼りにしたくない人間であることを説明する。

「わかった」彼女はようやく言う。

　そこでぼくもようやくわかる。「あなたは本当に私立探偵だったんですね？」

「14年間、カリフォルニアでね。この州で開業する免許はない。でも、いまだにサルヴァドールが誰かわからないんだけど」

「なんか、とてもうまかった」

「何が？」

「あなたはぼくをうまくしゃべらせた。どこでそういうことを学んだんです？」

　彼女はスカートのしわを伸ばし、裸足《はだし》の爪先をもぞもぞさせた。「で、あなたはプロのアドバイスが欲しいのね？」

「ええ」ぼくは言う。「お願いします。なんでもかまいません」

「放っておきなさい」彼女は言う。「それがプロのアドバイス。その子たちが虐待されてることを証明しようなんて――探偵ごっこはいい考えじゃない」

「わかってます。でも放っておけない。なぜかわかりませんけど」

彼女はぼくに指を曲げる。最初は顔を近づけろということなのかと思う。秘密の答えをささやくから耳を近づけなさい、と。でもじつは、ワインをつぐからカップをよこせということだ。ぼくはふたりで使っていたカップのワインを飲み干していた。

アルコールはめったに飲まない。体が静電気を帯びたみたいにチクチクする。不思議な午後だ。どっかの美術館で見た謎めいた絵みたいに。ぼくはサーフパンツに、リサイクルショップで買ったフードゥー・グールーズのヴィンテージTシャツで空き家のパティオに立っている。すぐ横には火のないバーベキュー炉があって、向かいには本物の不動産屋の魅力的な年上の女性がいる。絵のタイトルは何にする？『何々のある静物』とか……でも何がある？

「ぼくの立場だったら、この状況でどうします？」ぼくは言う。「どこから手をつける？」

「わたしなら放っておく、ハードリー。言ったでしょ」

「ぼくの立場で、どうしても放っておけなかったら、どうやって証拠を見つけます、フェリス？　どこを見て、何を探す？」

　彼女は腕時計を見る。３時20分。内覧会が終わるまでここから離れられない。「あそこにあるワインを持ってきて」彼女は言う。

　ぼくは家のなかに入り、ワインとチーズを持ってくる。チーズを分けてそれぞれ紙ナプキンにのせる。ワインはまだ同じプラスチックのカップでいっしょに飲んでいる。

「こっちこそ教えて」彼女は言う。「わたしならどうする？　どうやって証拠を見つけると思う？」

　彼女がしないことは、かなりはっきりわかる。焦って事を進めたりはしない。衝動的に問題の家族の家まで車で行ったりはしない。ピンクのゴルフシャツの男にこっそり近づかれたりはしない。ぼくがここに来たときにも、そう、彼女は裏庭のほうを向いていたが、キッチンも視界に入る角度だった。ぼくが近づくのは見えたのだ。

「計画を立てるでしょうね」ぼくは言う。

「そう」

「それから……」と考える。会って30秒でぼくからほぼ全人生の物語を引き出した彼女の手腕を。「人と話す？　あの子たちのまわりにいて、何か気づいていたかもしれない人たちと？」

「たとえば？」

隣人とか。理屈ではそうだけど、ぼくはもうあの近所で歓迎されない。パールとジャックが仲よくしている友だちの親とか？　問題は、パールとジャックに、誕生日パーティに行ったり、リトルリーグのサッカーをしたりする仲のいい友だちがあまりいなそうなことだ。トレイシー・ショーがふたりをあわてて建物から連れ出したことを憶えてる？　オフィスに入るまえに、ふたりをあんなふうにベンチに坐らせていたことを？　彼女は子供たちに起きてることを誰にも知られたくなかったのだ。

フェリスが微笑む。「ほら、ごらんなさい」

「え？」

「別に。続けて」

パールとジャックがほかの人と交わるのは、やむをえないときだけだ。それはいつ？　医者、歯医者。たぶん、教会。学校。**学校**。

「あなたなら学校の先生と話す」

「ほらね？　わたしのアドバイスなんて必要ないでしょ？」

「でももし……」

「自宅教育だったら？　その可能性はある」

フェリスはまたスカートをいじって脚を伸ばす。きれいな脚だ。頬がカッと熱くなる。赤面ではなく、ワインのせいであってほしい。彼女はとても魅力的だ。改めて思う。口ぶりは世界を斜に構えて見ている感じでも、目は真剣そのもの。この組み合わせがたまらない。

そんな考えをみんな掃き集めて、気が散るまえに捨てる――フェリスがまたぼくの心を読むまえに。

パールとジャックが自宅教育でなく外の小学校にかよっているとしても……この街に小学校は山ほどある。どうやってふたりの学校を見つける?

「根気よくやればいいだけ」フェリスが言う。「わたしがあなたにあげられる本当のアドバイスはそれだけよ。根気よく、根気よく、根気よく。何かがうまくいく手品とか秘密の呪文なんてない」

ぼくは用心しながらも勇気づけられる。根気よくだったらできる、たぶん。根気は目をみはる天賦《てんぷ》の才能のあるなしじゃなくて、努力の問題だ。ぼくみたいな凡人にはぴったりかもしれない。

「どうして探偵を辞めたんですか?」ぼくは言う。「どうしてまだカリフォルニアにいないんですか? なぜこんなところに?」

日陰が移動した。フェリスは横から迫ってきた日光に手の指を浸し、長い脚をさっとラウンジャーからおろす。2本目のワインのボトルにコルクを挿す。

「四時ね」彼女は言う。「帰る時間よ」

彼女は家に入ってぼくを玄関まで送る。ぼくがアドバイスの礼を言うと、名刺を差し出す。

「裏にわたし個人の番号が書いてある」

「電話してもいいんですか？」

「わたしが言ったことを忘れないで」

「根気よくやる」

「じゃなくて、放っておきなさい」

そして彼女はぼくの目のまえで静かにドアを閉める。

12

その夜、ぼくは何度か夢を見る。とことん調べ物をしたから見ないほうがおかしい。でも奇妙なのは、どれも子供たちが傷つけられる夢じゃなかったことだ。その代わり、急いで着替えなきゃいけないのに靴が見つからないとか、乗るべきバスが走り去るとか、正しいボタン――のようなもの――を押さなきゃいけないのにどのボタンもまたたいているといった夢だ。どれも手遅れになって、おしまい。やろうとしてたことが永遠にできず、ひとりぼっちで、誰も戻ってきてくれない。

ぼくはびくっとして目覚める。寝汗をかいている。また眠ると、最初から同じことがくり返される。

月曜の朝、サルヴァドールが〝廃坑の鉱山列車〟にやってくる。ぼくの使い古しのＤＥＬＬより速くて信頼できる、彼の中古のＭａｃＢｏｏｋ Ａｉｒを貸してくれるという。インデックスカードの束、色つきのピンが入った箱、さまざまな色の油性マーカーも持ってくる。

「ぼくらの事件を整理するためだよ」と言う。

ぼくらの事件？　とはいえ、何も言い返せない。MacBookは必要だし、サルヴァドールは結果的にフェリスを見つけるのを助けてくれた。「オーケイ。でも、しゃべらないでくれ。いいね？　集中したいから」

「もちろん！」彼は叫ぶ。

〈メドウ・ウッド・エステイツ〉から数キロ以内の小学校をすべて洗い出して地図に書きこむが、次の段階で途方に暮れる。ひとつずつ電話をかけて、パールとジャックはそちらの生徒ですかと訊くわけにはいかない。当然だ。どこの馬の骨ともわからないやつにそんなことを教える人はいない。学校のウェブサイトにも生徒名は載っていない。笑って、学んで、ドッジボールをしている生徒たちはいかにもそれらしく、どこかのストック写真じゃないかと思う。

ぼくはショー家にいちばん近い学校を選び――キャニオン・リッジ小学校――インスタグラムを見てみる。この学校はアカウントを持っていて、投稿写真は素人臭く、本当に撮ったもののようだ。すばらしい。写真のなかにパールかジャックがいれば、ふたりがかよう学校だとわかる。

そう、すばらしい――可能性のある学校が多すぎ、それぞれのインスタに上がった写真が多すぎることを除けば。干し草の山のなかから針1本を探し出すようなものだ。針がある保証すらない。

手順が必要だ。ぼくはサルヴァドールに、学校を1校につき1枚のインデックスカードに書いてくれと言う。そこにぼくが口頭で伝える情報を書きこんでもらう。

例によって、サルヴァドールは意欲が空まわりする。「そのあとカードをピンで壁に留める？　それとも壁に留めるのが先？」

「好きなようにしろ」ぼくは言う。「おまえがカードの管理者だ」

ぼくは根気よくやりはじめる。キャニオン・リッジ小学校。多くの投稿はすぐ用なしとわかる――パールやジャックより大きい子たち、パールやジャックがたぶん行かない誕生日パーティやサッカーの試合にいる子たち、家族写真。一方、彼らと同じ年頃の子供たちの写真もある。教室にいたり、運動場にいたり、授業が終わって学校からあふれ出していたり、科学博物館の体験学習だったり。

それらをひとつずつ、じっくり確かめる。顔や、顔の一部、写真の端にある顔や背景にある顔を見ていく。遅々として進まず、思ったよりずっと時間がかかる。キャニオン・リッジ小学校だけで30分も。たったの1校で！　期待薄の写真を2枚――〝パンプキン畑〟と〝巨大な地球儀〟の集合写真――あとで調べようとサルヴァドールにメモさせるが、これぞパールとジャックといった子はいまのところ見当たらない。

次は、グッド・シェパード小学校。そして、ダンディ・ウェスト小学校。サルヴァドールをセブン－イレブンにやって、チキンナゲットとタキートスを買ってきてもらう。アッシュフォード・ヒルズ小学校、モリス・ブロック小学校。目が痛くなる。写真の顔がどれもぼやけはじめる。6歳とか7、8歳の子はカメラが大好きだ。ぱっと明るく笑う。大きなにやにや笑い、不敵なクスクス笑い、馬鹿げた表情。純粋な喜びと単純なおふざけで、ぼくも愉しくなるはずなのに、逆にどんどん暗くなる。市庁舎のベンチに無表情の顔、うつろな目で坐っていたパールとジャックのことを考えてしまうから。

写真で彼らを見てもわからないのではないかと心配になる。初めて会ってから、ふたりはぼくの頭のなかから片時も離れないが、憶えているのは顔つきや体つきの細部というより全体的な雰囲気だ。実際に見た時間は短くて、ほんの数分。ジャックはたしかパールより丸顔で耳が大きかった？　ふたりとも茶色寄りのブロンドで緑の目だったというのは、ぜったいまちがいない？

セイント・セシリア小学校。スプリング・クリーク小学校。あまりにも多くの写真、あまりにも多くの顔。あまりにもうるさいサルヴァドール。

「口を閉じて息をしようと考えたことはないのか？」ぼくは彼に訊く。「そこについた鼻の穴から」

「あるよ」彼は答えるが、自信がなさそうだ。

「やってみろ」

サルヴァドールは口を閉じる。ゼーゼー言う湿った大きな音が止まる。彼の頰が赤らみ、目が飛び出そうになる。サルヴァドールはあきらめない。闘いつづける。ぼくは悪いことをした気になる。静かになるのはいいが、彼を窒息させたくはない。

「まあいい」ぼくは言う。「冗談だよ。好きなように息をすればいいさ」

「ありがとう！」

「家に帰ってもいいぞ、サルヴァドール。1日じゅうここにいる必要はない。わかってるな？」

「いいんだ！」

ぼくはMacBook Airに目を戻す。去年5月にスプリング・クリーク小学校が教室の写真を投稿している。子供たちが円形に坐って、親切そうな若い教師をぽかんと見上げている。教師は彼らに本を読んでいて、表紙は見えないが、なんであれ、子供たちは椅子から身を乗り出して夢中になっている。

そこにいた——パールが。見てもわからないのではと心配した自分が信じられない。まちがいなく彼女だ。子供たちの輪のなかで本に夢中になっていないのはパールだけだ。部屋のうしろで誰かが写真を撮っていることに、パールだけが気づいている。耳をよそに向けて小首を傾《かし》げ、いまにも身をかわそうとしてるみたいだけど、目はまっすぐカメラを見ている。瞬時にぼくは市庁舎前の駐車場に引き戻される——車が遠ざかっていき、パールがリアウィンドウ越しにぼくをじっと見ていた。

「ハードリー？」サルヴァドールが言う。

ぼくは目を上げる。「何？」

「だいじょうぶ？　スプリング・クリークがすんだなら、ピンで留めようかって訊いたんだけど」

ぼくはパールの教室の写真についたコメントを読む。親切そうな若い教師の名前がいきなり最初のコメントに出てくる――〝K先生のお話の時間！〟。彼のリンクも張ってある。Camokellr19。ぼくは彼のインスタに飛ぶ。名前はキャメロン・ケラー――〝勉強熱心で、意欲的な先駆者、2年生の担任、クッキーが大好き。きみの笑顔で世界を変えよう、世界にきみの笑顔を変えさせないで〟。

サルヴァドールが何か言いかける。

「待て」ぼくは言う。「静かに」

キャメロン・ケラーにDMを送るのには注意を要する。もし本当のことを言えば――これからぼくが何をするか、なぜ彼と話したいかを知らせれば――たぶん頭がおかしいやつだと思われる。まあ、頭がおかしいのかもしれない。でも嘘をつくのは嫌だ。緊張してボロが出て、そもそも嘘をついたことを後悔し、それでますます緊張する。「あらあら」母さんが一度、笑いながらぼくに言ったことがある。「みんなあなたとポーカーをしたがるわね」

とてもあいまいに、でも基本的には正直に話すことにした。キャメロン・ケラーに、スプリング・クリーク小学校のある親御さんからあなたのことを聞いた（写真を撮った親のことだから、まあ……基本は正直？）、小学生に教えることについて話し合いたい（まあ、真実）と書く。DMの送信ボタンを押す直前に、キャメロン・ケラーのプロフィールをもう一度読んで、あらゆる角度から物事を見るフェリスのことを考える。だからグーグルで〝心を動かす引用〟を検索して、DMの最後、ぼくの名前の下に〝あなたは昔のあなたを超えている〟と加える。ちょっとうしろめたい。罪悪感が大きくなりすぎるまえに送信ボタンを叩く。

さて、待つか。キャメロン・ケラーがDMに返事をくれる可能性はせいぜい50パーセントほどかな。返事が来たら、今度はもっとあいまいでなく誠実な説明をしないと会ってくれないだろう。どの親と話したのか、どうして小学生に教えることを話し合いたいのか。このへんから嘘が避けられなくなる。へとへとになる。

ほとんどすぐにキャメロン・ケラーからDMが来る。**もちろんです！　話しましょう！　明日コーヒーでも？　5時では？**

ピン留めのインデックスカードを並べ替えていたサルヴァドールがぼくを見ている。

「どうかしたの？」

ぼくは首を振る。別になんでもない。脳に取りこむのに時間がかかってるだけだ。すごい、うまくいくんだ。

13

キャメロン・ケラーはまれに見る絶好調男だ。気合い充分でぼくと会う。街で最高にすばらしいこのコーヒー店がぼくの気に入ると気合い充分で信じている。学校で小学2年生をなだめすかして夏の長い1日をすごしたあとの午後5時でこの熱意。ふつうはくたびれきってるはず、だよね？　爆撃された瓦礫《がれき》のクレーターから煙が立ち昇ってるはずだろう？　彼はちがう。ページがパリッと開く真新しい本のようだ。

ぼくたちは同じ高校にかよったことがわかる。お互い憶えてないけど――彼はぼくの2年上で、高校も市内でいちばん大きいので――彼はこのすばらしい偶然にますます気合いが入る。

いい人だ。彼のエネルギーは演技ではなく、本物のように見える。7歳の子たちがキャメロンのような先生を大好きになるのはよくわかる。

「それで、きみも小学生を教えたいと思ってるんだね？」彼は言う。

DMからそう結論したようだ。ぼくはまだあいまいで正直な路線をとりつづける。「あの年齢で教育は本当に欠かせませんから」

「そのとおりだよ、ハードリー。そもそも低学年のあの時期の現場にいることの喜びといったら。彼らの力をぐんぐん伸ばすことができる。本物のちがいを生み出すことができるんだ」

「やっぱり低学年ですよね」ぼくは言う。「ぜったい」

「大学で教育学の講義を受けたことは？　受けてなくてもかまわないよ。代わりの適格認定プログラムを履修すればいいだけだから。質問があったらなんでも答えるよ」

キャメロンはフラッペの残りをストローで吸い上げる。ぼくは適格認定に関する質問を思い浮かべようとする。思い浮かばない。とにかく本題に入るしかない。

「去年のクラスに女の子がいましたよね」ぼくは言う。「パール・ショーという？」

「いた。パール。そう」

「何かふつうでないことに気づきませんでした？　なんというか……よくないことに？」

「よくないこと？」

「何かの跡、火傷のような。あるいはあざや打ち身とか。不自然な怪我《けが》とか」

だんだんわかってきたのだが、キャメロンは顔の表情がふつうの人より豊かだ。興味を抱いて激励しているときには、まちがいなく興味を抱いて激励したがっている。混乱して見えるときには――いまのように――まちがいなく混乱している。子供への読み聞かせをちょっとやりすぎて、感情を表に出す習慣が抜けないのだろう。

「身体的虐待のことかな?」彼は言う。

「まさに。身体的虐待の跡を見たことがありませんか?」

「わからない。それがいったいいまの話と……」彼は考える。まちがいなく考えている。

ぼくは、うなずきに近いやり方で首を動かす。「身体的虐待の跡を見たことがありませんか? パールに?」

「きみは保健福祉局《DHS》の人?」

「ない」

「ない?」ぼくは驚いて言う。キャメロンはパールの先生だった。彼女が2年生のあいだじゅう、毎日いっしょにいた。何かは見ているはずだ。

「ないよ」彼は首を振る。「身体的虐待の跡なんて何も見たことがない」

「まったく?」

「どうしてそんなことを調べてる?」

これが決定的な話になるかもしれない、大きな突破口、探し求めていた証拠になるかもしれないという希望は消え失《う》せた。落雷で破壊され、土埃《つちぼこり》が舞い上がった。もう体をもぞもぞさせる余地もない。〝ないよ。身体的虐待の跡なんて何も見たことがない〟は、これ以上ないほどの断定だ。

キャメロンはぼくが彼の質問に答えるのを待っている。そろそろ引きあげどきだ。でもそこでぼくは止まり、ゆっくり落ち着いて考える。フェリスならそうするだろう。彼女はあらゆる角度から考える。

ふと、キャメロンは自分から質問をすることによって、ぼくの質問に異常なほど答えているのではないかという気がする。

ぼく：何かふつうでないことに気づきませんでした？　……よくないことに？

彼：よくないこと？

ぼく：身体的虐待の跡を見たことがありませんか？

彼：きみはＤＨＳの人？

そう、彼は最終的にぼくの質問に答えたが、そのまえにやたらとはぐらかして逃げていた。そしてまた、質問に質問をよこした。

ぼく：まったく？

彼：どうしてそんなことを調べてる？

キャメロンがパールについて知ってることをすべて話していない可能性はあるだろうか。ぼくよりひどい嘘つきだという可能性は？

彼はまだぼくが何か言うのを待っている。ぼくはフェリスに使われた〝気まずい沈黙〟の技を使ってみる。うまくいかない。汗をかきはじめるのはこっちだ。椅子の上で体が動きはじめるのも。たぶん本物の汗はかいてないし、体も動いてないけど、そんな感じがする。ぼくは彼を長く見つめすぎる。長く目をそらしすぎる。キャメロンは、こいつはどこかおかしいと思いはじめている。ぼくがマフィンを変な具合に呑みこんで、窒息救助のハイムリック法が必要になったみたいに。

フェリスのアドバイスをもらったあとでも、ぼくはこういうことが下手くそだ。自分が何をしているかわからない。母さんが死んでまもないころのことを思い出す。ぼくは9歳で、日曜の朝、プレストンと養父母と彼らの4人のふつうの子供たちと教会にいて、何かの讃美歌《さんびか》を歌っていた。『神はわがやぐら』だっけ？　とにかく一生懸命歌っていた。歌うのが大好きだった。でも音痴だったんだろう、その日、養母が顔を寄せてきて、あなたは口だけ動かして歌うふりをしてなさいと言った。ただの親切心でそう言ったのだと思う。ぼくが自分を追いつめないように。ちょうどいまみたいに。

「オーケイ。つまりね、虐待のはっきりした跡は見たことがない」キャメロンが言う。沈黙のあいだじゅう押しとどめてたみたいに、ことばがあふれ出す。「そこはきちんと言っておくよ。それに、虐待っていうのはちがう……言い方でまちがった印象を与えたくない」

キャメロンは空《から》になったフラッペのプラスチック蓋をいじっている。はずしたり、はめたり、はずしたり、はめたり。すごい。パールについて口では言えないことを本当に知ってるんだ。それをいま言おうとしてる。はっきりした跡というのはどういう意味ですかと訊きかけて、直前でなんとか口を閉じる。

「不安材料がなくはない、といったところかな」彼はさらに蓋をいじったあとで言う。「でも断言はできない。あの年齢の子はどっちにしろ、あざや、すり傷だらけだから。それに……あの年齢の子たちが運動場で遊ぶのを見たことがあるかい？　飛んだり跳ねたり、ぶつかって転んだり、もうずっとそれだから……」

そこでことばを切る。ぼくは頭のなかでゆっくり20まで数える。〝気まずい沈黙〟を使うコツがわかってきたぞ。

「パールの場合」彼が言う。「一度、手首にひどいあざがあった。別のときには首に。じつはきみのところ、DHSに電話しようとも思ったんだけど、迷惑をかけてもいけないから。ほら、もしそういう通報がとんでもない誤解だったら……誰にも迷惑はかけたくなかった」

意味がわからない。誰に迷惑をかけるって？　そこで彼がパールの両親、ネイサンとトレイシー・ショーのことを言っているのだとわかった。いや待て。なんだと！ 自分のクラスの女の子があざを作ってきたときに、両親の心配をするのか？

「ご心配なく」彼はすかさず言う。ぼくの顔から驚きを読み取ったにちがいない。「パールの両親には面談に来てもらった。そしたらやっぱり思ったとおりで、パールが手首を怪我したのはスケートボードをやってたとき、首のあざは弟とレスリングごっこをするのが好きだからということだった。WWEみたいにね」

「両親がそう言ったんですか？」

「パール自身にも確かめた。面談に同席したんだ。あざのことを本人に尋ねたら、親御さんたちが言うとおりだって」

ぼくは衝撃を受ける。キャメロンは両親が同じ部屋にいるときに、パールに彼らから虐待されているのかと訊いたのだ。親ふたりがすぐそこにいるところで？ どうしてそこまで間抜けになれる？ さすがのぼくもそこまで間抜けではないと思う。たぶん、それが人間の性《さが》なんだろう。キャメロンは彼がどうしても聞きたい答えを聞いただけだ。彼の立場から考えて善意に解釈すべきなのか。それはとてもむずかしい。

でも重要なのは、こうして彼から重要な情報を得ていることだ。ぼくにこんなことができたとは、ちょっと信じがたい。「あなたは、いま言ったことをすべてこれから児童サービスに報告するんですね？」ぼくは言う。

「もちろん」と彼。「ただその……いま報告してるつもりなんだけど」

彼はぼくがケースワーカーだという印象を持っている。そう、そうだった、忘れてた。

「いえ、正式な報告という意味です」

「それが重要だときみが思うなら。いいとも。報告するよ」

5時半になる。彼は〈ホーム・デポ〉でガールフレンドに会うことになっている。ぼくたちはテーブルを片づける。ぼくはジャックについて訊く。ジャックはパールの1年下だとキャメロンが言う。今年はキャメロンのクラスに来る予定だったが、この春、両親が子供ふたりを自宅教育に切り替える決断をした。

虐待の疑いについてキャメロンがパールの両親を学校に呼んだあと、彼らは子供たちを自宅教育に切り替えた。ぼくはキャメロンがこのつながりに気づくのを待つ。信じられないことに、彼は気づかない。

コーヒー店から出る途中で、ぼくは最後の質問を思いつく。「両親はどんな感じでした？ネイサンとトレイシー・ショーは？」

「トレイシーは気むずかしいところもあるけど、広い心の持ち主だ」キャメロンが言う。

「子供たちといっしょにいるところを見るといい。子供がすべてって感じでね」

「ネイサンは？」

キャメロンは車のロックを解除し、ドアハンドルに手を伸ばす。「いつそっちに行けばいい？　それともたんに電話で正式な報告ができるのかな？」

遅すぎた。もっと早めに手を打って、彼が逃げるのを阻止すべきだった。「ネイサンはどうでした？」

彼は車に乗りこむ。「急がないと」とドアを閉めながら言う。「会えて本当によかったよ」

14

翌日、ぼくは出かけようとする。でもどこへ？　ジレンマに陥る。パールの先生との会見は大成功で、新たに重要な情報をいくつか仕入れた。ただ、それも決定的ではないかもしれない。キャメロン・ケラーの発言はどのくらい児童サービスで役立つのだろう。ふたつのあざと、それらに対する説明と、パールがその説明を正しいと認めたこと。これまでのCPSとの経験で言えば、この程度で彼らが動くとは思えない。

グエンとマロリーから来いと言われる。これからハイになってマロリーの寝室にペンキを塗るのだという。つまり、ハイになっておそらくマロリーの寝室にペンキは塗らないということだ。ぼくは行けないと答え、車にガソリンを何ガロンか足して、当てもなく運転してまわる。そうすればクリエイティブな思考が働くのではないかと期待する。ときどきフェリスの名刺を取り出して眺めるが、電話はできない。まだ3日しかたってないし、しつこくて愛想を尽かされるのも嫌だ。次のステップは自分で考えるしかない。

家に帰ると、バークがキッチンで自家製ソーセージを作っている。電化製品のせいで西洋文明から活力が失われたと考えている彼は、手まわしの肉挽《ひ》き器を使う。タクティカル・サングラスをかけ、頭にはバンダナ、袖なしの迷彩柄のTシャツ。これが彼のいつもの海軍特殊部隊退役兵の装いだ。もっとも、バークはぼくが考える海軍特殊部隊退役兵より太っていて柔らかく、色白だけど。

「そうやっておれのうしろからこっそり近づくな」彼は言う。「とんでもないことになるぞ」

こっそり近づいていたとは知らなかった。ただいつものように歩いて、〈ポップターツ〉はないかと戸棚を開けようとしただけだ。「ごめん」ぼくは言う。

部屋に戻って考える。また考える。さらに考える。考えたくないのに考えてしまうことがひとつ――パールのあざはどうやってついたのだろう。キャメロンの言ったことからすると、子供たちを傷つけているのはネイサンだ。ぼくの勘は正しかった。

あざも悪いが、煙草の火傷跡はもっと悪い。次は何が来る？　火傷跡の次は？　ぼくがここにこうやって寝そべっている瞬間にも、ネイサンはパールとジャックを傷つける新しい方法を思いつくかもしれない。もっとはるかに邪悪な何かを。

その夜9時ごろに電話が鳴る。ゴス娘エレノアからのショートメッセージだ――**準備できた？**

なんの準備？　あ、しまった。彼女へのお礼だ。自分が忘れれば、彼女も忘れてくれると心のどこかで思ってたんだろう。

またメッセージ。もしもし?

ぼくは緊張してない。いや、たぶん少ししてる。でも、ゴスだかウィッカだかの儀式のために墓を掘り返してくれなんてことは言われないだろうと思ってる。新しいアパートメントへの引っ越しで家具や箱を運ぶのを手伝ってくれとか、せいぜいそんなとこだろう。簡単で、すぐすむ。

ぼくはメッセージを送る。いつ?

彼女は住所を送ってくる。いま

地図アプリにしたがって、おんぼろ地域にある2階建ての古いおんぼろ家にたどり着く。ここなら〈メドウ・ウッド・エステイツ〉とちがって、煙を吐いてガタガタ震えるぼくのキアが違和感なく溶けこむ。

エレノアが家のまえで待っている。クリーム色のポルカドットがついたコーヒー色のドレスという仕事着のままだ。透けるように白い肌と、黒い口紅、眉のピアス、鋲つきの厚底ブーツにそのドレスだから、〈バナナ・リパブリック〉の販売店でアシスタント・マネジャーを務めるディストピアの人喰い部族長のように見える。

「今日は残業だった?」ぼくは言う。

「いいえ。どして?」

「その服」

「この服の何が問題？」

彼女の奇妙な服装は、もとから彼女のスタイルなのだとわかる。職場の規定じゃなく、あえてこういう恰好をしているのだ。「いや別に」ぼくは言う。「問題ない」

「いけ好かないストレートで大麻常習者のヒッピー・ポニーテール男に認められて光栄」

「ワオ」ぼくは言う。「まあいいけど」

ぼくの髪の何が問題だというのだ。この長い髪はぼくのいちばんいいところだ。少なくとも、数年前につき合った女の子はそう言った。そんなことをいまだに憶えてるのは悲しい？　そう、悲しい。

「ちなみにわたしは本当にレズビアンだから」彼女は言う。「このまえ嘘を言ったわけじゃないの。今夜のこれがあなたを引っかける巧妙な作戦と思われないように、あらかじめ言っとく」

もう一度ワオ。誓って言うけど、ぼくはそんなことはこれっぽっちも思っていない。でも、すでに彼女を一度怒らせてるから、黙って聞く。

「ほんとに来たのね、お人好し」彼女は言う。「わたしのメッセージなんか無視すればよかったのに。あなたを見つける方法なんてないんだから」

「でも、取引だから」

彼女は初対面のときのようにぼくをじろじろ見る。ぼくが帽子をかぶった犬であるかのように。

「きみはここに住んでるの？」ぼくは言う。

「おばあちゃんとね、そう。おじさんが数年前に亡くなってからずっと。おばあちゃんから車のキーを取り上げてほしいの。それがあなたにしてほしいこと」

「何をするって？」

「うちのおばあちゃんは車を運転しちゃいけない。そのうち誰かを轢《ひ》き殺しちゃう。警察か自動車管理局《DMV》から来たふりをして。わたしが先に入るから、2分後にドアベルを鳴らして」

「いや――何？　ちょっと待って」

もう遅い。彼女はもう歩道を玄関へと歩いている。こんなのクレイジーだ。ぼくが警察やDMVから来たなんて誰が思うもんか。おばあちゃんの体を押さえつけて車のキーをもぎ取れって？　そんなことできるわけない、取引だろうとなんだろうと。

エレノアに言われたとおり2分待ち、ベルを鳴らす。エレノアがぼくをなかに入れ、先に立って廊下を進み、リビングを抜け、階段をのぼる。古い家は暗くて、歩くとキーキー鳴る。そしてそこらじゅうに――冗談じゃなく――いろんな服装のエイリアンが飾ってある。小さな緑のエイリアンたちは目が黒くて巨大で、手脚がやたらと長い。エイリアンの花嫁と花婿もいる。警官のエイリアン、食卓を囲む4人家族のエイリアン。絵も、セラミックの人形も、刺繍《ししゅう》したクッションもある。

「訊かないで」ぼくが訊くまえにエレノアが言う。

エレノアのおばあちゃんが主寝室にいる。リクライナーに坐って、耳をすっぽり覆う巨大なヘッドフォンをつけている。見たところ200歳で、黒いアイライナーとアイシャドウをたっぷりつけ、両腕の上から下まで入れたタトゥーが色褪せている。エレノアと同じ、枯れたような視線だ。

おばあちゃんがヘッドフォンをはずす。昔のヘビメタのような曲をガンガンかけている。嚙み砕いたり切り刻んだりする音が部屋の入口まで聞こえる。

「あんた誰？」彼女がぼくに訊く。

「おばあちゃん」エレノアが言う。「DMVの人よ。何しに来たのかはわからないけど」

ほんとありがとう、エレノア。「そうなんです」ぼくは言う。「自動車管理局です」

「車のキーは死んでも渡さないよ」

エレノアがこっちを向く。「車のキーは死んでも渡さないって」

墓を掘り返すほうがまだましだ。お願いだから、ウィッカとかゴスの儀式に連れていってくれ。リクライナーの横の机に車のキーがある。キーの横には炭酸飲料〈ミスター・ピブ〉の缶と、薬入れ。あのキーを引ったくるのか？　おばあちゃんが先に取るまえに部屋を突っ切って取れるだろうか。こんなのどう考えたっておかしい。

〝呪われた西部開拓地〟や、料理の宅配や、その他多くの顧客サービス業で働いて、ひとつ老人についてわかっていることがある。彼らは一般人のように扱われることを好むのだ。あほう相手のような話し方をしてはいけない。本当に彼らがあほうでも。本当にあほうならなおさら。だからぼくはこういう状況で誰にでもする質問を考える。

部屋はむっとするくらい暑い。いろいろ変なにおいが混じっている。ベビーパウダーとか、パチョリ精油とか。「何を聴いてるんですか？」ぼくは言う。

おばあちゃんは枯れた視線でぼくを数秒見つめる。「サバスだよ」

「ブラック・サバス？」

「いや。グリーン・サバス」

「彼らのライブに行ったことは？」

「けっ。たったの６回さ」

「歴代最高のギタリストは？」

「あんたは誰だと思う？」

「わかりません、本当に。だから訊いてるんです」

彼女はエレノアを見る。エレノアは肩をすくめる。「帰って」エレノアがぼくに言う。「もう出ていって、ミスター。ＤＭＶに帰って、二度と来ないで」

「くそクラプトンじゃないね」おばあちゃんが言う。

「くそクラプトンじゃない」ぼくは同意する。クラプトンって誰だ？　ギタリストについてはたいして知らないし、意見らしい意見を持ってるわけじゃないけど、サバスをガンガン聴いているご老人を信用する。

「ジェフ・くそベックでもない」彼女が言う。

「は。ジェフ・ベック」

おばあちゃんはエレノアを指差す。「このナタリーは、めめっちいあいつが好きでね。あの陰気なゴミが。あんなの聴いてると手首を切りたくなるよ」

「わたしはエレノアよ、おばあちゃん」エレノアが言う。

「エディ・ヴァン・ヘイレンはどうです？」ぼくはおばあちゃんに訊く。「ぼくの母さんが大ファンでした」

「あたしの好みじゃないが、やることたやるよね」

「この人におばあちゃんの車のキーを取り上げる権利はないんだけどね」エレノアが言う。

いいからさっさと彼女の車のキーを取って、早くと言いたげな目でこっちを見ている。

「そのキーをいただかなければなりません」ぼくは言う。なんとか嘘をつかずにすむ方法を探りながら。今日も昨日より嘘がうまくなっているわけではない。「ぼくのほうで判断できることじゃないんです。本当に申しわけありません」

おばあちゃんはまたヘッドフォンをつける。会話は終わりのようだ。しかしエレノアもぼくも何も言えないうちに彼女はキーを取り、ぼくの頭めがけて投げつける。すごい勢いで。ぼくは間一髪でかわす。キーはぼくのうしろの壁にガチャンとぶつかる。エレノアがそれを床から拾い上げ、ぼくの腕をつかむ。

「なんてこと」彼女はぼくを急き立てて階段をおりながら言う。「あなた、気に入られたよ。見事に成功」

15

エレノアがぼくを車まで送ってくれる。「これはお返しの第1回で、まだ続くよ」と念を押す。

「わかってる。そういう取引だ」

「あなた、変わった人ね」

「どんなふうに？」

「まだあの子たちについて調べはじめてもいないんでしょ？　どうせまだ〝ハイになって考える〟段階だと思う」

「いや、始めたよ」

「聞かせて」

フェリスを見つけたこと、フェリスと話したこと、根気よくインスタグラムの写真を見ていったこと、キャメロン・ケラーから情報を得たことを彼女に話す。監視の大失敗については適当に省こうと思っていたけど、結局それについても話してしまう。エレノアはすでにぼくのことを間抜けだと思っている。その見方は無理に変えないことにする。

話し終えると、彼女はタランチュラまつげを上下させて、ぼくを見る。たぶん、どうすればいちばん容赦なくピンクのゴルフシャツの男のことでぼくを馬鹿にできるか、考えているんだろう。ところが、馬鹿にする代わりに、「ふーん」としか言わない。

「これからどうするか考えなきゃ」ぼくは言う。

エレノアの携帯にメッセージが出て光る。彼女はそれを見たあと、しまいながら「セフレ」と言う。

エレノアがつき合うのはどういうジャンルの女の子なのか。やっぱり彼女みたいに変わったゴス？　逆に、たとえばブロンドで活発な女子大生ふう？　ぼくがこれまでつき合った子たち――数は多くないけど――と、短いあいだ真剣交際したガールフレンドは、みんなマリファナをやって、ジュエリーを作り、いつかタトゥー・アーティストに弟子入りしたいと漠然と考えていた。でも、ぼくが彼女たちに惹《ひ》かれたのは、何か具体的な理由があったからだろうか。それとも、彼女たちが具体的にぼくに惹かれそうだとわかったから？

ぼくは車に乗りこみかける。

「待って」エレノアが言う。

ぼくは待つ。彼女は何か重大なことのさまざまな意味について考えているようだ。

「おなか空いてない？」彼女は言う。

「空いてる」

「今晩のサービスのお礼に食事をおごらせてあげる」

それはまたありがとう、エレノア。ぼくたちは、平凡だけど手頃な価格のタコスで有名な近くの店に行く。彼女は追加の調味料を求めて隣の空いたテーブルに襲いかかる。

「おばあちゃんは、だいじょうぶ？」ぼくは言う。「それとも、ひょっとして……」

エレノアは驚くべき量のタコスを口に押しこむ。というか、ほとんど1本まるごと。

「認知症？　いいえ。頭は文句なしにはっきりしてる。でも目が悪くてね。坐骨《ざこつ》神経痛も悪化してる。がんも」

「がん？」

「だいじょうぶ、初期のステージみたいだから。きっとわたしたちみんなより長生きする。坐骨神経痛の最高の薬が出るから、余った分をわたしにくれるの」

「ナタリーというのは？　どうしておばあちゃんはきみのことをナタリーって？」

「誰だと思う？」

「きみのお母さん？」

「だった人」

「あ」

「死んではなくて、いないだけ。最後に聞いた話だと、フロリダに住んでる。でも誰にわかる？」

「きみはお母さんと見た目が似てるってことかな？　それともおばあちゃんがこんがらかってるだけ？」

「そっちのほう」

30代か40代のしゃれたカップルが隣のテーブルにつく。この店には小ぎれいすぎるし上品すぎるふたりだ。〈アーバン・イーツ〉アプリが、数キロ先のもっと美味しいけど値段が高いタコス店の代わりに、ここを教えたにちがいない。

「やあ、すみません」夫のほうがぼくたちに微笑んで言う。「そこにあるのは、こっちのピコ・デ・ガヨじゃないかな」

エレノアがボウルに指を浸し、サルサをかき混ぜてからボウルを男に差し出す。「これ？」

夫は〈フェイスタイム〉の着信画像のように固まり、ときどき数ピクセル分だけ顔を引きつらせる。妻が静かにつぶやく。挑発に乗らないで、あなたとでも言ってるんだろう。ぼくは客がいない反対側のテーブルからサルサのボウルを取り、彼らに渡して、エレノアの代わりに謝る。

「きみはちょっと凶暴だね」ぼくは彼女に言う。そこがちょっと気に入っている。

彼女は答えない。すでに2本目のタコスにかぶりつき、はみ出た挽肉を指ですくっている。

「お母さんがいなくなったのはいつ?」ぼくは言う。「きみが何歳のときだった?」

「最初は7歳のとき。2回目は10歳。そして3度目の正直、12歳のときに本当にいなくなった。もう女の子がその歳になると母親はいらないけどね。でも、お父さんはしばらくいた。おばあちゃんも」

「うちの母さんは、ぼくが9歳のときに死んだ」

「わたしたち、もう永遠の大親友《BFF》? 初潮の話もしなきゃならない?」

ぼくはしゃれた夫のほうをちらっと見る。たぶん彼は聞き耳を立てている。たぶんエレノアをぼくのガールフレンドだと思い、ぼくのことを気の毒がっている。その証拠に、同情するように眉間にしわを寄せている。

「で、どうなった?」エレノアが言う。「お母さんが死んだあと?」

「里親に預けられた。でも悪くはなかったよ。運がよかった」

「それでわかった」

「何が?」

「何がって、冗談でしょ。だって明らかじゃない、あなたがどうしてそんなに取り憑《つ》かれたように、あの子たちを助けたがってるか」

そうなのか? 考えてみれば、たしかに一部はそうかもしれない。あの子たちのことを考えるのをやめられないのには、母さんの死が関係しているのかも。けど説明としては単純すぎる。いや、ちがう、複雑すぎるのか。

「思うんだけど、問うべきことはちっとも複雑じゃなくて、すごく単純じゃないかな」ぼくは言う。「なぜぼくがあの子たちを助けたいかじゃなくて、ぼくにしろ誰にしろ、なぜあの子たちを助けたくないなんてことがあるのか」

エレノアは自分のタコスの残骸を押しのけ、またぼくをじっと見る。本当にこれをよくする人だ――ぼくをじっと見る。こっちは落ち着かない気分になる。

「退屈なの」彼女は言う。「見せて」

「見せてって何を？」

「その家族が住んでる家。行ってみようよ。わたしの車で行けば、あなたの天敵のピンクのゴルフシャツにもわからない」

行く意味がわからない。危険ばかりで、得られるものなどなさそうだ。一方、それはいまできる〝何か〟ではある。どうせ家に帰ってベッドに横になっても寝られず、パールとジャックに降りかかりそうなあらゆるひどいことを考えてしまう。自分が横になって〝何も〟していないことを考えるだけだ。

街を横切る車のなかで、ぼくはエレノアのプレイリストを体験する。おばあちゃんの言ったとおりだ。ゆっくりとした単調なギターと、感電死しているようなフィードバックの爆発。ゆっくりとした重いドラムと、泣き叫ぶようなボーカル。でもときどき、なんの前触れもなくテイラー・スウィフトの曲とか、ディズニーの『リトル・アインシュタイン』のテーマが流れる。

「この音楽の何が問題？」エレノアが言って、ぼくに枯れた視線をよこす。

「何も言ってないよ」ぼくは言う。

〈メドウ・ウッド・エステイツ〉に入る。並んだ家はみな暗く、車のヘッドライトが攻撃的なほど明るく見える。民間の警備員がいるだろうか。たとえばバークみたいな男が見まわっていて、侵入者を銃殺したいという長年の夢が叶《かな》うのを待ってるとか。

「もっと胡散《うさん》臭いところかと思った」エレノアが言う。

「ぼくも」

「でも、馬鹿げた考えね。わかってる。大金持ちだって、わたしたちと同じくらい最悪になれる」

行き止まりの道に入る。ここの家々も暗い――ショー一家が住んでいる家を除いて。その家だけは明かりが全部ついていて、1階の窓はどれもまばゆい光を放っている。

「え！」ぼくは言う。

「あれ？」とエレノア。

「そう。ワオ」

先週はカーテンがきっちり閉まって、生きているものの気配がなかったから、平日の夜遅くのパーティはまったく予想外だ。ドライブウェイには車3台とボルボが駐まっている。すぐ外の車道にさらに2台。

ぼくたちは家のまえをゆっくりと通りすぎる。いまはカーテンが開いているから、なかが見える。といっても、見るものはあまりない。空っぽの部屋の隅。また空っぽの部屋の隅。パーティは家の反対側でおこなわれているにちがいない。それか、裏庭で。

エレノアは行き止まりでUターンして、また〈メドウ・ウッド・エステイツ〉の入口へ向かう。あの車の数と家じゅうの明かりはなんだろう。手がかりになる？　テレビではこういうとき、わりとすぐに手がかりが見つかる。それのクロースアップが映ったり、音楽が注意をうながしたり、探偵が考えている場面につながったり。**はてさて、これはどうしたことかな？**　現実の世界にそういう都合のいい演出はない。

「変だな。だろ？」ぼくは言う。「幼い子供のいる夫婦が水曜の夜11時にパーティというのは、伝統的慣習とは言えない」

「あの家の裏には何がある？」

「裏庭だろ。どうして？」

「ちがう。裏庭の向こうのこと。別の家？　それとも野原？」

「野原だ。牧草地」

ぼくは彼女の言いたいことがわかって地図アプリを開く。衛星画像に切り替える。分譲地の裏の何もないところを郡のハイウェイが走っている。ショーの家から100メートルほど離れたところだ。路肩に車を駐めておける。見知らぬ隣人の庭にもぐりこむ必要はない。ショー家のまわりの1メートル80センチでなく2メートル半の防護塀は問題になるかもしれない。その上からではなく隙間からのぞくことになるだろう。板に節穴があることを祈らないと。

「どうだろう」ぼくは言う。「誰かに見られたらどうする?」

「誰が見るの? いまさら臆病にならないで、この臆病者。調査したいんでしょ。核心を調査しなくていいの? それともわたし混乱してる?」

「オーケイ。でも、ものすごく注意しないとね」

「当たりまえ」彼女が言う。

16

ぼくたちは〈メドウ・ウッド・エステイト〉を出て、郡のハイウェイにまわる。夜のこの時間、狭い上下2車線の道には何も走っておらず、両側に野原が広がっているだけだ。将来いつかここも〈トップゴルフ〉の練習場か、緊急外来病院か、真新しい分譲地〈ヒリー・フラッツ・エステイツ〉とか?）になって地図に載るんだろうが、いまの真っ暗で果てしない闇は現実とは思えないほどだ。ゲームで言えば、バグで放りこまれる地図の圏外といったところ。

ショー家の光がめざす目印になる。エレノアが路肩に車を駐め、ぼくたちは野原を横切る。半月が出ているので足元はどうにかわかる。と同時に、この月のせいで、引き金に指をかけてむずむずしている例の民間警備員がぼくたちを見つける可能性についても考えずにはいられない。

けれども、ショー家の裏の塀までなんとか無事にたどり着く。そこで幸運に恵まれる。目のまえの塀には1メートルほどの間隔で横木がついている。そこを梯子段のように使えば、のぼって上からのぞくことができるのだ。

エレノアのほうが動きが速い。ドレスを着た小柄なゴス娘にしては異常なほどの敏捷《びんしょう》性だ。ぼくも彼女の隣に体を引き上げる。

パーティが見える。フレンチドアから裏庭に出られる書斎かリビングダイニングに集まっている。家のなかで人が動くとウッドデッキに光が射して揺らめく。くぐもった重低音のズン・ズン・ズンというビートが聞こえる。

でもまだ何も見えない。庭に木があって、それほど大きくはないけど視界をさえぎるほどには大きい。葉のあいだから見えるのは顔や体のわずかな一部とか、煙草の煙とか、さっと動く髪だけ。もっといい角度で見られる塀の別の場所を探さないと。

エレノアを肘で軽く突こうとすると——くそっ！——彼女はすでに塀を乗り越えようとしている。何をする気だ？　彼女は反対側に一瞬ぶら下がって、地面に飛びおりる。

「早く」とぼくにささやき、木の向こうの陰に隠れる。ぼくも塀を乗り越え、地面におりる。なぜ？　もう何も考えてない。いまやふたりとも不法侵入して、高さ2メートル半の塀のまちがった側に囚《とら》われている。

ぼくはコソコソと木の陰に入り、エレノアの横に身を屈める。「何をしてる？」とささやく。「誰かに見られるぞ。それにどうやってあの塀をまた乗り越える？」

「こっちは誰からも見えない。落ち着いて。暗いし、家のなかに明かりがついてる。窓の外は見えないでしょ。夜、明かりをつけた家のなかにいたことがない？　窓は鏡みたいになる」

　オーケイ、たしかに。でもあのフレンチドアを誰かが開けて外に出てきたら？　ぼくたちの息のタコスのにおいを嗅げるくらい近づくことになる。もし……。

　いまやパーティの様子がはっきりわかる。家のなかを見て、ぼくは驚きで動けなくなる。あの連中は何者だ？　エレノアはこの近所が胡散臭くないことに驚いていたけど、彼らは胡散臭さの見本だ。4、5人はハイウェイの脇でゴミあさりをしててもおかしくないし、女性ふたりは血漿《けつしょう》成分献血センターの外に並んでいそうだ。肌は荒れ、歯並びはひどく、脂ぎった髪に、もっと脂ぎったジーンズ。半分の人たちはジャンキーのようにガリガリで、残りの半分はトラック並みにゴツい。ゴツいひとりはスチールウールみたいな灰色のひげを腹まで伸ばしている。酔っ払ったガリガリのひとりはズボンのベルトに狩猟用ナイフを差している。髪を怪しげなブロンドに染めたひとりの女性は、笑うときに体をのけぞらせて歯をむき出しにするので、吠《ほ》えてるか溺れてるように見える。

　ぼくが判断するのもあれだけど、彼らは――ワオ。パールとジャックは2階で眠ろうとしてるんだろうか。音楽がズンズン響く。ふつうの親ならわが子をこんな環境、こんな人々の1キロ圏内には置きたくない。パールとジャックはきっと怖すぎて眠れないだろう。夜中におしっこしたくなったら？　我慢しなきゃならない。ベッドから出られないし、こっそり廊下に出るわけにもいかない。外に何があるかわからないから。苦痛と恐怖。パールとジャックは毎日それと暮らしているのに、そこにはもっと苦痛と恐怖が入る余地がある。

「父親は弁護士だと言ったっけ？」エレノアが眉をひそめる。このパーティに、それに少しでも該当しそうな人物はひとりもいないからだ。「彼はどれ？」

ネイサン・ショーはいない。トレイシーも。エレノアにそう言おうとしたら、新たな人物が部屋に入ってきた。彼だ――ネイサン。ウェブサイトの写真で見た顔だ。実物はもう少し荒々しく見える。ひげも剃《そ》っていないし、ネクタイもゆるめている。ただ、パーティにいるほかの面々と比べると、タキシードを着た映画スターみたいなもんだ。

「彼」ぼくはエレノアに言う。

ネイサン・ショーが人々のなかを歩いていく。微笑み、話しかけ、ハンドルつきの壜《びん》からプラスチックのカップにウォッカをなみなみと注いでいる。彼のしたことを知ったうえで現実の彼を見ると、目のまえが真っ白になるほど熱い怒りを感じるだろうと思っていたけど、実際にはただの無感覚に近い。自分の体から数センチ遊離しているような、輪郭線の外にまで自分の色がはみ出しているような感じ。ネイサン・ショーはたんに、ものすごくふつうに見える。つまり、彼が子供たちにしていることは、ふつうの生活の一部ってことだ。毎日歯を磨き、国税庁《IRS》を訴える裁判を起こし、子供の鎖骨に煙草の火を押しつけている。

「どうかした？」エレノアがささやく。

ぼくは、集中しろと自分に言い聞かせる。目的があってここに来ているのだ。部屋のなかをしっかり観察して、細かい部分まで頭に入れておこうとする。青白い手だけど日焼けした顔の男。背中に地味な刺繍があるデニムのベストの男。何が重要で何がそうでないのか、わからない。トレイシーがパーティにいないことは重要？　ガリガリの酔っ払い男が、何かあるたびにみんなとフィストバンプをしている。髪型は前髪をすごく短く切りつめて後髪を伸ばしたマレット。頭のうしろからずり落ちてしまいそうだ。

ウォッカの壜はあっという間に空《から》になる。

「もっと近づける」エレノアがささやく。

「え？　いやだめ！　いまだって近すぎる」

ガリガリの酔っ払いがデニムのベスト男にぶつかる。デニムのベスト男はガリガリの酔っ払いを激しく突く。ガリガリの酔っ払いはナイフに手を伸ばし、一瞬、最悪の事態になるかと思われたが、くるりと背を向け、デニムのベスト男に激しく尻を振って見せる。みんなが笑う。

こいつらは何者だ？　なぜネイサン・ショーは彼らを自分の家に入れてる？　〈メドウ・ウッド・エステイツ〉の隣人たちが喜ぶとは思えない。あの隣人たちが。ふとピンクのゴルフシャツの男があれほど怒った理由がわかった気がする。ぼくがおんぼろ車で行き止まりの道をうろうろしているのを見て、こういう人間のひとりだと思ったのだ。こういう人間にまちがわれたのは心外だけど、このパーティが特別な催しでないことはわかる。ネイサン・ショーの家では、この胡散臭さが当たりまえなのだ。

かといって、これもパールとジャックが虐待されているという確実な証拠ではない。児童サービスのケースワーカーは、聞いても肩をすくめるだけだろう。どっちみち、児童サービスにいまの話はできない。ここに不法侵入したことで、ぼくの信用はすでにガタ落ちだ。

携帯を取り出し、フラッシュがオフになっていることを確かめたうえでパーティの写真を撮る。ところが何か未知の説明不可能な理由で——オフになっているのはぜったい確かめた！——フラッシュが光る。フレンチドアのガラスに光が反射して、一瞬、裏庭じゅうがぱっと明るくなる。

エレノアもぼくも凍りつく。ぼくは怯えなくていいと自分に言い聞かせる。光ったのは一瞬だった。なかの誰も気づかなかった。庭はまた暗くなっている。こっちをちらっと見る人すらいなかった。

フレンチドアがいきなり開き、ネイサン・ショーが外に出てくる。重く厚みのある音楽がついてくる。彼のうしろの会話の一部が聞こえる。あのケツの穴に言ってやったんだよ……1年かそこらまえに……コケにしゃがって。そこのそれ、取ってくれ……ちがう、ちがう、ちがう。

ネイサン・ショーはウッドデッキに立っている。家の明かりを背にして顔は暗く、ぼくたちが見えているのかどうかはわからない。エレノアとぼくは木のまわりの陰のなかでぜんぜん見えないのかもしれないし、ネイサンがまっすぐぼくたちを見ているのかもしれない。

彼は動かない。脚の横に何か持っている。携帯かな。まさか銃じゃないだろう。なんで銃を持つ必要がある？　ぼくのアドレナリンが出すぎて想像力が暴走してるだけだ。

エレノアの肘がぼくの膝に押しつけられる。塀。彼女は一気に塀に戻りたいようだけど、そうすればネイサン・ショーに確実に気づかれる。すでに気づいてないとしても。しかも、あの2メートル半の塀をもう一度越える方法がまだわからない。

ただ、ここにうずくまって息をひそめていても長期的な解決策にはならない。しばらくネイサンが家のなかに戻らなかったら？　みんながデッキに出てきたら？　ネイサンがもう少し左に動いてくれれば、持っているのが携帯だとはっきりわかるんだけど。

フレンチドアがまた開く。大きなスチールウールひげのゴツい男が出てくる。

「ここで何してんだよ」彼が言う。

ネイサンが答えるが、小声すぎて何を言ったのかわからない。

「そろそろ時間だぞ」ゴツいひげが言う。「ほら、なかへ」

ふたりはなかに戻り、フレンチドアを閉める。エレノアとぼくは静かにすばやくその場を離れ、庭を引き返す。ぼくはローンチェアとか花を植えこむ木の樽《たる》とか、塀に寄せられるものはないかと探す。

「踏み台になるものを見つけて」とささやく。

エレノアはぼくを無視する。ジャンプして塀のてっぺんに手をかけ、ほとんど同時に体をひねり、蹴り出すように開いた片方の脚で塀をまたいで全身を引き上げる。忍者かよ。

ぼくは驚きあきれて彼女を見上げる。

彼女はぼくを見おろす。「何してんの」とささやく。

「は？　ぼくにはできない」

「できるって。さっさとして」

ぼくはジャンプして塀のてっぺんにつかまる。運動音痴ってわけじゃない。毎朝10回くらい腕立て伏せもしてる、思い出したときには。でも塀の上に体を引き上げて乗り越えるには、もっと上半身の力が必要だ。顎を上まで持っていくことすらむずかしい。

「足を使うのよ、のろま」エレノアがささやく。「わたしがやったみたいに。腰をひねって踵《かかと》をてっぺんにかけて。簡単だから」

そのとおりだ、彼女みたいにとんでもなく身軽なら。とにかくやってみる。信じられないことに、それがうまくいく。体がくるりと塀の上へ。エレノアはすでに車へと走りながら大笑いしている。ぼくもあとを追い、うしろは振り返らない。

17

情報が増えれば増えるほどわからなくなる気がする。これも〝根気よく〟やることの一部なのか？　頭のなかで事実にひとつずつ取り組んでいけば、真実が見えてくる？　ネイサン・ショーはいったい何をしてるんだろう。彼の家にいたあの胡散臭い連中はなんなんだ。彼の依頼人たち？　ＩＲＳのことを心配しているような人は、あのなかにひとりもいなさそうだが。ネイサン・ショーが悪事にたずさわっているとしたら、それが児童サービスを動かすきっかけになるか？　たぶんなる、よね？

もし——

「よう。なんで監獄をパスした？」

「失礼、いまなんと？」

ぼくは木曜にまた〝死んだ保安官〟になっている。考える時間と場所がいちばん必要なときにかぎって、こういうゲストが2分おきに突っかかってくる。今回話の腰を折ったのは、電動カートに乗った柄の悪いおっさんだ。

「6月に来たときは監獄がダントツだったぞ」彼は言う。

誓ってもいい。〝旧市街の監獄〟がダントツだったことは一度もないし、少なくともぼくが働きだしてからツアーの一部になったこともない。構造むき出しで埃《ほこり》まみれの空っぽの建物を動かぬ証拠として見せてもいいけど、ぼくの経験で言うと、柄の悪いおっさん対策として動かぬ証拠が成功したためしはない。だからぼくは彼が〝呪われた西部開拓地〟を愉しめなかったことに対して謝り、次回の入場料を2割引にするクーポンを渡す。彼はぼくの手からクーポンを引ったくり、ここのサービスはなってないなと文句を垂れる。

次の集団では、ひとりの女性が自分の娘の食べかけのポップコーンの箱をぼくに渡し、捨ててちょうだいと——頼むのではなく——命令する。その次の集団では別の女性がぼくの口上に割りこみ、ぼくなどまるでいないかのように西部開拓時代のトリビアを披露して、ほかのゲストを喜ばせる。

通常ぼくは、こういう無能で気が利かない使用人みたいな仕打ちを受けても気にしない。でも、わけあって今夜はちがう。不機嫌でカッカしている。シフトが終わるのをひたすら願っている。

〝植民地時代のアメリカ〟で夜の豪華イベント〝自由の鐘を鳴らせ〟が始まって、いっとき休める。打ち上げられた花火が遊園地内の全員を中央広場に引き寄せる。ぼくは水をがぶ飲みし、携帯でまた〝ネイサン・ショー〟を検索する。彼の全人物像を知る必要があるが、何度やっても例の法律事務所のサイトと、弁護士レビューサイトしか出てこない。数少ないコメントは短くてあいまいだから、フェイクかもしれない。**大推薦。親切なプロ。私の問題を真剣に聞いてくれた。**

事務所のサイトの〝ネイサンについて〟には、彼がかよった著名ロースクールの名前があがっている。それだけ。ほかはすべて宣伝文句だ——何百人もの依頼人を弁護し、日々依頼人のために身を粉《こ》にして働いている、など。相談無料。初めてのかたも歓迎。〝納得の料金〟は2回出てくる。

ネイサン・ショーは、フェイスブック、インスタグラム、ツイッターにも複数いるが、見たかぎり、どれもぼくが捜しているネイサン・ショーではない。ほかに何ができる？　クレジットカードを持っていないので、〝誰かについてなんでも発見！〟するというデータベースは使えない。どうせそういう広告は悪徳商法だ。

財布からフェリスの名刺を取り出す。いまでなきゃいつだ？　そう、彼女なら誰かについて何かを発見する方法を知ってるはずだ。私立探偵時代からの知り合いが手を貸してくれる可能性もあるかもしれない。

呼び出し音が5回鳴り、そろそろボイスメールかと思ったところで彼女が出る。

「フェリス・アプトン」

「ヘイ、やあ、ハイ。ハードリーです。こないだの日曜に内覧会に行った」

「ハロー、ハードリー」声に驚きは感じられない。驚かない人なのかもしれない。「どうしたの？」

　ぼくは少し緊張する。電話をかけてほしくなかったら、そもそも番号は教えないだろうけど、それでもこの会話はテストみたいだ。彼女の時間を無駄にするな。したとたんに見限られる。

「あなたのアドバイスにしたがったら、うまくいって驚きました」

「驚きました？　わたしはいいアドバイスをしたつもりだったけど、ハードリー」

「いや、すいません。そういう意味じゃなくて、その、ぼくがへまをしなかったんです、信じられないかもしれないけど」

「それで、もっとアドバイスが必要になったの？」

「ええ。予想外ですよね。もしよければ。時間があったら」

「お酒でも飲みましょう。いま何してる？」

「いま？」せいぜい電話で短い会話をするくらいだと思っていた。「お酒？」

「まだ9時よ」彼女が言う。「わたしを何歳だと思ってる？」

　1時間後にダウンタウンの高級ホテルのバーで会うことになる。シフト長のダットワイラーを見つけ出し、緊急の用事ができたので早退しなければいけないと話す。ある意味で真実だ！　ダットワイラーは渋い顔をするが、ぼくは今月の残りの勤務で要望があればばかならず〝死んだ保安官〟をやると誓う。それでダットワイラーの仕事はずいぶん楽になるので、彼はぼくを解放してくれる。

ぼくは大急ぎで家に帰って手早くシャワーを浴びる。いつも着ている服はどれも高級ホテルのバーにふさわしくないので、クローゼットの奥をあさる。しばらくまえに、いつか本物の仕事の面接があるかもしれないからとプレストンに押しつけられた、おさがりの服が見つかる。ボタンつきの品のいいシャツと上等のジーンズだ。

約束の数分前にホテルに着く。ロビーは気取っていて清潔で、エアコンがガンガンに効いている。その寒さとあたり一面の大理石――大理石のフロア、大理石の柱、芸術的な模様が刻まれた壁の大理石の石板――で死体置き場を連想する。軽口を叩くテレビの検死官が、サンドイッチを食べながら死体を引っかきまわして臓器を探しているところを。

ホテルにはバーがふたつある。ひとつは少しカジュアルで、テレビがいくつか野球のハイライトを映し、ウェイトレスが審判みたいな服を着ている。もうひとつは暗く静かで、各テーブルに置かれたキャンドルが点々と光っている。ぼくは迷って、ふたつのバーの中間に立つ。プレストンの強張《こわば》ってぎくしゃくした服のせいで、体も強張ってぎくしゃくしている。彼はジーンズにアイロンをかけるだけでなく、糊《のり》まで利かせるようだ。そんな気がするのは、ぼくがいつも長いこと洗ってないジーンズばかりはいてるからかな。

フェリスがぼくの肩を叩く。どこから現れた？

「テーブルをとってくれなかったのね」彼女が言う。

「どっちのバーかわからなかったから」

彼女はぼくが冗談でも言ったかのように微笑み、先に立って暗く静かなバーに入る。

18

坐るなりウェイターがすっとやってきて注文を聞く。見るからにまじめそうだが、フェリスをちらっと見、次にぼくをちらっと見て、こいつらここで何してる？　と思っているのがわかる。ほかのカップルは、重要な商談をしている中年の男女か、おそらく自分の娘ではないうら若い女性と話している中年男性だ。

フェリスは特別な種類のライ・ウイスキーを使ったオールド・ファッションドを注文する。ぼくは同じくらい洗練されたカクテルを思いつこうともがく。しまいに彼女が、この人にも同じオールド・ファッションドをと言って救ってくれる。

「会ってくれてありがとう」ぼくは言う。

「話を聞かせて」

「去年パールの2年生の担任だった先生を見つけて話したら、パールに何度かあざがあるのを見たことはあると言ってました。でも児童サービスには報告しなかった。代わりに両親を面談に呼んで、問題ないと判断したって」

フェリスは片方の眉を上げた。「それ、あなたが全部やったの？」

「彼と話したときには、自分が何をやってるのかよくわからなかった。でも当たりでした。あの先生は父親が子供たちを虐待していると考えてる。とはいえ、ぼくも児童サービスにはまだ持っていけません。教師すら当てにできない。自分が信じたいことしか信じないから」

「みんなそうよね」

ウェイターが飲み物を持ってくる。ぼくはオールド・ファッションドをひと口飲む。これは——ワオ——強い。目に涙がにじむが、この暗さでフェリスに見えなかったことを祈る。

「だから、ネイサン・ショーが何をしてるのか知る必要があると思うんです」ぼくはフェリスに夜中のパーティと、あの家に集まった胡散臭い人々のことを話す。「彼はまちがいなく怪しい。けどオンラインでは何も見つけられなくて」

彼女はまた眉を上げている。「わかった」

「何が？」

「だから電話したのね。わたしを利用したかったから」

「ちがう！」ぼくは言う。でも図星だから、面目まるつぶれだ。「いや、そうです。あなたが何か……その、ぼくの知らない手段を持ってるんじゃないかと思って。どこかから彼の情報を得られないかと。すいません」

「いいの」彼女は言う。怒っているというより、おもしろがっているようだ。よかった。

「考えてみる」

「本当に?」

　彼女はグラスを持ち上げる。ぼくが自分のグラスでカチンとできるように。キャンドルの光でフェリスが美しく見える。なくても美しいけど。目や肌に金色の光がチラチラと揺らめく。ぼくより軽く15歳は上だ。年上の女性に魅力を感じることに、いまごろ気づいた? いやちがう。そうじゃない。フェリスに魅力を感じるのだ。

「必要な情報を会話から得るのは」彼女が言う。「むずかしい」

「オーケイ」

「なぜかって、あらゆる会話、話しかけるあらゆる人は、みんなそれぞれちがうから。フランスに行ったら日本語で話しかけないでしょ?」

「ええ。でも――」

「あなたは注意を払わなきゃならない。注意を払いつづけるってこと。この世でもっとも危険なものは、第一印象よ」

　テーブルは小さい。彼女の手がぼくの手のすぐそばにある。指と指が触れ合うほどに。ぼくはいきなり罪悪感に襲われる。いったいどうした? フェリスにクラッときてる場合じゃないだろう。パールとジャックを助けることだけに全力で集中しなきゃいけないときに。フェリスがぼくを気にもかけないことは言うまでもなく。彼女にはもっといい選択肢がごまんとある。

「いいアドバイスです」ぼくは言う。

「そうよ」

彼女はウェイターに手を振り、ふたり分のオールド・ファッションドのお代わりを注文する。こういうバーで飲み物はどのくらいするんだろう。手持ちは31ドルしかない。愚かなことに、それで充分だと思っていた。

「心配しないで」フェリスが言う。「おごるから」

「どうしてぼくがそのことを考えてるってわかったんですか？」

「考えてみて」

「注意を払ってるから」

「物憶えがいいわね。気に入った」

ぼくたちからそう離れていないテーブルに中年男性がいる。明らかに彼の娘ではない若い女性といっしょだ。テーブルに身を乗り出し、相手の目をじっと見て、しきりにささやいている。相手の彼女は中空を見つめ、カクテルのストローをグラスの縁にトントン当てている。男はスーツ。女はチラチラ光る丈の短いドレスを着て、髪をセクシーなカワウソみたいにうしろになでつけている。第一印象を言えば、男は女のシュガーダディで、家か仕事の悩みを彼女に打ち明けている。女はいまも耐えているし、このあとのイチャイチャにも耐える。

第二印象は？　ぼくは注意を払う。でも……シュガーダディ以外ありえない、よね？　彼は彼女をとことんうんざりさせている、よね？　ところが彼女は手を伸ばし、拳で男の胸を叩く。**おいおい！**　それは親密でやさしい行為だろう。もしかして本当に彼の娘なのか？

「時間はかかる」フェリスが言う。「練習が必要よ」

「ネイサン・ショーの家にいた人たちは何をしてたと思います？　専門家としての意見は？」

「それ、飲んじゃって」

彼女の言いたいことはわかる。ぼくはもう充分すぎるほど時間と注意をもらった。２杯目のオールド・ファッションドを飲み干すと、熱で溶けた鉱石が鋳型に流れこむみたいに体全体に広がる。

「また助けてもらって、ありがとうございました」ぼくは言う。

「ハードリー」と彼女。

「なんです？」

「わたしの家に戻りましょう。そう言いたかったの」

えっ！　キャンドルの炎が躍る。フェリスがウェイターにクレジットカードを渡す。ぼくはライ・ウイスキーの効用もあって落ち着いている。ショックが大きすぎてほかのことができないからでもある。

「オーケイ」ぼくは言う。

ぼくたちは彼女のアパートメントに歩いて帰る。ホテルからわずか数ブロックのところで、中規模のわが街では大都会の高級タワーマンションに相当すると言っていい。エレベーターには直前に乗った住人の香水のにおいが充満している。濡れた葉っぱとキャンディのにおいだ。フェリスとぼくはまえを向いて立ち、腕が触れ合っている。ハイヒールをはいた彼女は180センチちょっとのぼくと同じくらいの高さだ。ぼくたちは扉の上の階数表示がひとつ上がり、消えてまた上がるのを黙って見る。いまいったい何が起きてる？3時間前には〝ゾンビのならず者〟からうっかり股間に膝蹴りをくらっていたというのに。

フェリスのアパートメントは、フェリス本人とは正反対に、とっ散らかっている。ソファには服が積んであり、半分開けたアマゾンの箱から梱包《こんぽう》材がはみ出し、〈ソノス〉のスピーカーの上には空のワインボトルが置いてある。ぼくをここに招き入れるつもりではなかったか、ぼくが気にしないと思っているかだ。

「これを動かしても？」ぼくはソファの服の山のひとつを指差して言う。

「なぜ？」

「ぼくたちが坐れるように」

「どうして坐りたいの？」

　彼女はぼくを寝室にいざない、靴を脱ぎ捨て、明るすぎない程度に月の光が入るようにブラインドを調節する。ぼくたちはキスをする。どうすればキスがうまくなるんだろう。数値化するのはむずかしい。フェリスはすごくキスがうまい。すぐにふたりは流れに乗る。彼女はぼくのシャツのボタンをはずしはじめる。

「緊張しないで」

「してない」

「これが初めての体験？」

「は？　まさか！　もちろんちがう」

「冗談よ。あなたの初体験の相手にはなりたくない」

「やっぱり緊張してきた」ぼくは言う。

　フェリスとのセックスには親密な感じがある——セックスだし——けど、彼女といるときに見る奇妙な夢の一部のようでもある。フェリスは自分と、ぼくたちと、このことに完全に満足している。ぼくは経験豊富じゃないけど——実際ちがう——これまでつき合ったほかの子たちは、みんな多かれ少なかれ自意識過剰だった。フェリスはちがう。誰からも見られていない。

　セックスをしていると、ぼくはいつも誰かに見られてる気がする。東欧諸国のオリンピック審査員がずらりと並んで、ぼくのあらゆる動きに減点の印をつけてるみたいな。でもこの夜は、頭のなかにフェリスしかいなくて、ほかのものが入る余地はない。彼女の手触り、見た目、においや味わいのなんとすばらしいこと。ぼくたちはスピードを上げたり下げたりし、力をこめたりゆるめたりし、寝転がったり起き上がったりする。ほんの1秒も、ちゃんとものが考えられない。彼女の目が挑むように光り、早々《はやばや》といかないでよと叱咤《しった》する。ぼくは目をそらすしかない。でないと本当にいきそうだ。

　終わったあと、フェリスはぼくをキッチンに送り出して、パッションフルーツ味の〈ラクロワ〉をふた缶取ってこさせる。ほかの水分補給の選択肢はない。ぼくたちはベッドに横たわり、しばらく黙ってそれを飲む。

「ところで」ぼくは言う。「兄弟姉妹はいる？」

「なんですって？」

「いや……別に。ふだんの趣味は？　仕事をしてないときとか」

　彼女は眉を上げてみせる。「また緊張してる」

「いや。そう。考えてた。あなたのこと何も知らないなって。あなたもぼくのことを何も知らない」

「そのとおり」

「もっとお互い知ったほうがよくない？」

彼女はシーツのなかに手を入れて、〈ラクロワ〉の缶で冷たくなった手をぼくにまわす。それから気だるそうに、長々とパッションフルーツ味のキスをして、「そうしましょう」と言う。

19

フェリスは早朝3時にぼくを蹴り出す。言いわけはいっさいしない。「わかるでしょ」と疑問符なしで言う。

数時間後に目覚めたときには、起きたことの驚き――フェリスとぼく、フェリスとぼく、――は消えかかっている。罪悪感がまた渦巻きはじめる。市庁舎でパールとジャックを初めて見てからもう1週間以上たっている。どうしてふたりがまだ人生に囚われているときに、フェリスのような女性と愉しくすごし、喜びと安らぎを味わい、高価なカクテルを飲んで、いちゃつくことまで許されるというのか。パールとジャックがひと晩も休めないのに、どうしてぼくが休める?

バークはいない。安心した。珍しくユッタもなかに入れている。これも安心。彼女はぼくがシリアルを食べるあいだ、両足にすり寄ってくる。ぼくはオンラインで読んだ児童虐待について考えるのをやめられない。痛みがうまくことばにならないのは不思議だ。そう、ならない。切り傷。あざ。火傷。どれもウェブページで読めばそれほどひどくなさそう、だろう？　でも、たったひとつの切り傷にしろ、打撲傷にしろ、火傷にしろ、負うときにはそれが永遠に続く気がするものだ。

マリファナを吸ったあとサルヴァドールに電話して、職場の駐車場で会う約束をする。彼の家から〈美しきアメリカ大陸〉までの距離はうちからの倍ほどあるのだが、なぜかぼくより先に着いている。

「準備できてる！」サルヴァドールは言う。

「なんの？」

それに彼は一瞬たじろぐ。「なんでも！」ぼくは言う。

「今日、車を借してもらえないか？」ぼくは言う。サルヴァドールはホンダのＳＵＶに乗っている。彼のママが数年前に買って乗っていた車だ。サルヴァドールはそれをいつもピカピカに磨き上げている。「代わりにぼくのを貸すから。今晩また交換しよう」

彼自身ではなく車を要求されてサルヴァドールががっかりしたのがわかったので、〝廃坑の鉱山列車〟にこもってパソコンをインターネットにつなぎ、ぼくがショー家のパーティで集めた事実を全部インデックスカードに書いておいてくれと指示する。それでサルヴァドールはまた元気になる。

また〈メドウ・ウッド・エステイツ〉に行くのは賢い選択だろうか。別のしゃれたきれいな車に乗っていくにしても？　ほかにいい考えが浮かばないのだ。新たな目でもう一度見てみたい。今回はしっかり注意を払って。

分譲地はいつものように静かだ。行き止まりの道に入ると、このまえの老婦人がまた庭で花に水をやっている。ぼくが通過しても目もくれない。サルヴァドールの車がこの場所になじんでいる。ピンクのゴルフシャツの男はどこにもいない。家のなかから外をうかがっているのか。出てこい、おっさん。今日は何も文句を言われる筋合いはないはずだ。

ショーの家はまたすっかり閉ざされている。カーテンはすべて引かれ、ブラインドも閉まっている。ドライブウェイにはダークブルーのボルボ。ほかの車はない。ぼくは行き止まりでUターンしてきて、脇道に車を寄せる。家はまだ見えるが、まえよりずっと目立たない場所だ。5分ほどたつと発車して分譲地を適当にまわり、また別の場所に駐める。これからもまちがいはするだろうけど、同じまちがいはしないように注意する。

第2の監視地点から見ていると、家の正面のドアが開く。ふたりの子供、パールとジャックが出てきて、トレイシーがついてくる。学校にいるパールの写真を見たときにも衝撃を受けたが、現実の世界でまた彼女とジャックを見るのは、バスにはねられたような衝撃だ。彼らがいる。**すぐそこに**。パールのTシャツにアニメの妖精が描かれていて、ジャックの目に茶色がかったブロンドの髪がかかっているのがわかるくらい近くにいる。パールはジャックの手を引いて先を歩いている。ふたりとも記憶にあるよりさらに小さく見える。とても幼くて、細くて、か弱そうだ。トレイシーがジャックを車の後部座席に坐らせ、シートベルトをかけて、おでこにキスをする。

ぼくの脳は目についていけない。気づくと、もうボルボは行き止まりの道から出て〈メドウ・ウッド〉の守衛所のほうへ遠ざかっている。

ぼくはあわてて手を伸ばし、サルヴァドールのSUVのギアをドライブに入れる。Uターンして守衛所に向かい、左折して分譲地から出ていくボルボをかろうじて視界にとらえる。

これまで誰かを尾行したことは一度もなかった。やってみると、一瞬の気のゆるみも許されない。映画で見る尾行はスリリングなシーンの連続に編集される。曲がる、曲がる、車線変更、で、**いかん、見失う！** とか、**やばい、気づかれた！** となる。でも現実の世界にモンタージュ技法はない。どの瞬間もダークブルーのボルボに集中してなきゃいけない。近づきすぎても、うしろに離れすぎてもだめだ。

頭が痛くなる。数分後、商業地域のあわただしい車の流れに乗る。交通が激しく、青いボルボに似た車もたくさん走っていて、みんなの運転もひどい。映画では、〈エアーポッズ〉を耳に押しこもうとしたせいで目のまえの車線にふらふら割りこんでくる人はいない。信号の黄色で驚いたように急ブレーキを踏む人も。おまけにぼくはSUVに慣れてない。ぼくの車よりパワーがあってブレーキもよく効くから、不必要に飛び出したりガクンと揺れたりする。

それでもだんだん操作に慣れ、ボルボも見失っていない。15分かそこらでボルボは曲がり、また曲がって、近くの公園に横づけする。ぼくはその横を一度通りすぎ、通りの反対側に車を停める。これでボルボがサイドミラーに映る。

トレイシーはボルボから子供たちをおろし、小さな遊び場にふたりを連れていく。パールはブランコに乗る。ジャックはこのまえみたいに姉の動きを見て、そのまままねる。パールはジャックがいつもまねをすることに気づいてるんだろうか。それが嫌だ？　むしろ安心する？　ぼくはわずかな時間、すべてがうまくいったときのことを想像する。必要な証拠が得られて、ＣＰＳが彼らを新しい人生に移す……そしてたとえば、パールが17歳でジャックが16歳になったとき、彼女が、あんたは子犬みたいにわたしについてきてたよね、なんて彼に言う。あるいはパールが歳をとって介護施設に入ったとき、ジャックがそんな思い出話をして彼女を笑わせる。

ぼくの心はなんか変な方向に漂っていく。ハイでもないのに！　トレイシーもブランコに乗る。ぼくは3人がブランコを前後に揺らすのを見る。みんな足はほとんど地面から離れない。でもこれは悲しい場面じゃなくて、多少平和なひとときだ。

何に注意を払うべきなのか。公園。オーケイ。ひとつ湧いた疑問は、なぜトレイシーは車で15分もかけて子供たちをこの公園に連れてきたかだ。ちょっと出かけるにしては長い。家にもっと近い公園はいくらでもある。〈メドウ・ウッズ・エステイツ〉のなかにだって公園や遊び場はたぶんあるはずだ。

考えられる答えがひとつ――この公園は人気《ひとけ》がないから？　彼らのほかには誰ひとりいない。子供も大人も。トレイシーがパールとジャックをここに連れてきた理由は、ふたりを学校へ行かせないようにした理由と同じなのかもしれない。〝運転向上証明〟のオフィスに入るときに、ふたりを外のベンチに残しておいた理由と同じ。誰かがあざや煙草の火傷跡を見て不審に思うのを避けたいのだ。

パールの担任だったキャメロン・ケラーが話していたことがわかる。トレイシーは本当に子供たちを愛しているように見える。ふたりに微笑み、話しかけ、ジャックをブランコから抱き上げて、またおでこにキスをし、3人でメリーゴーラウンドに乗ってぐるぐるまわりながら、パールをぎゅっと抱きしめている。人を裁きたくはないけど、どっちのほうが悪い人間だろう。子供を傷つけるネイサンと、彼をかばおうとするトレイシーと？

3人はメリーゴーラウンドを終えると、ボルボに戻って出発する。ぼくは30秒待ったあと追跡しはじめる。公園からも〈メドウ・ウッド・エステイト〉からも遠ざかる西に向かって走っている。数キロ先でトレイシーはショッピングモールの駐車場に入る。ヘアサロン、クリーニング店、ベトナム料理店、〈ベライゾン〉の携帯販売店、最後は空き事務所。彼女は空き事務所のまえに駐車する。

ぼくは〈ベライゾン〉の店の外のスペースに車を入れる。あの空き事務所はかつて何だったのか。ジムとか、たぶん。そのまえはレンタルビデオの〈ブロックバスター〉だったのかも。クリーム色の漆喰《しっくい》の下地のまわりに褪せた青と黄色のペンキが残っている。いまはすべての窓に茶色の粘着テープが貼られている。

トレイシーはまた子供たちをおろす。どこへ連れていく気だ？　元〈ブロックバスター〉のまえにはほとんど車が駐まっていない。ぼくは見ながら待つ。さらに人々がぽつぽつ入っていく。記憶がぼくの肩を叩く。小さいころ、母さんによく〈ブロックバスター〉に連れていかれた。まだＤＶＤが流行《はや》ってた時代だ。母さんとぼくは通路を往ったり来たりした。映画のジャケットカバーの色が目に飛びこむ。観る映画を決めるのはいつもぼくだった。あれだけ選ぶものがあったから圧倒されそうになったけど、母さんはいつも「心配しないで」と言った。「あなたはいつもいいのを選ぶから」

元〈ブロックバスター〉に入る人の流れが途切れる。20分がたつ。地図アプリを見ると、そこの住所はわかるものの、ほかの情報はない。なかに何があるのか知りたい。窓に粘着テープを貼ったあんな場所になぜトレイシーが子供を連れこんだのか。意味がわからない……いや、むしろ完全にわかるのかも。胃がよじれる。だんだん苦しくなる。児童虐待の記事を読みすぎたせいだ。冴《さ》えた頭でいるためにポケットのマリファナは吸わないと自分に約束してたけど、それを破ってジョイントに火をつける。いいさ、と自分に言い聞かせる。だいじょうぶ。

40分。1時間。なかに入って様子を見るべきだろうか。そう考えると、また胃がよじれる。ちょうどそのとき。トレイシーと子供たちが出てくる。3人はボルボに乗って走り去る。ぼくはその場にとどまる。臆病者になるな。トレイシーと子供たちがいた場所を確認しろ。

また人々が出てきて車で去っていく。スーツの男、ヨガパンツの女、ネイサン・ショーのパーティにいたかもしれない怪しげな男。ぼくは注意を払う。いま見ているのはなんだ？　共通点が何もなさそうな人々だ。肌の色も年齢もタイプもみんなちがう。ストリッパーみたいな人から高校の校長みたいな人まで。

5分待って、最後の人が本当に最後だったと確信してから、SUVの外に出る。謎の元〈ブロックバスター〉のまえまで行き、深呼吸して、ドアに手をかける。鍵はかかっていない。もう一度深呼吸して、ドアを引き開ける。立ち去った人々の構成から、なかに何があるにせよ極悪なものではないとほぼ信じている。殺されたりはしないはず、だろう？　だよね？

なかに入る。安っぽい石膏《せっこう》ボードの壁の狭い廊下がある。左手に小さな部屋。なかをのぞく。おもちゃ、ビーンバッグ・チェアがふたつ、大量の子供の本。オーケイ、なるほど。トレイシーはここに子供たちをいさせたにちがいない。

廊下をさらに進むと、大きな部屋に入る。陰気な茶色のカーペットに陰気な茶色の壁。

円形に置かれた折りたたみ椅子を、男がたたみながら集めている。部屋の奥には別のドア、その横のカードテーブルにコーヒー沸かし器があって、まわりにクッキーの食べかすが散らばっている。植木鉢にぽつんと生えた植物はしなだれ、葉の緑はほとんど消えている。

椅子を持った男がぼくに気づく。ウィリー・ネルソンふうに髪を三つ編みにした年寄りヒッピーだ。「なんだね、兄弟?」彼が言う。

「どうも」ぼくは言う。

彼が近づいてきて、握手の手を先に出そうとしたぼくをいきなりハグする。

「ハグ好きでね」男は言う必要のないことを言う。猫みたいなにおいがする。不快じゃないけど、ずっと押しつけられていたいにおいでもない。

「ですね」ぼくは体をゆっくりと遠ざけながら言う。

「チャーリーだ。きみは1時の会には間に合わなかったが、歓迎するよ」

「1時の会?」

「NAだよ、兄弟。だが、酒が問題でもかまわない。依存症ならなんでも」

NA《ナルコティクス・アノニマス》。匿名断薬会。わかってきた。トレイシーは1時の会に出席したのだ。回復期にちがいない。どのくらいまえから? そして何の依存症? 知りたくてたまらないが、ぼくは注意を払えというフェリスの指示にしたがっている。物事を最後までしっかり考える。いまのぼくはこう考える。**この窓口を離れるまえに、支払いの延長が必要な別の違反切符**

があったっけ？

ウィリー・ネルソンにトレイシーのことを訊けないのは明らかだ。匿名断薬会なのだから。情報をもらすわけがない。ぼくがほかのメンバーについて質問しはじめれば、彼の態度は友好的でなくなる。

「ここの集まりは毎日1時ですか？」ぼくは言う。

「月曜、水曜、金曜だけだ。だが、きみがコーヒーを飲みたいなら、いつでもつき合えるよ」

「いまはだいじょうぶです。ありがとう」

「ここを憶えておくといい、兄弟。助けが必要ならみんないる」

またハグしようと近づいてくる。今度はぼくも心の準備ができていて、うまい具合によける。

ＳＵＶに戻り、運転席に坐って考える。トレイシー・ショーは回復期だ。ＮＡの会合に出ている。重要で有用な情報かもしれないが、どう使えばいいのかわからないので、馬鹿になった気がする。

一方、この情報が重要で有用かもしれないというのは確かだ。これを自力で突き止めたんだから、ぼくもそれほど馬鹿じゃない、だろう？

20

フェリスはその日も翌日も電話をしてこないし、メッセージもくれない。ぼくもプレストン・レベルの最大出力の自制心を発揮し、電話もメッセージもしない。時間を与えろ。急かしちゃいけない。彼女がネイサン・ショーの情報を得る手伝いをしてくれるのかどうか、知りたくてたまらない。それに利己的で恥ずかしいけど、彼女の寝室をまた見ることができるのか、それとも彼女がこのあいだのことを後悔しているのかも、知りたくてたまらない。

でも、いまぼくが集中しているのはトレイシー・ショーだ。彼女のことはずいぶんわかった。遊び場、匿名断薬会。ある考えが深いところからゆっくり浮かんできて、ぼくの意識に飛び出す。トレイシーに話しかけてみたらどうだ？

トレイシーをなんとか説得して児童サービスに同行してもらえば……それで終わり、一件落着、ケースワーカーに必要な証拠はもういらない。彼女はふたりの母親だ。それでパールとジャックはただちに、永遠に安全になる。

いや、トレイシーと話しても埒《らち》が明かないか。市庁舎であわててあの子たちをぼくから遠ざけたし。パールとジャックを遊ばせるのに、15分もかけて誰もいない公園を見つけるほどだし。

それに、そもそもネイサンが子供たちを傷つけているのを誰にも知られたくないのだ。

でなく、いっしょにパールとジャックを傷つけていたら？

その可能性は低いと思う。これまで見てきたこと、知ったことからすれば。だけど、危険は冒せない。トレイシーと話すことは、ぼくがなしうる最大最悪のまちがいかもしれないのだ。

日曜に車を運転していると、〈ヘアサロンの〈スーパーカッツ〉のまがいもの〈ミスター・スニップス〉のまえを通りかかり、13ドル99セントの特別価格の広告が目につく。ぼくは衝動的に店に入る。トレイシー、もしくは子供たちとまた会うことがあるかもしれないから、少し見た目をまともにしておきたい。フェリスのためにも小ぎれいになっておきたい。将来またいちゃつくかもしれないから、できればだけど。

〈ミスター・スニップス〉はあと20分で営業終了なので、女の子ひとりしか働いていない。15歳くらいに見えるけど、ぼくの手をしっかりプロらしく握り、椅子のまわりもきちんとしていて、特別価格からさらに25パーセント割り引くと言う。

「ほんのちょっとだけ切ってほしいんだけど」ぼくは言う。「わずかに切りそろえるくらいで」

「このくらい?」彼女は親指と人差し指を出して2センチほど離す。

「いやいや、もっとちょっとでいい」

「オーケイ。わかりました」

「わかった?」

「ほんのちょっとね」

彼女はハサミを取って切りはじめる。少々不安になるくらい長いあいだ切っている。終わると、ぼくたちは鏡で出来映えを確認する。

「ふむ」彼女は言う。

ぼくの髪は短い。まえと比べて短いどころではなく、本気で短い。いまはぼくが15歳くらいに見える。両方の耳が馬鹿でかい。

スタイリストの女の子は頰の内側を嚙む。「素敵」彼女は言う。「そう思わない?」

ぼくはうなずく。彼女の気持ちを傷つけたくない。それに自分で思ってるよりかっこいいかもしれないだろう? いまのショックがおさまれば、胎児みたいに丸まって恥ずかしさに泣きたくならないかもしれない。

店の外に出ると、金魚鉢に名刺がいっぱい入っている。**年間無料のチョキチョキ《スニップス》を当てよう!**　スタイリストの女の子は背中を向けて椅子のまわりを掃いている。ぼくは金魚鉢から、名前と連絡番号だけがきれいに浮き彫りになった名刺を1枚取る。わからないぞ、これが役に立つこともあったりして。

1時間ほどたった10時少しまえに、フェリスから電話がある。

「こっちへ来て話したい？」彼女が言う。

ぼくは恰好をつけようともしない。「うん」

「あと20分ほどで家に帰る」

彼女の家まで15分かかる。歩いて建物に向かっていると、反対方向から彼女が歩いてくるのが見える。フェリスはぼくが何も言えないうちにキスをする。

「話すのはあとね」彼女は言い、またキスをする。

フェリスとの2度目のセックスは、1度目よりさらに精神に作用する。ぼくは一瞬、文字どおり幽体離脱する。ほぼ断言できるほど。彼女の笑みを含んだ唇、真剣そのものの目。

終わったあと、ぼくは言われなくても〈ラクロワ〉の缶をふたつ取ってくる。

フェリスがぼくの短い髪に指を通す。「これどうしたの？」

「どう思う？」

「わたしは気にしない」

彼女が皮肉で言っているのか、褒めているのか、この件については本当に中立の立場なのか、推測するのはむずかしい。

「今日はデートだったんだね?」ぼくはいまさら彼女が夜の10時半に帰宅したことに気づいて言う。

「感心ね。注意を払ってる」

「どうだった? デートは」

彼女は微笑む。

「注意を払うと言えば」ぼくは続ける。「2日前にトレイシー・ショーを尾行してみた。NAに行ってた。匿名断薬会に。でもそのまえに子供たちを公園の遊び場に連れていった」

フェリスはまた微笑む。「明日は朝早くから内覧会があるの。そろそろいい?」よくない。でも帰るまえに訊かずにはいられない。「もしかして、その、考えてみた? ネイサン・ショーについて調べる方法とか?」

「おしっこ」

彼女はベッドからおりてバスルームに向かう。これが答えなんだろう、たぶん。ぼくは〈ラクロワ〉を最後にぐいと飲み干して服を着る。彼女のおしっこが終わるまで待って、ちゃんとさよならの挨拶をすべきなのか、それとも彼女がバスルームにいるあいだに帰ってほしいのか、わからない。

「昔の友だちに少し探りを入れてもらった」彼女がバスルームから呼びかける。「ネイサン・ショーはドラッグに関する軽罪で2回起訴されたけど、どちらも棄却された。かなりまえの話よ」

　ぼくはベッドから飛び出して寝室を横切り、バスルームのドアのまえに立つ。あまりの速さに漫画のキャラクターみたいな土煙の輪がうしろからついてきそうだ。「ほかには?」ぼくは言う。

「確実なものは何も」

　確実なものは何も。つまり、何かあるってことだ。ぼくは待つ。

「彼はある暴行事件の容疑をかけられた」彼女が言う。「つき合ってた女性に対してね。結婚するまえに。女性のほうが供述を変えて告訴は取り下げられた」

「暴行事件?」

「その女性は2回入院してたの、警察に話すまえに。でも3回目はもっとひどかった」

「ところが告訴は取り下げられた」

「たまたま」

「女性が彼を怖れたから」

「誰にわかる?」

　おお、ワオ。この情報は特大だ。ぼくは理解しようとする。この情報は特大、だよね?

　フェリスがバスルームから出てくる。「それだけよ。わたしが得られた情報は」

「すごく役に立つ」ぼくは言う。

彼女はぼくの髪にまた指を通し、おやすみのキスをしてくれる。「そうでもない」彼女は言う。

21

フェリスは正しい。児童サービスに持ちこむ証拠が充分そろったわけじゃない。ただぼく、、、にとって、すでに考えていたことを実行するための証拠は充分だ。これからトレイシー・ショーと直接話す。彼女の夫は、どう考えても人間のクズだ。トレイシーが当局から彼を守っている可能性は低い。そうではなくて、彼から自分と子供たちを守っているのだ。

月曜の朝、ぼくはエレノアに電話する。

「ちょうどメッセージを送ろうとしてたとこ」彼女は言う。

「どんな?」

「想像を超えてるよ」

彼女は指示を出す――おばあちゃんの家に行き、おばあちゃんを説得してぼくの車に乗せ、2時に予約してある医者に連れていき、さらに説得して病院のなかに入らせる。

すばらしい。「どうしてきみができないの?」ぼくは言う。

「あなたがおばあちゃんの説得係だから。それに、わたしは行きたくない。そこも大事な要素ね」

「どうやってそれだけのことを説得する？」

「どうにでも。たいしたことじゃないでしょ。がん専門医とかじゃなくて、ただの耳鼻科だから」

　エレノアのおばあちゃんの家に車で向かう途中、ひらめきの瞬間が訪れる。ぼくはサルヴァドールに電話をかけて、〝歴代最高のギタリスト〟を検索してもらう。どんなリストでも、くそクラプトンが1位だ。２番手はジミー・ペイジか、ジミ・ヘンドリックス。意見は分かれる。ぼくは頭のなかでコインを投げて、サルヴァドールにジミー・ペイジを調べさせる。ジミー・ペイジはレッド・ツェッペリンにいたとサルヴァドールが報告する。いいぞ。レッド・ツェッペリンというバンド名は聞いたことがある。

　ぼくはドアベルを鳴らす。長い時間がたち――お年寄りのヘビメタファンが階段をおりてくるだけの時間――エレノアのおばあちゃんがドアを開ける。

「ハイ」ぼくは言う。「耳鼻科にお連れします」

　彼女のレーザービームの視線がぼくを貫き、両目の眼窩《がんか》を灰に変える。「あんたか」彼女は言う。「ＤＭＶのケツの穴」

「じつはＤＭＶの職員じゃありません。エレノアの友だちです」

「けっ！　エレノアに友だちなんぞいるもんか」

「そうなんですか？」

「なんの用事だい？」

「あなたを車で耳鼻科に送っていきます。途中でいい音楽をかけますよ」

「嘘こけ」おばあちゃんはぼくのまえでドアを閉めはじめる。ほとんど閉めたところで、片目をすがめてレーザーを放つ。「髪切ったの」

「どうです？」

おばあちゃんはドアを完全に閉める。でも数秒後にまた開ける。彼女自身がすっぽり入りそうなくらい大きなバッグを持って外に出てくる。バッグの刺繍は、ボンネットをかぶって乳母車に入った緑のエイリアンの赤ん坊だ。ぼくはエレノアの指示を思い出して、何も訊かない。

おばあちゃんを車に連れていく。乗るのを助ける必要はない。腕に手を添えようとしたら、ぼくの喉仏に空手チョップを打ちこみそうになったから。

ぼくのぼろ車のキアにはカセットプレーヤーしかないので、携帯をつなぐには、カセットテープと複雑な配線を使わなきゃいけない。すべてセットして、いちばん受けそうなレッド・ツェッペリンの曲を選ぶ。『ロックン・ロール』。聴いたことないけど、祈るしかない。ボリュームを上げて再生ボタンを押す。

ドラムが始まる。うなるようなギター。ヘビーメタルとかそういうのは、ぼくの好みより殺気立って攻撃的だけど、この曲はキャッチーだ。まちがいない。気づくとビートに合わせて首を振っている。

おばあちゃんに受けてるかどうか、横目で見てみる。困ったような表情だが、フロントガラスにひらりと手を振って、「さあ行くよ」と言う。

そこからおばあちゃんはまあまあ協力的だ。彼女が耳垢《みみあか》を吸い出してもらっているあいだ、ぼくは待合室に坐っている。おばあちゃんは出てきて、医者に耳の聞こえはくそ完璧だと言われたとぼくに教える。そのとおりのことばじゃないだろうけど。

家に帰りながら、ぼくはツェッペリンのヘビーなローテーションに注意深く自分の好みの曲を入れていく。プリンスの『ベイビー・アイム・ア・スター』は母さんが好きだった曲。ダイアー・ストレイツの『マネー・フォー・ナッシング』も。おばあちゃんは気にしてないか、気づいてないかだ。

『ベイビー・アイム・ア・スター』を聴くといつも、自転車に乗る練習をしてたときのことを思い出す。たしか母さんがドライブウェイに大型のラジカセを持ち出していた。練習中にほかの曲もたくさん聴いたはずだけど、これだけが頭に残った。

「その調子！」母さんはぼくが成功したときに叫んだ。といっても、なんとか倒れずにふらふらと1メートルほど進んだときだ。

心臓が飛び出しそうだった。みんな憶えてないかもしれないけど、小さい子にとって自転車の乗りはじめは、ぞっとする体験になりうる。あんなに高い位置で、あんなに速く、たったひとりで、誰の手も借りずに進んだことはないのだから。

「倒れるとこだった！」ぼくは言った。

「でも、だいじょうぶだった！」母さんが言った。

でも、だいじょうぶだった！　成長期に何度聞いたことか。母さんはぼくに最悪のことではなく、最善のことを考えさせたかった。ぼくがつねに前向きに生きることを願っていた。どんなに怖くて実現不可能に思えても、夢見ている何かをめざして。

虫を探して道に迷いそうだった！

でも、だいじょうぶだった！

おばあちゃんの家のまえに車を駐め、玄関まで送っていく。「いろいろうまくいきましたね」

「けっ」彼女が言う。洞窟探検のように巨大なバッグを探って、ものすごくくしゃくしゃの1ドル札を取り出し、ぼくに押しつける。チップのつもりだろう。

「いいんです」ぼくは言う。

「ジミー・ペイジはギターのピックを投げてくれたんだ。あたしが18のときだった。彼らのアメリカ初のツアーさ。あたしと友だちのマーシーはそのために、はるばるメンフィスまで運転してったんだ。ピックはマーシーの頭にぶつかって床に落ち、それきり行方がわからなくなった。あたしの人生最大のエピソードだよ」

彼女はそれ以上何も言わずに家に入り、ドアを閉める。

エレノアの仕事が5時半に終わる。ぼくはダウンタウンのみすぼらしい地域にあるバーベキューの店で彼女と会う。昨日より暑く、つまりめちゃくちゃ暑いってことだけど、ぼくたちは外のベンチに食べ物を持って出る。そこならジョイントが吸える。

「無事やりきったのね」エレノアが言う。今日は長いスカートに『大草原の小さな家』ふうのブラウス、本物の錆《さ》びた有刺鉄線で作ったようなチョーカーという恰好だ。

「うまくいった。きみのおばあちゃんは……たいした人だ」

「その髪どうしたの？　もう起訴された？」

「長かったときにもからかったじゃないか」

「いまのほうが不細工よ」

「それほど悪くない」

「近い将来、女の子と寝たくないならね」

フェリスのことを考える。彼女の唇と、鎖骨と、残りの裸のすべてを。彼女がゆっくり、ゆっくりとぼくの上に乗ってくるところを。エレノアがじっと見ている。きっとぼくが赤面したからだ。

「まさか寝てる？」彼女は言う。「とうてい信じられない」

「もう一度、助けてもらえないかな？ あの子たちのことで？」

「さあね。どんなこと？」

ぼくは説明する。遊び場、NAの集まり、フェリスが調べてくれたネイサンの暗い過去。

「あの子たちを虐待してるのはトレイシーじゃなくてネイサンだ。ぼくはトレイシーと話したい。彼女をCPSに行かせられたら、それだけで充分な証拠になる。CPSはあの子たちを保護できる」

エレノアはぼくに指をパチンと鳴らす。ぼくは彼女にジョイントを渡す。彼女は吸って、鼻にしわを寄せる。マリファナに？ ぼくの考えに？ どっちかはわからない。

「彼女はCPSに行かない」エレノアは言う。「だって、行くならとっくの昔に行ってるでしょ？」

「そこはわからない。だから本人に訊いてみたいんだ」

「危険よ。もし彼女も子供たちを虐待してたら？ あなたが話すことで状況はますます悪くなる」

わかる。なぜぼくがいまのように感じてるか、理由はたくさんある。ぼくは子供たちといっしょにいるトレイシーを見た。パールの先生とも話した。ネイサンの暴行容疑についても知った。それでも、トレイシーに関する自分の判断は正しいと完全に確信はしていない。それも彼女と話したい理由のひとつだ。

「ほかにいい考えがある？」あればいいけど。「何もしないのも同じくらい危険だ。あの子たちにいま起きてることをずっと放っとくわけにはいかない」

「わたしに何をしてほしいの？」エレノアはようやく言う。

「突破口を作るのはきみのほうがいい。女性だから、相手も怖がらない。ぼくが話しかけて変に思われても困るし」

「どこかの男がひどい髪型でいきなり出てきたら、そりゃ変よ。まちがいなく」

「あさってのＮＡの会合の直前か直後に彼女をつかまえるんだ。きみの昼食休憩のときに。きみのほうから事情を説明して、コーヒーを飲むとかなんとかでぼくのところに連れてきてもらえないかな」

エレノアは何も言わない。ぼくたちは食事を終える。ジョイントも吸い終わる。

「おばあちゃんが今日何か言ってた」ぼくは言う。

「ちょっと人種差別で、ものすごく同性愛嫌悪なこと？　それともいつもの支離滅裂なこと？」

「きみには友だちがひとりもいないって。本当？」

彼女は中指を立ててみせる。

「いや、そういう意味じゃなくて」ぼくは言う。「ただ……それで考えたんだ」

「好きなだけ時間をかければいい。あなた、考えるのは重労働でしょ」

「ぼくには友だちがいる。親友がふたり。ずっとまえから知り合いで、いつもいっしょにいるんだ。ほんとにしょっちゅう。でも最近は……よくわからない。ぼくらがしてることって、ただ1日じゅうハイになって古いテレビ番組を見てるだけだ。それで親友と言えるのか？」

「そんなことを考えてるの？」

「ときどき、グエンとマロリーとぼくは友だちというより職場の同僚に似てるのかなって思う。たまたま同じ仕事について10年、みたいな」

「デザート買ってきて」エレノアが言う。

「パイ？」

「決まってる」

ぼくは店に入ってパイを買ってくる。

「わたしは基本、人に好かれない」彼女が言う。「でも、そのほうがいいの。他人のことをそもそも好きじゃない。人生はくだらない関係でいっぱいでしょ。だから寂しくなる。空虚で無意味な結婚とか、友情とか、そういうので。ひとりでいても寂しくはならない」

彼女はぼくがなんとかふた口食べるあいだに、レモン味のメレンゲ全体とチョコレートの半分を平らげる。

「それで」ぼくは言う。「やってくれる？」

「やるって何を？　さっきはよく聞いてなかった。マリファナをやったのは久しぶり。頭のてっぺんが広口壜の蓋になったみたい」

「作ってくれる？　ぼくのためにトレイシーと話すきっかけを？」

彼女はフェンシング並みのフォークさばきでぼくのパイの残りを刺し、持ち上げる。

「別にいいけど」彼女は言う。

22

エレノアと食事をしたせいで、ぼくは〝呪われた西部開拓地〟のシフトに遅刻する。サルヴァドールがダットワイラーと話して、ぼくの代わりを務めてくれている。

「足の爪の水虫だって説明しといた」サルヴァドールが大声でささやく。ぼくたちは〝ラスト・チャンス酒場〟の裏に集まり、次のゲストの集団のために食屍鬼の衣装に着替えているところだ。「お医者に足の爪用の特別な薬を処方してもらったから、それを取りに行ったって」

「異様に具体的だな、サルヴァドール」

彼の顔がパッと明るくなる。「ありがとう！」

サルヴァドールに、また水曜も車を貸してもらわなきゃならないと言う。彼はトレイシーのミッションに加えてくれとしつこく頼んでくる。〝ミッション〟は彼のことばだ。サルヴァドールに来てもらう必要はないし、むしろあらゆる意味で望ましくないけど、彼のSUVと労働を都合よく利用していることが気になる。だから彼のために現場から遠く、遠く、遠く離れた任務を考えなければならない。

火曜はまる1日、閑《ひま》になる。じっとしていられない。まだサルヴァドールと車を交換してないから、ショー家に行くわけにもいかない。ふと、ネイサン・ショーの法律事務所に行って調べることなら、ぼくの車でもできると気がつく。なんでもっと早く思いつかなかったんだろう。

〈ショー法律事務所〉は上流階級ふうのオフィスパークにある。隣は検眼医、もう一方の隣は歯列矯正医だ。ぼくは何度か周囲をまわり、通りの向かい側の小さなショッピングモールに車を駐める。このモールはトレイシーがNAの集まりで行くところとそっくりだ。ヘアサロン――同じ。ベトナム料理店――同じ。〈ベライゾン〉の携帯販売店の代わりに、ここは〈エース・ハードウェア〉。元〈ブロックバスター〉の代わりに〈ブックス・ア・ミリオン〉。

30分がすぎる。車を動かす必要はない。〈エース・ハードウェア〉の誰かがぼくに気づいても――気づかないだろうけど――たんに〈ブックス・ア・ミリオン〉に用があると思うだろう。〈ブックス・ア・ミリオン〉の誰かがぼくに……と続く。

〈ショー法律事務所〉のまえに駐まっている車は1台だけ、小型でつやつやした真珠色のかっこいいスポーツカーだ。人や車の出入りはまったくない。そろそろ1時間になる。検眼医は繁盛している。歯列矯正医も同様。でも〈ショー法律事務所〉はちがう。

ぼくのと似たようなポンコツ車がベトナム料理店のまえに停まって、〈ドアダッシュ〉か〈グラブハブ〉のみすぼらしい配達人が出てくる。これから配達するベトナム料理を受け取りに来たのだ。全体的に20年後のぼくの姿と言っていい。サーフパンツにTシャツ、ビーチサンダル、3日分の無精ひげ。ポニーテールの髪まで以前のぼくだ。背筋がぞっとする。なぜだろう。思えば、自分の20年後の姿を想像したことがなかった。いまを生きろ、だからね。

彼がこっちを見て顎を上げ、親指と小指を立てるシャカの挨拶をよこす。ヘイ。ぼくと同じように、あっちもぼくを認識したようだ。ぼくは20年前の彼だと。

ぼくは彼を見なかったことにする。また背筋に寒気が走る。外の気温は35度なのに。みすぼらしい配達人は料理店に入り、客の注文品を取ってくる。サーフパンツのポケットに手を突っこんで、車のキーかライターか携帯か、とにかくどこかにいってしまったものを探る。

2週間ほどまえ、例のベンチに坐ったパールとジャックを見るまえは、ぼくもあの男と同じだったかもしれない。でも、いまはちがう。もうぷかぷか浮いたり、流されたり、宇宙に次の目的地を決めさせたりしていない。

そのことをどう感じてるか？　よくわからない。ただ、目、目覚めた気がする。ぼくの人生の大きな塊は天空に消えていた。書きはじめた文章が保存前に消えてしまうみたいに。でもこの2週間には鋭さと形がある。

ぼくは〈ショー法律事務所〉のウェブサイトを見る。スクロールして、探していたものを見つける――〝相談無料！　初めてのかたも歓迎！〟。

オーケイ、依頼人のふりをしてもうまくいかないことはわかっている。そんなことをしても、具体的な証拠は何も得られない。ネイサン・ショーは、ど素人向けの税法の説明をしている最中に、突然わが子を虐待していることは告白しない。

とはいえ、近くで本人を観察すれば、何かわかることがあるかもしれない。人柄がわかるというか。氷のように冷たいのか、怒りをガンガン燃やすタイプか。ずる賢いヘビなのか、偉そうなごろつきなのか？　どんなことでも参考になる、だろう？　うっかり口をすべらせたり、あとでこっちが利用できるくわしい情報をもらしたり、何があるかわからない。

それに正直、ネイサン・ショーのまんまえに坐って、じっと目を見てやりたい。**あんたのことは知ってるぞ。どういう人間かわかってる。**パールとジャックはたぶん怖くて彼の目を見られないだろうけど、ぼくはちがう。

車のエンジンをかけ、バックして方向転換する。急いじゃいけない。フェリスにならないと。裏庭のラウンジャーに寝そべってあらゆる角度から物事を見る彼女に。

グエンにメッセージ――**電話に出ろ**――を送り、電話をかける。出てこない。マロリーにもかけてみる。彼女は出て、携帯をグエンに渡す。

「なあ」ぼくは言う。「電話に出ろって送ったぞ」

「まあ落ち着け」グエンが言う。「なんの用？　ぼくら、あとでプールに行くけど」

「ほら、きみの友だちで、ちょっとずるい商売をしてるやつがいたろ、野球のカードだかなんだかを転売してる？」

「ポールね。9カ月で3、4万ドル稼いだって」

それは眉唾だと思うけど、まあどうでもいい。「その彼はどんなふうにやった？　もう少しくわしく憶えてないかな？」

グエンは知っていることを教えてくれる。ポールのやり口はこうだ。新しい野球かバスケットボールかフットボールのカードが発売される日に〈ウォルマート〉か〈ターゲット〉に行く。朝いちばんで開店の1、2時間前に並んで、開くと同時に最初の客として入って、ショッピングカートにありったけのカードを入れて買い、そのあと〈イーベイ〉に出品して莫大《ばくだい》な利鞘《りざや》を稼ぐ。

「9カ月で3、4万ドルだってさ」グエンは言う。

「それはもう聞いた。そんなに儲《もう》かる商売なのになんでやめた？」

「手間暇がかかりすぎるから。〝こんなに一生懸命働くんなら、ふつうの仕事でいい〟って言ってたよ。いまは寝ても覚めてもビットコインだ。でなきゃ似たようなほかのコイン」

「クールだな。ありがとう」

「あとでマロリーとプールに行くぞ」

「合流する」

　ぼくはピリピリする神経をなだめるためにジョイントをやって、道をオフィスのほうに渡り、真珠色のスポーツカーの隣に駐車する。しばらく運転席で作り話を考え、しっかり頭に入っていることを確認する。

〈ショー法律事務所〉の受付エリアは小さいけど趣味がよく、穏やかで心が落ち着く。椅子がいくつかあり、壁にのどかな山の絵がかかっていて、芳香剤が強くにおう。

　受付係はおらず、別の部屋につながるドアがあるだけだ。ノックする？　待つ？　決めるまえにドアが開き、ネイサン・ショーが出てくる。ぼくを見ても驚いていないようだ。むしろ逆で、まだかまだかとぼくを待っていたように見える。笑うと顔全体がいっせいに動きだす。しわ、えくぼ、眉、たくさんの歯。ブロードウェイミュージカルのような笑みで、最後はバッチリ決めて、うしろのカーテンが開き、ラインダンスが始まる。

「どうぞなかへ」彼が言う。パーティにいたときより小ぎれいな恰好で、ひげも剃り、髪のウェーブも完璧に整え、ネクタイもきちんと締めている。

　ぼくは裏庭で初めて彼を見たときと同じ無感覚に陥るが、今回はかすかな痛みというか、遠くで何かが低い音を立てているような感覚もある。この……ファック野郎。どうしてわが子にあんなことをしながら職場にのこのこやってきて、来る人みんなに笑顔を振りまいていられるんだ？　マリファナを吸っておいてよかった。ぼくはめったなことでは怒らない。怒った自分に対処した経験があまりないのだ。

彼はなかのオフィスにぼくを通す。ここも穏やかで心が落ち着くけど、オークと真鍮《しんちゅう》と立派な本棚がビジネスの雰囲気を強調している。ぼくはソファに坐る。ネイサンは机の向こうにまわるかと思いきや、ソファの反対側の端に腰をおろす。親友同士がのんびりくつろいでいるかのように。

マリファナを吸っておいて本当によかった。おかげで精神はどうにか安定している。ネイサンが自己紹介して、ファーストネームで呼んでほしいと言う。「率直に話し合いたいので」と。

ぼくの名前は。くそっ。彼のサービスを求める作り話を精いっぱいこしらえたのに、本名を名乗るかどうかを考えていなかった。急いで考え、〈ミスター・スニップ〉から取ってきた名刺の名前を借りることにする。

「クリス・リーです」ぼくは言う。少なくとも名刺を渡さないだけの知恵は働かす。ぼくみたいな男は名刺を持たないだろう。

「ここへ来た理由をうかがいましょうか、クリス」

ぼくはスポーツカードの転売という見せかけの商売の説明をして、過去数年、税金を支払っていないと打ち明ける。

「だから、そう」と続ける。「ある意味、へまをしたわけです。それでいま気になってしかたがなくて」

ネイサンは首を振る。「こう考えましょう、クリス。ときに人は自分では背負いきれない問題を抱えることがある。完璧な人間はいません。誰もがクソへまをする。大事なのはそのあとどう対応するか。どう始めるかじゃなくて。そうやって人間ができてくる」

誰に対してもこれと同じ売り文句を聞かせるのだろうか。それとも、ぼくの人間性をたちまち読みきって――**こいつはカモだ**――それに応じた話をしているのだろうか。いずれにせよ、ネイサン・ショーがセールスマンなのは確かだ。パーティでも、一人ひとりに持てる魅力のすべてを投じて接していた。いまも売りこんでいる。

「私があなたに提供できるのは、クリス、全力であなたに集中することです。パートナーになることです。あなたと組んで立ち向かいます。国税庁《IRS》は軍隊だ。無慈悲で、執拗《しつよう》で……」

などなど。この部分はまちがいなく汎用性が高い。ネイサンはそれでも話す。彼は信じている。考えてみれば、このぼくでさえ、まじめな話、何度かは税金関係でしくじったんじゃないかと心配したことがある。いまの見せかけの話ではなく。

ネイサンは優秀なセールスマンだ。気分が沈む。たとえケースワーカーがぼくの報告を聞いて行動を起こしてくれたとしても、ネイサンならたやすく切り抜けるだろう。ケースワーカーが勝つ見込みはない。教師と両親の面談がどう進んだか想像がつく。キャメロン・ケラーがなぜあれほどネイサンに否定的な反応をしたか？　ぼくの推測では、ネイサンはキャメロンを説得するそぶりすら見せなかった。キャメロンには時間をかける価値もないと判断したか、最初から子供たちの自宅教育を決めていたかだ。

ほかにも気分が沈むことがある。ネイサンはこの才能をパールとジャックの虐待に使っているのだ。おのずとわかる。自分がしたことを悔いるふりをして、今度こそ変わると彼らに信じさせ、本来もっと利口な子供たちの警戒を解かせる。ネイサンは自分の愉しみのために、ただそれができるからという理由で、そうしているのだ。

彼は話しつづけている。注意を払え、注意を払え、注意を払え。ほかに何がわかる？　ぼくは彼の手を盗み見る。ふつうの手だ。このふつうの手がジャックの痩せ細った腕をつかみ……遠くで低くうなっていた怒りが少し近づいてくる。チクチクしていた痛みが少し強くなる。

「さあ、あなたの番です、クリス」ネイサンが言う。「質問することがありますか？」

けっ、とエレノアのおばあちゃんなら言うだろう。質問は山ほどあるけど、ひとつも訊けない。気まずい沈黙作戦はパールの先生にはうまくいったが、この相手には通用しない。

どうすればネイサン・ショーを台本の棒読みからはずすことができる？　できればカメラがまわっていないときの彼を見てみたい。

「あなたのクソへまというのは？」ぼくは言う。

彼は微笑みつづける。でも眉間にごくわずかなしわが寄っている。気のせいかもしれないけど。「いまなんと？」彼は言う。

「誰もがクソへまをするとおっしゃいましたよね。勇気づけられます。あなたにもクソへまの経験が？」

ネイサンは手を脚の上からソファの肘掛けに移す。拳を作って、すぐまた開く。

「もちろん、クリス」彼は言う。「当然ありますよ。これまでの人生でいくつも。ですが、私がこれまでにしたいちばん賢いことを教えましょう。あなたがいましていることをした。つまり、問題を認識して、解決のために必要な手順を踏んだ」

また売りこみに戻る。でも彼の眉間にまたしわができた。きっと自分について何か真実を語ったからだろう。意図したかどうかはともかく。

でも、それはなんだ？　それに対して、ぼくは何をすればいい？　残念ながらわからない。

「なんにせよ、クリス」彼が言う。「あなたのビジネスについてもっと聞かせてください。私も子供のころ、野球カードを集めていた。ぜひ聞きたい」

「オーケイ。つまり、野球カードでも、ほかのスポーツでも、新しいセットが出る日に朝早く買いに行くんです。店員が来るまえに。〈ウォルマート〉や〈ターゲット〉に。そこで売れ筋のものを買って、〈イーベイ〉に出して利鞘を稼ぐ」

「賢い。早起きは三文の徳というやつだ。去年の売れ筋は何でした？　いちばん儲かったのは何ですか？」

ぼくは肩をすくめ、それは含みが多すぎる複雑な質問だということを仄《ほの》めかす。素人にはわかりませんよ、という感じで。ひと口に〝売れ筋〟と言っても、正確にはどういうことかな？

「それに答えるのはむずかしいな」ぼくは言う。答えるのがむずかしいのは、ぼくが去年の売れ筋のカードやセットについて何も知らないからだ。ぼくの作り話は思ったほど防水加工でないのがわかる。

「ほんの一例でかまいません」彼は言う。「興味があるんです。大穴もあるのかな？　どれが高値になるのか、誰にもわからないんですか？」

ぼくは11歳のときからまったくスポーツに興味がない。そのときでもスポーツのことはろくに知らなかった。知ってるのは超有名選手だけだ。レブロン・ジェームズとか、トム・ブレイディとか。投げて打つ日本人の野球選手もいたよね？　名前はなんだっけ？

ネイサン・ショーは辛抱強く待つ。

「たぶん言わないほうがいい」ぼくは言う。「あなたを、なんというか、困った道に導いてもいけませんから」

「わかります。ですが、カードを買う情報をどこで得られるのか、そのくらいは教えてもらえますよね。新しいカードの発売が全部わかるようなオンラインのサイトがあるんでしょう？」

くそ。**くそっ**。まずいことになった。ぼくはなんて嘘が下手なんだ。どうする？　本当のことを言うわけにはいかない。いや……言えるか。

「じつは」ぼくは言う。「何も考えてないんです。自分が何をしてるかもよくわかってない。じつはスポーツのカードにくわしいのは、ぼくじゃなくて、グエンって友だちなんです。毎週、彼がリストを送ってくる。で、ぼくが出かけてリストに載ってるカードを買う。ぼくもレブロン・ジェームズやトム・ブレイディは知ってますけど、わかるのはそこまでで。グエンがリストを送ってきた2時間後に、何が載ってたと訊かれてもさっぱりわからない。もうひとり、マロリーって友だちが〈イーベイ〉のほうは助けてくれます。あなたもいま話してわかったでしょう。ぼくはただの馬鹿なんです」

ネイサン・ショーは笑う。うまくいった。ふたりは仲よし。そこでぼくは気づく。昔のぼく、アップグレードされていないバージョンのぼくだったら、ここで壮絶にしくじっていただろう。でもいまは、がらりと変わった人間だ。自分が別人になったことに気づくのは人生で初めてだ。

「正直だ」ネイサン・ショーが言う。「気に入りました。正直はつねに最高の戦術です。さて、あなたが乗り気なら、私の料金について話しましょうか」

「乗り気です」ぼくは言う。「乗る気満々」

23

翌日、ぼくはサルヴァドールのSUVに乗り、ショー家の行き止まりの道から1ブロック離れたところで待っている。トレイシーがおそらく公園の遊び場に出かける10分前だ。早めに着いたが、何時間も駐車して疑われるようなことはしない。

トレイシーはまた遊び場から水曜のNAの会合に向かうはずだ。エレノアはすでにそこで待っている。元〈ブロックバスター〉の外で。会合のまえかあと、彼女がいいと思うところでトレイシーに話しかける。そして、ぼくが彼女と子供たちを助けたいと思っていることを伝えてもらう。トレイシーがその場でぼくに会うことに同意したら、ぼくは近くのコーヒー店で待つ。考える時間が必要だと彼女が言ったら、エレノアがぼくの連絡先を伝える。

水ももらさぬ計画だろうか。そう願う。ここまで細かく入念に計画したのは、生まれて初めてだ。ぼく自身はトレイシーのあとを追うので、予想外のことが起きたらすぐエレノアに知らせる。さらに〈メドウ・ウッド・エステイツ〉とNAの集会場のあいだに、ぼくの車に乗ったサルヴァドールが待機している。作戦の邪魔にはならないが、必要になったら助けてくれるというわけだ。ぼくもあらゆる可能性を考えるのは無理だけど、努力はしている。

すでに予想外のことがひとつ起きた。ショー家のまえを通りすぎたとき、ドライブウェイに車が2台駐まっていた——ダークブルーのボルボと、真珠色のスポーツカーが。今日はネイサンが家にいるにちがいない。それでトレイシーのいつもの行動が変わるのか、変わるとしたらどうなるのか、わからない。

初めてショー家を見張ったとき、ぼくはどれほど無能だったことか。怒ったピンクのゴルフシャツの男が警察を呼ばなかったのは奇跡だ。あのときからずいぶん遠くへ来たもんだとちょっと感心する。もっとも、公平に見れば、もとがどん底だからこれだけ距離があったわけだけど。

サルヴァドールからメッセージが来る——準備OK！！！

もう5回目か6回目の準備OK！！！。ぼくはまたしても親指を立てた絵文字を送る。でも、ぼくが心配してるのはサルヴァドールじゃない——じつのところ、エレノアだ。女性のほうがはるかにトレイシーを安心させ、話しやすい雰囲気を作るだろうけど、ぼくの経験では、エレノアは話しにくい雰囲気を作るほうが得意だ。たとえば、今朝彼女にどういう戦略でいくのと訊いたときには、こうだった。

「戦略って?」とエレノア。

「トレイシーに対する戦略、彼女と話すきっかけを作る戦略だよ」

「余計なお世話。やることはわかってる」

オーケイ！　やっぱエレノアよりマロリーに頼んだほうがよかったかな。ただ、マロリーは完全にマリファナ頭だから、日にちや時間はもちろん、トレイシーと話してる最中でも自分がやるべきことを忘れるかもしれない。当然フェリスには頼めないし。プレストンの婚約者のリア……ならだいじょうぶかも。でも彼女は人がよすぎて、やさしすぎる。トレイシーに簡単に追い払われてしまいそうだ。

とにかく、いまはこうなった。そしてボルボが行き止まりの道から出てくる。運転はトレイシー。予想外のこと、その2だ——後部座席にパールもジャックもいない。まあいい。このほうがいいくらいだ。子供たちがいっしょでなければ、トレイシーがぼくと会ってくれる可能性もたぶん高まる。

ボルボが行ってしばらくたってから、ぼくも発進してついていく。エレノアに電話。

「彼女がいま出た」ぼくは言う。「でも、どこへ向かうかはわからない。そこにいて。いいね?」

「もういるよ。余計なお世話」

走っている車は少ない。ボルボを難なく尾行することができる。いまやコツがわかってきて、信号のタイミングを測ったり、自分とトレイシーのあいだにいる車の動きを読んだりしている。どれを追い越し、どれのうしろにつけばいいのか。自信がついて、今回はけっこう距離を置くこともできる。いまいちばんまずいのは、トレイシーを緊張させたり警戒させたりすることだ。

方向としてはNAの集会場に向かっていたが、そこでトレイシーが左折する。どこへ行くつもりだ？　1キロほど行った次の大きな交差点で、今度は右に曲がる。そこが目的地だ。ショッピングモール。ぼくはスピードを落として、ボルボが〈ディラーズ〉百貨店と〈AMC〉の映画館の隣にある立体駐車場に入るのを見る。

「彼女はプレイリー・スクウェアにいる」ぼくはエレノアに言う。「できるだけ早く来て」

困った展開ではない。トレイシーに話しかけるなら、NAの集会場の外よりモールのほうがいい。こっちのほうが不自然ということはぜったいない。

サルヴァドールがまたメッセージを送ってくる――準備OK、待ってるよ!!!

無視しようと思ったが、ふとプレイリー・スクウェア・モールがどれだけ広いか考える。エレノアはトレイシーに話しかけるまえに、まず彼女を見つけなきゃならない。

ぼくはサルヴァドールに電話する。「プレイリー・スクウェアに行ってくれ。いますぐ。理由は訊かずに。なかに入ったらまた知らせて」

「了解！」サルヴァドールが言う。

ぼくは曲がって立体駐車場に入る。空きがあるのは屋上だけだ。結局、トレイシーのダークブルーのボルボから3台しか離れていないところに駐める。彼女の姿はない。エレベーターで下におり、モールの建物に入る。

どこから始めるべきかわからないので、1階をぐるりとまわってショーウィンドウをのぞいてみることにする。フードコートに上がるエスカレーターに乗っているときに、エレノアから電話がある。眼下には水が動きまわる噴水があって、その横で幼児が癇癪《かんしゃく》を起こし、頭がイカれたみたいに床の上で手足を広げてじたばたしている。同志、わかるよ。ぼくもモールはあまり好きじゃない。騒音とか、人工的な輝きとか、どの売り場からも漂う刺激臭とか。

「地獄みたいなとこ」エレノアが言う。

「トレイシーの外見は憶えてるね？」

「だいたい」

「ぼくは2階を見てみる。1階はざっと見てまわったけど、大急ぎだったし、〈ディラーズ〉や〈メイシーズ〉は見てない」

トレイシーはフードコートにもいない。ぼくは〈ヤンキー・キャンドル〉を飛ばして、〈エアロポステール〉と〈バックル〉をのぞいてみる。モールはやたらと広いから、彼女が買い物をしそうな場所を選んで当たるしかない。〈ＡＭＣ〉？　昼間から映画を観るためにNAの会合をパスした可能性もなくはないけど、暗い館内を手探りで歩きまわるわけにもいかない。

サルヴァドールが電話してくる。「来たよ！」

30代後半で茶色がかったブロンドの髪、痩せ型でちょっと鋭く尖《とが》った感じのする女性を捜してくれと彼に言う。今日の彼女の服装はよく見えなかった。上は白だったっけ。

「サルヴァドール、いいか、もしその人を見つけたら――ここはしっかり聞いてくれ、いいね――ぜったい近づいちゃいけない。ぼくに電話してくれるだけでいい。わかったか？彼女にはぜったい近づかないように」

「わかった！」

ぼくは〈セフォラ〉に入ってみる。痩せ型のブロンド、ちょっと鋭く尖った感じのする女性が背中をこっちに向け、口紅を手に取っては確認している。ぼくは目立たないように気をつけながら、そっと近寄る。トレイシーじゃなかった。エレノアに電話する。

「どう？」

「何かあったら知らせる」

30分後。まだトレイシーは見つからない。もう用事をすませて立ち去った？　すでにそうしたのなら、ぼくたちは時間を無駄にしているだけだ。まだ彼女の車があるかどうか確かめることにして、モールから出て立体駐車場のほうへ向かいはじめる。そのとき自分がとてつもなく馬鹿だったことに気づく。みんなしてモールでトレイシーを捜しまわる必要はない。エレノアはボルボのところで彼女を待っていればよかったのだ。なぜなら、明らかに——当たりまえ！——トレイシーはどこかの時点で車に帰ってくるに決まってる。ぼくはエレノアにまた電話する。

「〈ディラーズ〉の横の立体駐車場」ぼくは言う。「その屋上に来て」

「しばらくかかるよ。いま〈メイシーズ〉だから」

「彼女はそこに車を駐めてるんだ」

「え？　嘘。あなた、彼女がどこに車を駐めたか見たの？」

「わかる、わかるよ、言いたいことは」

　ぼくはエレベーターに飛び乗る。遅すぎないことを祈る。トレイシーが去っていたら、またたんに彼女が外出するまで家を見張る——エレノアには待機してもらう——わけにはいかない。２日後の次のＮＡの会合まで待ちたくない。パールとジャックが、また永遠にも等しい２日間を耐えなきゃいけなくなる。

「すいません！」

　女性がひとりエレベーターにすべりこみ、パネルを確かめる。ぼくはすでに屋上のボタンを押しているが、彼女はとにかく同じボタンを押す。そしてピカピカのクロムの扉に映った自分をまっすぐ見る。

トレイシーだ。ぼくは落ち着いている。ワオ。ワオ・ワオ・ワオ。落ち着け。彼女の肩がぼくの10センチ前にある。エレベーターがゆっくり上昇する。ぼくは閉所恐怖症気味で、エレベーターは昔から苦手だ。これはいちばん嫌なタイプで、ガタガタ揺れて、軋《きし》んだりうなったりする。まるでいまにも胸をかきむしって1階まで落ちていきそうに。どうすればいい？　思いきってここでトレイシーに話しかける？　エレノアは彼女に話しかけようにも間に合わない。ぜんぜん遅い。エレベーターの扉がまた開けば、トレイシーはボルボにそのまま向かって1分以内にいなくなってしまう。

3階。4階。ぼくも目をまっすぐまえに向けている。扉に映ったトレイシーを盗み見ることすらできない。5階。あとひとつ。どうするか、いま決めないと。彼女がため息をつく。

「エレベーター、嫌いなんです」ぼくは言う。

彼女はなんとなくこっちを振り返って、かすかに笑う。チンと音がして、扉が開く。彼女が外に出る。ぼくが続く。屋上をボルボまでずっとついていったら気味悪がられる。行動しないと。いましかない。

「すみません」ぼくは言う。

彼女は止まって振り返る。苛立《いらだ》っているが、警戒もしている。ぼくが強盗だった場合に備えてまわりに誰かいないかとすばやく目を走らせる。

「ぼくを憶えてませんか?」

「え?」

「憶えてないでしょうね」ぼくはすでにしくじりかけている。初めて会ったときの話で切り出すのはまずかった。いや、まずくないのか?　この部分はエレノアが担当するはずで、ぼくは心の準備がまったくできていない。

「あなた誰?」彼女が言う。「なんの用?」

「市庁舎で会いました。数週間前?　〝運転向上証明〟の外で。ぼくはそのときには長髪でしたけど」

顔に明かりがつく。ぼくを思い出したようだ。彼女は背を向けてボルボのほうに歩きはじめる。「ごめんなさい」彼女は肩越しに言う。「あなたの勘ちがいよ。会ったことはありません」

ぼくは失礼でない距離をとってついていく。「手助けしたいんです。お子さんたちを助けたい。彼らに何が起きてるか見ました。火傷の跡を」

「なんの話かわからない」

「説明します。2秒ほどいただけませんか?」

「放っておいて、お願い」

「児童保護サービス《CPS》にも行ったんです。でも彼らは——」

彼女はさっと振り向き、演技を放棄する。「なんですって?」

「どこかに坐って話せませんか?　ちなみに、ぼくはハードリーといいます」

「CPSに電話したの?」襟元の肌が真っ赤な三角形になっている。激怒しているのか、恐怖に震え上がっているのか、両方が混じっているのか、わからない。「いつかけた?」

「どこかに坐って、ちょっと話せませんか?」

「うちの子たちはだいじょうぶ。虐待されてないし、危険な状態でもない。あなたは混乱してるか、誤解してるか……わからないけど。とにかく放っておいて」

彼女はボルボまでの最後の数メートルを急ぎ、ロックを解除し、ドアを開ける。もはやぼくに残されたごくわずかなチャンスは、彼女がハッとするドラマチックな話をたたみかけることだけだ。あいにく、ぼくは人生で一度も人をハッとさせるドラマチックな話をしたことがない。

「このまえ、あなたが子供たちを公園で遊ばせているところを見ました」ぼくは言う。

ボルボに入りこもうとしていた彼女がそれで凍りつく。いまや震え上がっているというより明らかに激怒している。「なんて言った?」

「あなたが彼らを愛してるのはわかります。それは一目瞭然だ。ぼくはパールを去年受け持った先生とも話しました。ケラー先生でしょう?　彼も同じことを言ってた。ぼくはあなたとお子さんたちを助けたいだけなんです。無理かもしれないけど、努力したい。ぼくは味方です。約束します。あなたたちにはそれだけの価値がある」

彼女は何も言わず、何もしない。ぼくは待つ。怒ったピンクのゴルフシャツの男のことを考えて、どうしてトレイシーは警察に通報すると脅してこないのだろうと思う。そして理解する。もちろん彼女は警察を巻きこみたくないはずだ。

「あなた何者？」彼女が言う。

「ペンを貸してもらえますか？」

彼女は目をぱちくりさせる。「え？」

「ペンを持っていますか？」

彼女はぼくから目をそらさずハンドバッグに手を伸ばし、ペンを見つけて、ぼくのほうに放る。ぼくはそれを拾い、財布からタコス・レストランのレシートを見つけ出す。なぜまだレシートを持っていたのか、そもそもなぜ取っておこうと思ったのかもわからないが、その裏に自分の名前と電話番号を書く。

ぼくと彼女のあいだにボルボがある。車のルーフ越しにレシートを渡そうとすれば、きっと受け取らないだろう。しかし彼女は熱を逃すために助手席側の窓をほんの少し下げている。ぼくはそこからレシートを車内に入れる。紙はひらひらと座席に落ちる。

「連絡先です」ぼくは言う。「いつか坐って話したい。考えてみてもらえますね？」

「放っておいて」彼女は言う。「うちの子たちはだいじょうぶ。幸せで安全。あなたの助けなんていらない」
彼女は車に乗りこみ、ドアを勢いよく閉める。

24

1時間かそこらたち、トレイシーと話したことをエレノアに説明したあとで、家に帰る途中、携帯が鳴る……サルヴァドールだ。いけない！　彼のことをすっかり忘れてた。

「見つけたよ！」サルヴァドールが言う。

「まだモールにいるのか？」

「もちろん！」

「すばらしい。でも人ちがいだ。家に帰ってくれ。あとで車を交換しに行く」

「オーケイ！」

バークがソファに坐り、目のまえのコーヒーテーブルにノートパソコン2台とタブレット1台を広げている。ぼくが入ると、パソコン1台の蓋を閉め、タブレットを裏返す。そのあと考えて、もう1台のパソコンの蓋も閉める。

「なんか怪しいね、バーク」ぼくが言う。

「好奇心は猫を殺したぞ」と彼。

「でも、その猫は何かで生き返ったんじゃなかった?」

「まずありえない」

「冗談だよ、バーク。興味はない。誓う。取りこみ中、悪かった」

　廊下を自分の部屋へ向かいはじめる。

「待て」バークがこっちを見る。「おまえ、変わったな。はっきりわかるぞ」

「髪を切ったから」

　彼はゆっくりとまばたきし、答えようとしない。ぼくが髪を切ったのは誰にでもわかる。彼が別のことを言っているのは明らかだ。「そのうちかならず真相を探る」バークが言う。

　部屋でぼくは携帯を充電器につなぐ。トレイシーがいつかけてくるかわからない。つねにフル充電しておかないと。本当にかけてくる? 楽観的になりすぎないように注意しながらも、かけてくるだろうと思う。モールの立体駐車場の屋上での会話は完璧に運ばなかったし、トレイシーも前向きじゃなかったけど、少なくともぼくの話は聞いていた。

　ここまで自分が達成したことにはちょっと驚く。市庁舎に行って守衛を捜しまわったあの最初の日から、いまのここまでどうやって来た? 自分のことが少しわかってきたのかもしれない。実際、ぼくはけっこう有能だった。複雑でむずかしいことを、けっこううまくやれるようになった。

　木登りみたいなものだ。ずっと昔のあの感覚を思い出す。母さんと住んでいた家の前庭に巨大な木があった。ぼくはほとんど毎日その木に登って、毎日少しずつ上に行けるようになった。ある日、登りすぎたけど景色はすばらしかった！　これほど高く登れるなんて、自分が誇らしい！　ところが足元の細くて曲がりやすい枝が折れはじめて、落ちそうになった。危ないところで、もっとしっかりした枝にしがみついた。

無事おりたときには心臓発作を起こしかけた人みたいに見えたはずだけど、ぼくが何も言わないうちに――〝落ちかけたよ！〟とも言えないうちに――母さんがいつものようにそこにいた。

「でも、だいじょうぶだった！」彼女は言った。

ぼくの養父母は決して悪い人たちじゃなかった。プレストンとぼくは養父母の宝くじに当たったと言ってもいいくらいだ。それか、少なくともスクラッチ式のくじでかなり当てたと。たんに彼らは忙しかったのだ。自分たちの子供4人に、ぼくたちふたりがいて。養父は冷凍肉を運んで積む仕事をして生計を立てていた。そのうち腰をやられて……それでも冷凍肉を積みつづけた。養母は料理、掃除、洗濯をして、パートタイムの仕事を掛け持ちし、ぼくの記憶にあるかぎり、一度も腰をおろさなかった。プレストンとぼくは、ずっと昔に養父母もそれぞれ、あるいはどちらか一方が里親の世話になったのではないかと推測した。彼らは人生が現状よりはるかに悪くなりうることを知っていた。

教会で昼だけ動かして歌わずにいなさいとぼくに言った養母は、たんに現実をよく知る人だったってことだ。ある日なんの脈絡もなく、「何も期待しなければ失望することはない」とぼくに言った養父も、たんに現実をよく知る人だったのだ。ぼくと養父は9年間でおそらく4回ほどしか話さなかった。しかも短い会話だ。どこからそんな台詞が出てきたのかはわからない――〝何も期待しなければ失望することはない〟なんて。母さんが聞いたらキレそうだけど、彼は彼なりに最高のアドバイスをしてくれただけだ。

トレイシーは電話をかけてくる？　いつ？　ひと晩じゅう坐って携帯を見ているわけにもいかない。頭がおかしくなってしまう。ぼくはマリファナを吸ってから〝呪われた西部開拓地〟に出発する。

「ようこそ、相棒たち《ハウディ　パードナーズ》。ワイルド・ウェストの恐怖の旅に出かける準備はできたかな？」

「ハウディ、パードナーズ！」サルヴァドールがぼくの耳元で叫ぶ。

シフトはだいたいそうだが、このシフトも悪くない。ブーツがきつすぎるけど、ときどき爽やかな風も吹くし、嫌なやつはちらほらしかいない。しかしどういうわけか、ぼくはいつもより早くくたびれる。体はぎくしゃくするし、肌はブーツみたいにきつく張りつめて、むずむずする。

花火のあとの最初の集団で、気取ったヒップスターふたりがライブ投稿をしている。互いに文字を大声で読み合って、みんなに迷惑をかける。差し支えなければ声を少し小さくしてもらえないかな、よろしく、とぼくが礼儀正しく10回ほど頼んだあとでもこれだ。ぼくをただ無視する。まったく驚きだ。

〝吊るされた囚人〟が足をバタバタさせて喉を詰まらせる。この夜のジャスティンはずいぶん熱演で、はいていた大きすぎるブーツ——あのサイズをぼくがはくべきだった——の一方が脱げて、変な柄の靴下があらわになる。

「どうやら」男のヒップスターが投稿を大声で読み上げる。「19世紀の牛泥棒のあいだでは『イカゲーム』が人気のようです」

「ヘイ」ぼくは言う。「お願いだ。どうか声を下げてくれ」

それがついにヒップスターたちの注意を引く。ぼくの存在が認められた！　でも彼らは目をぐるりとやってお互いを見るだけだ。**このあほ誰？**　とでも言いたげに。**こんなところで働いてんのに何様のつもりかね？**

「保安官がいま真剣に法を執行しています」女性のヒップスターが読み上げる。「ハッシュタグ〝開拓地の正義〟で」

別にいい。ぼくが法を執行して誰かが目をぐるりとやったり見下すようなことを言ったりするたびに1ドルもらってたら、たぶんいまごろ〈美しきアメリカ大陸〉をまるごと買えている。たいしたことじゃない。**すべてのゲストに最高のイエスを！**　でも今夜は……今夜にかぎっては、肌のつっぱりとむずむずがひどくなってくる。そのときバックパックをごそごそやっていた別の女性のゲストが、使ったティッシュの巨大な塊らしきものをぼくに渡そうとする。

「ちょっとこれ持ってて」彼女が言う。

マジで？　彼女は待つ。ぼくは濡れた使用ずみティッシュの巨大な塊を受け取らない。彼女はまばたきし、まごつく。サルヴァドールが咳払いをして、彼としては控えめに〝吊るされた囚人〟を指差す。ハーネスでぶら下がったジャスティンが体をひねらせ、どうしたんだろうと見ている。本来ならこの集団は次の場所へ移動してなきゃいけない。

女性のゲストがまたまばたきをする。ぼくは彼女の忌々しいティッシュの塊を受け取り、無理に役柄に戻る。

「おお、これはいかん。そろそろ先に進まないと。墓地への近道を通ろう」

ぼくはなんとかシフトの残りをこなし、フェリスにメッセージを送る。立ち寄っていいと返事が来る。彼女がアパートメントのドアを開けたとき、ぼくは何か言われるまえにキスをする。なかに入ると、彼女のパジャマを一気に頭から脱がせる。料理の皿の下のテーブルクロスをさっと引き抜く奇術師みたいに。

彼女は微笑む。「何が乗り移ったの？」

答えようがないので、またキスをして、ぼくたちはベットに倒れこむ。

25

続く3日はじりじりと……本当に……ゆっくりとすぎる。トレイシーからの電話を待って極度に不安になり、ぜったいかかってくると思ったり、逆にかかってくることなんてありえないと思ったりする。パールとジャックにとって3日はどのくらいだろう。3日は永遠だ。3日のあいだに彼らに起きるひどいことについて考えまいとする。

その代わりにこんなことを考える。これから3カ月後、ぼくは必要な証拠を見つけている。トレイシーを説得してCPSに行かせている。パールとジャックは安全だ。トレイシーがふたりを公園に連れていくときには、もうわざわざ人気《ひとけ》のない場所を選ばなくてもいい。パールとジャックもほかの子たちと遊べる。ふたりはほかの子たちと何も変わらない。人生のつらい部分は終わり、ゆっくりではあるが着実に過去に変わろうとしている。

トレイシーを引きつづき見張っていたいのは山々だ。まだ何が見つかるかわからないだろう？　でも怖がらせたり、急かしたり、圧力をかけたりしたくないので、彼女からも家からも離れている。遊び場からも、元〈ブロックバスター〉からも。

ただ、ネイサンは恰好の標的だ、ぼくは彼の監視を続けている。日に何度か、異なる時間に。通りの向かい側のショッピングモールに車を駐めて、彼のオフィスを見張る。依頼人が何度か出入りするのも見た——とくに怪しげでもなく、ふつうの人たちだ。とはいえ、ネイサンに何かあるのはわかっている。遅かれ早かれ、ぼくは真相にたどり着くだろう。

トレイシーはいま何を考えている？　わかればいいのに。ぼくに電話をかけようか、やめておこうかと迷っているのだろうか。それとも、もうやめておくと決めた？　かけようと決めたけど、タイミングを見きわめている？

日曜にシフトはないので、夜９時ごろ〈ショー法律事務所〉に行ってみる。日曜の夜にたいして見るものはないだろう。実際にない。オフィスパークは暗くて空っぽだ。でも通りすぎたとき、バックミラーにまぶしいライトが映る。ヘッドライトだ。２台分、ネイサン・ショーの建物の裏に。ぼくはそのブロックをぐるっとまわって、ヘッドライトを消し、オフィスパークに入る。建物は３つで、メインのひとつは長く、あとふたつは短い。短いふたつが長い建物を挟んで、Ｉの大文字のような形だ。だからぼくは短い建物のほうにそっと進み、角をわずかにまわって、〈ショー法律事務所〉の裏でおこなわれていることを確かめることができる。

ピックアップ・トラックとネイサンのスポーツカーが向き合って、あいだに光の当たる四角形を作っている。舞台を照らすスポットライトのようだ。そのスポットライトのなかにネイサン・ショーと、例のパーティにいた怪しい男ふたりが立っている。男たちは見てすぐにわかる——ガリガリの酔っ払いと、ゴツい灰色のひげだ。

大当たり。かもしれない。ネイサンがこの怪しい連中と何をしているにしろ、問題のあるビジネスにちがいない。こんな夜の闇にまぎれて、建物のなかにも入らずその裏で彼らと会って、ほかに何をするというのだ。

車の窓を下げても、3人がしゃべっていることは聞こえない。ボディランゲージから察するに、怪しい男ふたりが何かの任務をやり損ねてネイサン・ショーが不満に思っているようだ。ネイサンは岩のようにじっと立ち、胸のまえで腕を組んでいる。一方、ガリガリの酔っ払いとゴツいひげは両手を広げて首を振り、ときどき互いに指差し合っている。

たぶん5分ほどたって、ネイサンがスポーツカーのヘッドライトを切り、裏口からオフィスに入る。ゴツいひげがピックアップの運転席に乗りこむ。ガリガリの酔っ払いは助手席に。トラックは走りだす。

急いで決断しなきゃならない。ここにずっといてネイサン・ショーがオフィスから出てくるのを待つか、それともトラックを追うか。簡単な問題だ。ネイサン・ショーはただ家に帰る可能性が高い。一方、ゴツいひげとガリガリの酔っ払いの行き先は——誰にわかる？　ネイサン・ショーが極悪非道なことをしているのなら、彼らがその場所へ連れていってくれるかもしれない。

トラックは曲がって通りに出る。ぼくは充分あいだをあけてヘッドライトをつけ、あとを追う。ゴツいひげはほぼ制限速度を守っている。おかげで尾行は楽だし、疑いも増して心が躍る。ゴツいひげは制限速度を気にしそうな男ではない——警察に停止を命じられるのを避けたいそれなりの理由がないかぎり。

ぼくたちは大規模小売店がずらりと並ぶまえを通過したあと、州間高速道路の高架下をくぐる。一瞬、ゴツいひげとガリガリの酔っ払いが〝呪われた西部開拓地〟に向かっているのかもしれないと思う。ここからわずか1キロ余りだ。けどそれは被害妄想で、彼らはそっちに行くなら左折すべきところを、まっすぐ走りつづける。

マジでどこへ行く気だ？ 街のごちゃごちゃした地域に入っている。倉庫や廃品置き場が錆びついた古代の遺跡のように見えるところがあるかと思えば、そここに明るい光に満ちた真新しい開発地もある。健康関連施設、メルセデス・ベンツのディーラー、人工池の上にあるカリブ海がテーマのレストラン。

ネイサン・ショーは何をしてるんだろう。いちばんありそうなのはドラッグ関係だ。それか、金《マネー》。あるいは、ドラッグマネー。具体的にはなんでもいい。彼が違法なことに手を染めている証拠が得られれば、それがどんなものでも、CPSはパールとジャックの件を最優先にせざるをえないだろう。ぼくはまだトレイシーが電話をかけてくる希望を捨てないけど、これは強力な代替案になる。

携帯が光る。エレノアからのメッセージ――おばあちゃん・医者・来週・オーケイありがとバイ

返事を書きながらトラックを追うのはとてもむずかしいので、ぼくは彼女に電話する。

「こないだのパーティにいた怪しい連中を憶えてる？　いまそのふたりを尾行してる」

「え？　なんで？」

「ふたりともネイサン・ショーと彼のオフィスの裏で会ってたんだ。オフィスの裏で、夜、暗いなか、日曜に。で、いまは〝呪われた西部開拓地〟の先を走ってる。新しい病院と古い廃品置き場がたくさんあるとこ。〈ティップル・アンド・ピックル〉なんてのもある」

「ピックルボールはテニスみたいだけど、酔っ払っててもできる」

「どうしてそんなこと知ってる？」

「夕食は食べた？　わたしはそこからそう遠くないところにいる。おばあちゃんの荷物を24時間営業の宅配窓口に持っていったから」

トラックは幹線道路を離れ、〈ティップル・アンド・ピックル〉の駐車場を迂回《うかい》して倉庫のあいだを縫っていく脇道に入る。

「切らないと」ぼくは言って電話を切る。まわりにほかの車がいないから、いっそう注意が必要だ。トラックからできるだけ離れ、テールライトが角を曲がって見えなくなったときにだけスピードを上げる。車で尾行することに慣れていてよかった。これが初めてだっ

たら、うまくいかなかった。

トラックは2つの倉庫のあいだに入る。ぼくが近づくころには、すでに路地の向こうの端から出かかっている。見失いそうだ。ぼくはアクセルを踏みこみ、荒れた舗装路で飛んだり跳ねたり、ハンドルをとられて荷物搬入口にぶつからないようにしながら突っ走る。路地のなかほどでハンドルがガクンと揺れて勝手に手から離れ、左前のタイヤからひどく嫌なゴロゴロいう音が聞こえはじめる。

アクセルをゆるめて車を停める。くそっ！　悪いときに悪運にみまわれた。あのトラックはこれまでで最大の手がかりだったのに。ぼくは車から出て、タイヤを見てみる。ボロボロだ。金属のゴミの上を走ってしまった。釘がいっぱい突き出た金属管がタイヤのゴムにからまっている。なんでこんな大きな金属のゴミが路地のまんなかにあるのか。不運にもほどがある。

スペアタイヤはない。この左前のタイヤがスペアだった。どっちにしても手遅れだ。ゴツいひげとガリガリの酔っ払いはもうはるか遠くにいる。

エレノアに電話をかける。「近くにいるって言った？　タイヤがパンクしてスペアがないんだ」

「それはショック。どこにいるの？」

「倉庫に挟まれたどっかの路地。〈ピックル〉の場所から数ブロック離れたところ」

「そのあと何か食べられる?」

「聞こえる?」ぼくは言う。「この音はきみのほう?　それともこっち?」

電話を耳から音ざける。シューッという音は車の反対側からだ。信じられない。右前のタイヤも空気が抜けている。屈んで見てみると、3、4、5本の異なる釘がゴムに刺さっている。

「このクソ路地はどうなってるんだ?」ぼくは言う。「もう一方の前輪もパンクした」

「それはおかしい」エレノアが言う。

「だろ?」

「ちがうの。どう考えてもおかしいでしょ」

ぼくは同意した、と思う。彼女が言っていることを考えるまえに、路地をヘッドライトが照らし、赤いトラックが戻ってくる。それはぼくの車から5メートルほど先に停まり、ヘッドライトが消える。目がまた暗闇に慣れてくると、ゴツいひげが運転席で微笑みながら手の指をもぞもぞ動かしているのが見える。まるで、**こちょ・こちょ・こちょ、こちょ・こちょ・こちょ**と言いたいかのように。

26

ようやくわかった。なぜ路地が釘と棘《とげ》つきのゴミだらけだったか。なぜ両方のタイヤがパンクしたのか。くそっ。

「その携帯をこっちに渡してもらえますか?」

振り返ると、うしろにネイサン・ショーが立っている。ぼくは携帯を彼に渡す。どうして渡してしまったのだろう。馬鹿にもほどがある。丁寧に頼まれたから? その代わりに全力で逃げ出すべきだった。ゴツいひげとガリガリの酔っ払いはまだトラックから出ようとしているところだ——スプリングの軋む音が聞こえる。それにぼくのほうがネイサン・ショーより若い。身をかわして問題なく逃げられたはずだ。

でも、いまは携帯が彼の手のなかにある。彼は画面をタップしてエレノアとの通話を切る。ぼくは携帯なしで逃げたくない。彼らが追ってきたら警察に電話しなきゃならない。

「きみだったのか」ネイサンが言う。「そうじゃないかと思ってた。また会えて光栄だ、ハードリー」

どうして彼がぼくの名前を知っている？　わからない。「携帯を返してもらえますか？」

「すぐにね」彼が言う。「まず話してからだ」

トラックのドアが背後でバタンと閉まる。アスファルトを足音が近づいてくる。ガリガリの酔っ払いか、ゴツいひげか。たぶんゴツいひげだろう。美味しいものを食べるときのように唇を鳴らしている。

「オーケイ」ぼくは言う。

「きみはいったい誰だ？」ネイサンが言う。

「誰か？」彼は何を知りたいのか。たとえば、ぼくがＣＰＳの秘密調査員か何かだと思っているのか。「誰でもない」

ネイサン・ショーはブロードウェイふうの必殺の笑みを見せる。ぼくは不思議と落ち着く。彼の笑みにはそのくらいの力があるということだ。ここでぼくが落ち着く理由はゼロなのだから。

「そう」彼は言う。「きみのことを調べたよ。たしかにおっしゃるとおり、誰でもない。警察でも、保健福祉局《DHS》でも……ほかのなんでもない。どこともつながっていない。ならどうして私のビジネスにその小汚い首を突っこんでくる？　話してもらおう」

ぼくが監視していることをどの時点から知ってたんだろう。明らかに、けっこうまえからだ。計画を立て、この罠《わな》を準備し、ぼくの車のタイヤをパンクさせるスパイク・ストリップを手作りするだけの時間があったんだから。それとも、ゴツいひげとガリガリの酔っ払いは最初から手作りのスパイク・ストリップを持っていたのか？　そう考えて、ようやくぼくは落ち着きを失いはじめる。

ゴツいひげとガリガリの酔っ払いがすぐうしろに立っている。近すぎて、ふたりのにおいまでする。ひとりだけかもしれないが、汗と冷めたフライドポテトみたいなにおいだ。

「別の言い方をしようか、ハードリー」ネイサンが言う。「どうして私のビジネスにクソ関心がある？」

彼はなぜぼくの名前を知ってる？　ぼくはまた考える。こっちが尾行しているあいだに、彼も誰かにぼくを尾行させ、車のナンバープレートから突き止めたにちがいない。ネイサンはポケットに手を突っこむ。ぼくは思わずビクッとしたんだろう、ゴツいひげかガリガリの酔っ払いが鼻で笑うのが聞こえる。

ネイサンはポケットから1枚の紙を取り出して、ぼくに見せる。ぼくの手書きの文字だ。名前が書いてある。連絡先も。それはモールの駐車場でぼくがトレイシーに渡したレシートだ。

胃がよじれる。ネイサンがそのメモを見つけたときのことを想像する。トレイシーがシャワーを浴びているあいだにハンドバッグを探ったのだ、たぶん。彼女の腕をつかんでシヤワーから引きずり出し、これはいったいなんだと怒鳴り声で問いつめる。拳を振り上げ……。

もっと慎重になって彼女に番号だけ告げればよかった。証拠になるものを残しちゃいけなかった。トレイシーをとんでもなくまずい立場に追いやってしまったのだ。きっと子供たちも。

「どうやってそれを?」ぼくは言う。

「どうやって?」彼は紙切れに目を落とし、ぼくの質問に本当に戸惑っているようだ。

「彼女がくれたのさ。私の妻が。どこかのゴミクソにつきまとわれてると私に話したときに」

え? **なんだって?** トレイシーが彼にメモを渡した。トレイシーが彼に渡した。彼女がぼくのことを彼に話した。そんなこと、ありえない。ぼくはトレイシーと子供たちを助けようとしてるのに。なぜ彼女はそんなことを? 彼女に対するぼくの理解がまちがってたのか? あらゆることに対する理解が?

「だから同じゴミクソが私につきまとうのも、わからないではなかった」ネイサンが言う。

「のこのこオフィスまで訪ねてきたから、いったいなんのクソつもりだと思ったよ」

「でも……ぼくはただ……」

「黙れ。私が知りたいのは、なぜゴミクソが私の家族を自分の関心事だと思ってるかだ」

彼は待つ。ぼくは説明を求められている。ガリガリの酔っ払いに背中のまんなかをドンと突かれ、倒れそうになる。いまから逃げるのは遅すぎだろうか。もう携帯はどうでもいい。こいつらより速く走れる、だろう？　こいつらが銃を持っていなければだけど。スパイク・ストリップの作り方を知っていて、こういう罠を仕掛けられる連中は、実際問題として、たぶん銃を持っている。

「あんたが子供たちにしてることを見た」ぼくはネイサンに言う。

「きみは私の子供たちについて何も知らない」彼は言う。「それに、知る必要もない。私の家族は私の問題だ」

ぼくはガリガリの酔っ払いとゴツいひげのほうを向く。いまの状況から抜け出すチャンスはこれだけかもしれない。ぼくはガリガリの酔っ払いを選ぶ、なぜって……わからない。ただの勘だ。彼はゴツいひげより若い。パールやジャックと同い年くらいの子供がいるかもしれない。嫌なやつだが邪悪ではないかも。ぼくはまっすぐ彼の目を見る。

「あんたは？」と訊く。「あんたは彼が子供たちにしてることを見てないのか？」

ガリガリの酔っ払いはぼくの顔を殴りつける。あまりにも突然だったので、ぼくは気づくまえに地面に倒れている。鼻血が噴き出して、目と頭全体がものすごい痛みに包まれる。すべてが暗くなったかと思うと、今度はすべてがまばゆく光り、ネイサン・ショーが隣に屈んで、ぼくを見おろし、また微笑んでいる。

「わかりやすく言ってやるよ。私と妻と子供たちから離れていろ。私の家とオフィスから離れていろ。どうだ、ハードリー？」

ぼくが「え？」と言うか、少なくともうなずくことを期待していたのだろうが、どちらもできない。顔が痛すぎてくらくらする。1センチでも動けば鼻水が垂れてしまいそうだ。顎が濡れている。もう垂れた？　いや、これは鼻血だ。

「離れていないと後悔することになるぞ」ネイサンが言う。「なぜなら、こんなのはなんでもないからだ。ここから15分もなんてことない。ここから15分はただのちょっとしたおしゃべりだ。それを憶えておけ、ハードリー」

彼は体を起こす。ここから15分？　どういう意味だ？　ほかに誰かいないだろうか。どれかの倉庫の警備員とか。いない。ネイサンはそこも考慮したはずだ。助けを求めて叫んでもいいが、もう一度顔を殴られることに耐えられるかどうかわからない。

「もうひとつ、ハードリー」ネイサンが言う。「私には警察の友人が何人もいる。私は弁護士だ。あらゆるところに友だちがいる。それも憶えておくことだ。警察に行っても、誰かに相談しても、かならず後悔することになるぞ」

そして彼は去る。離れていく足音が聞こえる。ぼくはパンクしたタイヤのひとつと倉庫の壁、コンクリートブロック、波型のトタン板をじっと見つめる。荷物搬入口の上のほうに文字が書かれている。暗すぎるし、ペンキも薄れているし、遠すぎるので、なんと書かれているのかはわからない。

目を閉じる。目を覚ませ。自分に言い聞かせる。いますぐ目を覚ませ。目を開ける。ゴツいひげがぼくの脇腹を蹴り、ぼくは風船みたいに弾ける。息ができない。彼はまた蹴る、同じ場所を。ワークブーツで。鋼鉄製の爪先で。立ち上がらなければ。反撃しなければ。なんとか片方の肘をついて体を起こし、もう一方の腕をゴツいひげに向かってやみくもに振る。ただ振っただけだ。ガリガリの酔っ払いがぼくのうしろにまわり、腰のすぐ上の骨を蹴りつける。ゴツいひげがぼくの足首を踏みつける。

まだ息ができない。目を覚ませ。人間の体は壊れやすい包みで、まわりに緩衝材は巻かれていない。骨と柔らかい器官があるだけだ。ゴツいひげとガリガリの酔っ払いは蹴って、蹴って、踏みつける。頬がアスファルトにこすれる。また文字が見える。荷物搬入口の上に。ぼくは馬鹿げたクレイジーな考えを抱く。もし搬入口の上のあの消えかけたことばを読むことができたら、この攻撃はぴたっと止まる、すべてが終わる。

「ウォームアップはすんだか?」とゴツいひげ。

「そろそろな」とガリガリの酔っ払い。

ゴツいひげがぼくのTシャツを鷲《わし》づかみにして無理やり引き上げる。ぼくを車の側面に立てかけて、冷めたフライドポテトの息をぼくの顔に吹きかける。どうしてぼくはまだ意識がある? これほど痛ければ、ふつう気絶するのでは? 心休まる幽体離脱の体験をするはずじゃないのか？

「おまえはどうだ？」彼が言う。「ウォームアップはすんだか？　おれたちはまだ始めてもないぞ」

何もかもが、またまばゆいくらい明るくなる。これで気絶できると期待する。ところが、ゴツいひげとガリガリの酔っ払いも目を細めている。ヘッドライト。車だ。車が1台、路地に入ってこっちに突進してくる。クラクションを鳴らしながら。ガリガリの酔っ払いは、通過する車にはねられそうになって飛びのかなきゃならない。

「おい、なんだ？」彼が言う。

車が急停止する。おんぼろ車だ。まえに見たことがある。息も、考えることもできない。この娘も見たことがある。ぼろ車から飛び出して、ゴツいひげとガリガリの酔っ払いに怒鳴っている。

「彼から離れろ、畜生！」彼女が言う。エレノアだ。体重はせいぜい50キロ。何をしてるんだ？　ゴツいひげのひげだけでも彼女より大きいのに。

「やめろ」ぼくは言う。いや、言おうとする。

ゴツいひげがぼくのTシャツをがっしりつかんでいた手を放す。ぼくは自分の車の側面をずり落ちて尻もちをつき、横に倒れて、パンクしたタイヤの温かいゴムにぶつかり、また荷物搬入口の上の読めない文字を見つめる。ガリガリの酔っ払いの笑い声が聞こえる。

ゴツいひげが「遊びたいのか、お嬢ちゃん?」と言うのが聞こえる。するとガリガリの酔っ払いが叫びはじめる。ゴツいひげが罵っている。ぼくの目は涙がにじみ、ヒリヒリしはじめる。

「さあ起きて」エレノアが言う。気づくとすぐそこにいて、ぼくの横でひざまずいている。ぼくの頬を軽く叩き、今度はそう軽くでもなく叩き、最後はまったく軽くなく叩く。「しっかりして。行かなきゃ」

「オーケイ」

「立てる?」

とても立てそうになかったが、エレノアに腕を支えてもらい、車のサイドミラーにつかまって、なんとか体を引き上げる。

「イカれたくそビッチ!」ゴツいひげが言う。顔を引っかきながら、ふらふらとぼくたちから遠ざかっていく。ガリガリの酔っ払いもよろめきながら逆方向に進み、見えない敵に激しく腕を振っている。

唐辛子スプレーだ。ぼくの目が焼けたのもその粒子が飛んできたから。エレノアはゴツいひげとガリガリの酔っ払いに、それをまともに吹きつけたにちがいない。ふたりともどうしてまだ立っていられるのか。そう考えた瞬間、文字どおりその瞬間にガリガリの酔っ払いが地面に両手両膝をつく。

「車に乗って」エレノアが言う。「さあしっかり」

ぼくは彼女の車の後部座席に倒れこむ。彼女はエンジンをかけたままにしている。

27

車のなかでエレノアは重くて暗い感情過多の音楽をかける。少し進んだところで、ぼくがいる後部座席をちらっと振り返り、シンセサイザーと跳ねるようなリズムとドイツ語の歌詞の曲に変える。赤信号のまえでスピードを落とす。

「もうだいじょうぶ」彼女は言う。

どう考えてもだいじょうぶではないので皮肉を返そうとしたけど、何も思いつかない。息をするだけで痛い。ひとつ息をするたびに、また鋼鉄製の爪先のブーツで脇腹を1回蹴られたかのようだ。

「もうだいじょうぶ」エレノアがはっきり言う。「これから緊急治療室《ER》に連れていくから」

「だめ」ぼくは話しはじめて、息をするよりずっと痛いことに気づく。体を起こそうとして失敗するのも同じくらい痛い。「ERはだめだ」

彼女はふんと鼻を鳴らす。

「ま……」ぼくは言う。「まじめに」

「行くに決まってるでしょ。保険のことは心配しないで。彼らは治療しなきゃならない。法律でそうなってる」

ぼくは保険がないことを心配してるんじゃない。まあそれも心配だけど。ERに行けば、医者はぼくを診て、ボコボコにされたことがわかる。ボコボコにされた人間がERに現れたときに医者がしなきゃいけないことは、確信じゃないけど、かなりそれに近い感じでわかる。

「警察はだめ」ぼくは言う。「ほんとに。エレノア。警察はだめだ」

「なんで？　なんの話をしてるの？」

ネイサンは人脈についてはったりをかましたのかもしれない。けど、そうでない可能性も充分ある。その危険を冒したいか？　エレノアが来てくれなかったら今晩自分がどうなってたか考えたいか？　考えたくないに決まってる。

「信じて、エレノア。警察はだめだ。ERはだめ。ぼくを・家に・届けて・くれる・だけでいい。だいじょうぶ」**もうだいじょうぶって、きみ自身が言ったろ。**そんなこともつけ加えたかったが、話せば話すほど痛い。

彼女はまたこっちをちらっと振り返る。「いいけど」

ぼくは後部座席で揺れや急カーブに身構えながら、できるだけ静かに横になっている。気持ちは妙に落ち着いている。これほど多くの場所からこれほどの痛みを虹の色のようなバラエティで感じたことがなかったので、精神がついていけないのだ。ズキズキ、ドスドス、グサグサ、キリキリ。肋骨、尾骨、足首、鼻、腰。童謡や縄跳びの歌みたいだ。肋骨、尾骨、足首、鼻、腰。ズキズキ、ドスドス、グサグサ、キリキリ。ただもう家に帰りたい。ベッドに這って入り、そのまま二度と出たくない。

でも、なんの権利があって文句を言ってる？　こんなのは痛いうちにも入らない。パールとジャックは本物の痛みを知っている。ぼくなんかこれよりもっと痛い思いをすればいい。

車がスピードを落とし、停まる。どのくらい時間がたったのかわからない。もう家に着いた？　首を上げて見ると、ＥＲの入口だ。

「エレノア。くそっ」

「おばあちゃんの薬はあげられない。あなたは自分で薬をもらって」

「警察には話せないんだ。ほんとに」

「バーの外とかで馬鹿な喧嘩《けんか》をしたってことにすれば、彼らも警察には電話しない。死んだらまあ別だろうけど。だから死なないで」

彼女はよろけるぼくを助けてなかに入る。車を駐車場に入れてきたあと、隣のプラスチック製の椅子に坐って、ぼくの代わりに書類に記入する。ＥＲには来たことがなかったけど、長々と待たされるというホラー話は聞いたことがある。でも今夜は待合室に４人しかいない。エレノア、ぼく、受け入れの看護師と、肩を落として顔色の悪い女の子だけだ。女の子はスプライトの缶を額に当てている。

あれは悪くない。ぼくもズキズキ・ドスドス・グサグサ・キリキリする体にスプライトの缶を当てられればいいのに。ただ、気持ちはまだ落ち着いている。もう痛くてもいい。今夜わが身に起きたこと、それが意味すること、自分が壊滅的なへまをしたことを考えなくてすむから。

診てくれたお医者はてきぱきとしてそっけなく、自動車事故に遭ったというぼくの話を信じたようだ。その話はある意味で真実だ。彼は鎮痛剤を2錠くれて、警察のことは口にもしない。出てきたレントゲン写真を見て、肋骨にひびが入っていると言う。鼻の骨も折れていて、おそらく足首の靱帯《じんたい》が切れ、ほかにもひどい傷や打撲傷がある。脳震盪《のうしんとう》の所見はない。

「もっとひどい怪我もありえた」と医者は言う。まったくおっしゃるとおり。

肋骨のひびの治療法はない。安静と氷と鎮痛剤だけだ。鼻も同様。息がしにくくなったときのために鼻充血除去薬は出しておく。単純骨折だから整復は必要ない。彼はぼくの足首に弾性包帯を巻く。あと必要なのは……わかるかな？　安静と氷と鎮痛剤。

医者が書いてくれた処方箋をエレノアが車のなかで確かめ、満足そうにうなずく。「素敵」

病院を出るときにもらった残りの書類を見ようとするが、鎮痛剤が効いてきて頭がふわふわする。ぼくたちは大規模小売店が並んだ通りを走っている。光がにじんでうしろに飛んでいく。気分がよくなる。かなり気分がいい。ぼくはまた9歳になる。夏休みが終わって、また学校が始まる。その日の午後、庭を横切って家に帰り、ドアを押し開けると、ほら！ 母さんが待っている！ 元気そうだ！ 彼女はぼくを抱きしめる。ぼくたちは1日を始める。

エレノアが車から出る。いつ車を停めた？ 記憶にない。薬局の〈ウォルグリーン〉に入って、白い紙袋を持って出てくる。それをぼくの膝に落とす。

「車の運転は禁止だって」彼女が言う。

「どっちみち車の前輪はパンクしてる。運転しようにも前輪が両方ない」

袋のなかには鎮痛剤の壜と、〈ヴァムース〉なるものの缶が入っている。アタマジラミを駆除する薬だ。

「は？」ぼくは言う。「なんでこんなものを？」

「可笑《おか》しいから」

可笑しいけど、肋骨が痛くて笑えない。次に気づくと、ぼくの家に着いていて、エレノアがぼくを助けてリビングに入れてくれる。ユッタがキッチンの隅から顔を出して、こっちを見る。次にバークがキッチンの隅から顔を出して、こっちを見る。

「おい、どうした?」バークが言う。

「だいじょうぶ」ぼくは言う。「健康そのもの」

エレノアがぼくをベッドにおろす。「朝になったら氷ね。憶えてられる?」

「もうこの借りはぜったいに返せない」ぼくは言う。「永遠に。この先ずっと」

「同感」

28

ガレージの窓から日が射して目覚める。頬が熱くなっている。もう一方の頬はひんやりと濡れてくすぐったい。ユッタがベッド脇にいて、ぼくがまだ息をしてるか確かめようと顔に鼻をこすりつけていたのだ。

「死んでないぞ」ぼくは言う。彼女はミッション達成を喜んで尻尾を振る。

鼻が痛い。口から息をすれば問題ない。ひびの入った肋骨が痛い。それほどひどくはないけど、試しに口から少し深く息を吸ったらひどくなった。つまり、痛みがケツの穴から脳天まで突き刺さった。深い息はもうやめた。教訓だ。

ごくゆっくりと体を起こし、やはりごくゆっくりとナイトスタンドの携帯に手を伸ばす。いったい何時だろう。午前9時49分。ナイトスタンドには水の入った大きなグラスと、その隣に鎮痛剤の壜がある。ぼくは薬を2錠のみ、グラスの水を半分空ける。携帯をまた取る。まちがいなく、ぼくのだ。ひびの入ったｉＰｈｏｎｅの画面が指紋や雪の結晶みたいに唯一無二だ。でも、どこから来た？　最後に見たときにはネイサン・ショーが持ってたけど。

水の残りを飲み干す。昨日の夜よりは具合がいいが、気分ははるかに悪い。なぜって、頭が痛みでぼうっとしていないので、起きたことをひとつずつ振り返る時間があるからだ。どれほどひどく、致命的に、すべてが台なしになったか、もう無視するわけにはいかない。ぼくは大きく息を吸う。**くそっ**。肋骨の鋭く尖った破片がぼくの魂を貫く。

そこから回復すると、エレノアに電話をかける。「どうしてここにぼくの携帯が?」

「地面に落ちてたから拾ったの」

ふたりの男に唐辛子スプレーを噴射し、ぼくを引きずって自分の車に運び、もしかすると何かのポッドキャストを聴きながら、そんなことを。ぼくは今後二度とエレノアを過小評価しない。「ありがとう」

「だいじょうぶ?」

「おなか空いた」

「車で拾ってあげる。10分ほど待って」

ぼくはよろよろとキッチンに入って——ユッタがすぐうしろをついてくる——水をもう1杯飲む。製氷皿をひねったり曲げたりして氷を取り出すのが面倒くさかったので、〈トレーダー・ジョーズ〉のオレンジチキン丼の冷凍パックを腕とひびの入った肋骨のあいだに挟む。別パッケージの冷凍ソースを鼻に当てる。ユッタは興味深そうに見ているが、批判はしない。

「相手に会ってみたいな」バークが言う。ダンベルをふたつ持ってキッチンの入口に立ち、にやにやしている。

「ハ、ハ」ぼくは言う。

「それと同じくらいやり返したのか？　全部聞かせてくれ」

バークが見るからに興奮して暴力の話を聞きたがっているのにぞっとする。このときまで、まるまる1年間、バークはぼくの人生の細かいことなど完全に関心ゼロだった。ぜったい何も話してやるものか。

「出かけなきゃいけないんだ、バーク。またあとで」

「役に立つアドバイスをしてやれるかもだぞ、若きジェダイ」

「またあとで」

ユッタの頭を最後にポンと叩き、よたよたと外に出る。足首にあまり体重をのせられない。もしエレノアが現れなかったらゴツいひげとガリガリの酔っ払いがぼくに何をしたか、できるだけ考えないようにする。心臓がドキドキしているのに気づく。額に汗が浮かんでいる。これまでの何がいちばん打撃になっているのだろう。もっとひどく殴られたかもしれない、いや、まちがいなく殴られてたってこと？　ネイサンのオフィスにのこのこ出かけていって情報提供したこと？　待ち伏せにまんまと引っかかったこと？　あるいは、トレイシーを信用するという大胆な発想が完全に裏目に出たこと？ ちがう。いちばんの打撃、考えるのも耐えられないことは、ぼくがぼくらしく失敗したせいで、パールとジャックの置かれた状況がもっとひどくなったらどうする、ということだ。

エレノアが車を乗りつける。ぼくは痛みを感じながらぎこちなく乗りこむ。彼女は眉をひそめ、ぼくの鼻を指差す。「それ何？」

「オレンジソース」すでに氷が解け、みぞれを通り越して生ぬるい糊みたいになっている。ぼくはそれを車の床に放る。包み紙や、口紅をふいたティッシュや、その他もろもろのゴミの上に。「気にしないで」

「あなた、鏡見た？」エレノアは道路脇から車を発信させながら、まだぼくをじろじろ見ている。「ぎょっとするよね」

歯を磨くときには自分と目を合わさないようにしてたけど、思いきってサンバイザーをおろしてミラーを見てみる。さっさとすませよう。ワオ。両方の目のまわりがまだらに青黒く、目は血走っている。鼻は腫れ上がって怪物並みの大きさだ。顔の横半分は皮をはいだ膝みたいに見える。

もっと恐ろしいのはERの請求書。ゆうべエレノアの車に置き忘れたにちがいない。「1900ドル？」ぼくは言う。レントゲン撮影1、弾性包帯1、鎮痛剤2に加えて、15

分ほどの医師の診断で？「法律で決まってるって言わなかったっけ？　たとえぼくが支払えなくても治療はしなきゃいけないって」

「法律上、保険がなくても治療はしなきゃならないって意味。それでも請求は来るの。でも心配しないで。オンブズマンをつうじて交渉できるから」

「え、誰？　何をつうじて？　１５００ドルを？」ぼくにとって１５００ドルは基本的に１９００ドルと同じだ。つまり基本的に１００万ドルと同じってこと。

「それがいまいちばんの心配事なの？　ＥＲからの請求書が？」

鋭い指摘だ。ぼくは黙る。ぼくたちはまた安いタコスの店に行く。料理が出てきたあと、ぼくはエレノアがまだ知らないいくわしい情報をすべて伝える。ネイサンがぼくの名前を知ってたのは、トレイシーがモールでの出来事を話し、ぼくの連絡先を彼に教えたからだ、と説明する。

「だからあのビッチを信用するのは危険すぎると言ったでしょ」エレノアが言う。

ぼくはタコスをつつく。そこがまだわからないところだ。なぜトレイシーはぼくをネイサンに売ったのか。彼女が子供たちを愛してるのはわかってる。彼女が子供たちを傷つけていないことも。ネイサンがぼくに何をするかも見当がついたはずだ。

「きみの言うとおりだった」

エレノアはねちねちとくり返さない。くり返したいに決まってるけど、そうする代わりにカウンターに行って、チュロスを買ってくる。

「あなたのせいじゃないわ」彼女は言う。「やってみるしかなかった」

「頭に銃を突きつけられてやったわけじゃない」

「ねえ。警察に行けば？　くそネイサンがあなたにしたことを話すの。彼が子供たちにしたことを児童サービスにも話す」

「そうするなと彼から言われた。きみが現れるまえに。もし警察に行ったら……って。何をするつもりなのか確かめたいとは思わない。昨日のことのあとではね。これがただの警告だよ。それに結局、彼とぼくのどっちのことばを信じるかってことになる。彼は弁護士だ。人脈もある。それに比べて、ぼくは？　たんに彼とその家族につきまとってる名もない負け犬だ」

エレノアは顔をしかめる。ぼくの説明に反論しない。「それに、あなたの名前を知ったからには、住んでる場所とか、その他何もかも調べることができる」

「住んでる場所はもうぜったい知ってるさ」

「なら、これからどうする？」

「これから？」

ぼくは飲み物のカップから氷をひとつ取って紙ナプキンに包み、鼻に当てる。その質問はまだ考えてもみなかった。

肋骨と鼻とほかの部分の痛みが引いていく。代わりに怒りが押し寄せたからだ。自分に腹が立ってしかたない。盛大に下手をこいたから——ネイサンに情報を与えたり、待ち伏せのなかに飛びこんだり、トレイシーを信用したり、などなど——というだけでなく、できると思いこんだことに対して。ぼくはこれを解決できると思いこんだ。パールとジャックを助けることができると思いこんだ。

　ぼくは教会のうしろの列で口だけ動かして歌うふりをする子供だ。偽の保安官バッジとおもちゃの銃を見せびらかす男だ。ぼくみたいな人間がやれるいちばん愚かなことは、いま以上の自分になれると思いこむことだ。

何も期待しなければ失望することはない。養父のこのことばをきちんと聞いておくべきだった。聞くことをやめてはいけなかった。

　正直に言えば、ぼくはほっとしている。パールとジャックのためにできることはすべてやったいま、昔の生活の穏やかな流れにまた身をまかせることができる。昔の生活はよかった！　殺される心配もなかったし、何か大事なことを心配する必要もいっさいなかった。

「もう完全に手を引くの？」エレノアが言う。

「明らかにね」ぼくは言う。

29

　ぼくは家に帰って寝る。さらに寝る。翌日の火曜、少し元気が出たので広告サイトの〈クレイグリスト〉を見てみる。中古タイヤふたつを75ドルで売りたい人がいる。プレストンがぼくのメッセージに返事をくれないので、サルヴァドールに電話して、プレストンのオフィスまで車で送ってもらう。サルヴァドールは驚きに目を丸くして、ぼくのボコボコにされた顔を何度も見る。すでにぼくが殴られたという悲しい現実を加工して、大胆不敵な冒険物語に仕立てている。そのなかでぼくはどうやらヒーローのようだ。

「ほんと映画みたいだね！」彼は言う。

「ちがう」

「3対1。命がけの闘い！」

　プレストンのオフィスにいた人が仕切りを指差す。プレストンはそこにいないが、いくつかの先の仕切りで彼の声が聞こえる。哀れな囚われの犠牲者が、プロジェクトの進め方と市街化調整区域法の発展について彼の講義を聞かされている。プレストンはぼくを見て顔をしかめる。ぼくを見たときの彼のしかめ面には、じつにいろいろな種類がある。今日のは〝驚いて苛立ち、用心している〟しかめ面だ。それが〝怒っているのにうっかり興味を覚えた〟しかめ面に変わる。

「何しに来た?」彼は言う。「その顔はどうした?」

「だいじょうぶ、ありがとう。75ドル携帯送金《ベンモ》してもらえないかな、お願い。あとで返すから」

「だいじょうぶなのか?」

「だいじょうぶ。軽い衝突事故だよ。新しいタイヤが必要なんだ」

「どうして衝突事故でタイヤが必要になる? それにその髪はどうした? 感じがいいぞ」

プレストンに髪を褒められる? すばらしい。これがいわゆる泣き面に蜂? 「75ドル、ベンモしてくれる? いますぐに」

「ああ」プレストンはため息をつき、講義をしていた女の子のほうを向く。「弟だ。こいつの火曜はたいていこうだ」

次はサルヴァドールの車で、タイヤを売りたい人のところへ連れていってもらう。トレッドの溝はほとんどなくなっていて、片方のホイールには銃痕のような穴があいている。とはいえ、75ドルで何を期待する? そのとおり。ぼくは1個の上に坐って跳ねてみる。

サルヴァドールがもう1個に坐って跳ねてみる。どちらもパンクしない。買った。

売主がサルヴァドールを手伝ってSUVの後部座席にタイヤを積んでくれる。ぼくは肋骨やら足首やらのせいで役に立たない。肘も腫れているのにいまさら気づく。サルヴァドールに道順を指示して、医療総合施設をすぎ、〈ティップル・アンド・ピックル〉をすぎ、廃品置き場や倉庫をすぎる。襲いかかられた路地が近づくと胸が締めつけられ、頭皮がチクチクしはじめる。ゴツいひげとガリガリの酔っ払いはとっくにいなくなっている。ここへは戻ってこない。でも、こっちを見おろしている彼らがまだありありと見えるときに、自分にそう言い聞かせるのは簡単ではない。肋骨にひびを入れるブーツの感触がまだ残り、冷めたフライドポテトのにおいが突然する――冗談抜きで――というのに。

路地は空っぽだ。ぼくは力を抜く。昼日中、太陽が燦々《さんさん》と照りつけるなかで見ると、路地は薄汚れているが、怖くはない。前輪が両方パンクしてまえに傾いでいるぼくの車――バーカウンターに頭をつけて酔いつぶれた酒飲みのようだ――のほかには、昨夜起きたことを仄《ほの》めかすものは何ひとつない。荷物搬入口の上に書かれて色褪せた文字がようやく読める。文の一部で、ふたつの単語、〝やめろ《ドウ・ノット》〟だ。

すぐれたアドバイス。ゆうべ路地に入るまえに、この警告を見てればよかった。3週間前に見てればよかった。自分をだまして自分以外の何かになれるなんて、思いこまなきゃよかった。それがいちばんの痛みだ。希望が大きくふくらんだあとで踏みつぶされたことが。養父は完璧に正しかった。何も期待しなければ失望することはない。

サルヴァドールがぼくの車に横づけする。ぼくの車のトランクからジャッキとタイヤ用の工具を取り出して仕事にかかる。といっても、ぼくが手順を指示して、サルヴァドールが工具のまちがった端でホイールをはずそうとし、ナットを落とし、ジャッキに指を挟まれるのだが。しかし本物のクリスマスの奇跡か、最終的にぼくたちは新しいタイヤをつけ終える。ぼくはサルヴァドールを褒《ほ》めたたえる。彼は顔を輝かせ、明日のシフトのまえに本部《HQ》で打ち合わせをしたほうがいいかと尋ねる。

「本部《HQ》なんてものはないよ、サルヴァドール。廃棄されたダークライド乗り場にインデックスカードをペタペタ貼ってるだけだ」

「次の行動を考えなきゃいけないよね？」

「次の行動はない」

「どういうこと？」

「終わったんだ。これで終わり」

彼は打ちひしがれる。「やめるの？　でもどうして？」

「ぼくを見ろよ、サルヴァドール」

ボコボコにされた顔、足を引きずって歩く様子、骨にひびが入ってタイヤのジャッキさえ持ち上げられないほど痛む脇腹を見ろという意味だ。でも、もっと一般的な力強い意味もあることに気づく。**ぼくを見ろよ。**過去の成果と将来の可能性から考えて、ぼくはやめるしかないだろう?

「手伝ってくれてありがとう」ぼくは言う。「明日また仕事で会おう」

新しい中古タイヤが家まで運んでくれる。ぼくはパイプでマリファナを吸って、鎮痛剤をまた2錠のむ。ちょっと昼寝。目が覚めると次の日の朝になっている。なんだと！　でもだいじょうぶ。100パーセント問題ない。人生のこのエピソードを忘れるのが早ければ早いほど――一瞬ぼんやりちらつく記憶になって、現実の出来事とは思えなくなるのが早いほど――幸せになれる。

筋肉が骨からはがれそうになるほど熱くて長いシャワーを浴びる。肋骨も少しよくなった。鼻と肘の腫れもいくらか引いた。体をふき、鏡で自分の顔のホラーショーを見る。体の怪我はどうでもいいと思うことにする。もうそれは問題じゃない。

マリファナをやって、また『ファークライ』の前哨基地のところをプレーする。いつの間にか数時間がすぎる。いいね。午《ひる》ごろ思いきって食べ物を買いに外に出る。〈チックフィレイ〉のドライブスルーで注文したストリップが出てくるのを待っていると、もう一方の列に車が入ってくる。後部座席にふたりの子供、女の子と男の子がいる。パールとジャックと同じくらいの年頃だ。もちろん彼らはジャックとパールではない。歳以外にジャックとパールに似たところはない。小さい女の子は坐ったまま、ティックトックで流行りのなかなかむずかしいダンスをしている。小さい男の子は身を乗り出して、運転席にいる母親にスーパーヒーローのフィギュアを見せている。たぶん原作の話をしているか、ヒーローのパワーをくわしく説明しているんだろう。

チキンストリップを食べながらグエンとマロリーの家に向かう。〈チックフィレイ〉にいたあの子たち――いや、たいしたことじゃない。最終的には乗り越えられる。最終的には、パールやジャックと同じくらいの年齢の子供を見るたびに彼らのことを考えて胃がよじれたりしなくなる。だろう?

グエンとマロリーは『ジ・オフィス』の再放送を観ながら水煙管をやっている。ぼくが彼らを最後に見たときから同じ場所で動いてない、なんてことがある?　あるかもしれない。ふたりともすっかりハイになり、ダンダー・ミフリン社のプレッツェルの日に入りこみすぎて、ぼくの髪型にも悲惨な顔にも気づかない。それか、気づいていても、自由意思のないこの宇宙でコメントには値しないということかな。

「おなか空いてる?」グエンがぼくに訊く。「豪華な食事を注文したんだけど」

「いらない」

マロリーが水煙管をぼくに差し出す。「オーケイ、聞いて」彼女は言う。「もしもよ、夢がこの世に存在するあらゆる心と心をつなぐ結合組織のようなものだったら。どんな奇妙な夢を見ることになるか想像してみて。この夢はどこから来た？　みたいな。あなたの見る夢の一部が、誰かの見てる夢から来てるとしたら？　その逆もありなら？」

「待て。え？」グエンの目がいっとき泳いで焦点が合わなくなる。「それ、めっちゃ気色悪い」

ぼくは水煙管を吸う。この瞬間はなじみがありすぎて、実質的にすべての瞬間のようだ――ぼくの人生の最後の長い部分がこれで、グエンとマロリーとこうやって肺を煙でいっぱいにして、世界が自分のまわりでふんわりするのがすべて、というような。一瞬、いい考えに思える。とても〝禅〟だ。でもやがて煙とか柔らかさとか、そうしたすべてが幾重にも折り重なってぼくにのしかかってきて、息ができなくなる。

ドアベルが鳴る。グエンが立ち上がり、油染みのついた大きな紙袋を受け取ってくる。油っぽいギロピタみたいなにおいがする。入口にいた配達人が背を向けるまえに、その姿がちらっと見える。ショッピングモールで見た配達人かもしれない。ちがう？　まあ、ほぼどうでもいい。

「ほんとにおなか空いてない？」マロリーが言う。「たくさんあるんだけど」

「行かなきゃ」ぼくは言う。

「また明日」グエンが言い、マロリーがうなずく。まるで未来にほかの可能性はないみたいに。

30

5時。ぼくは昼寝から覚めて鎮痛剤をまた2錠のむ。この鎮痛剤はエレノアがおばあちゃんからもらっている薬ほど効かないんだろうか。肋骨と足首に氷を当て、よろよろと車に向かう。今晩はあまり働ける状態ではないが、〝呪われた西部開拓地〟のシフトをこなせば、さまざまな痛みをしばし忘れられるかもしれない。

ぼくがほとんど歩けないのを目にしたダットワイラーは、ブートヒル墓場の動かない幽霊役を割り当てる。すでに顔がすごいことになっているのでメイクアップはあまり必要ない。サルヴァドールもブートヒル墓場に入る。ひと言も話さずに、むっつりした表情でとぼとぼついてくる。

ぼくも正直言って気分が乗らない。重苦しい雰囲気を振り払うことができない。捨てなきゃいけない死体を引きずってるけど、その死体はじつは自分で、捨てることになってよかったというような気分だ。

「お気楽な夜になりそうだな」ぼくは言う。

サルヴァドールはどすんと腰をおろして、傾いた墓石にもたれる。墓碑銘は〝ここにオランダ人眠る。撃つのは速く、抜くのは遅かった〟。やはり何も言わない。ぼくを無言で責めてるんだと思う。そんなのは罰としては生ぬるいぞと指摘してやってもよかったが、しない。

しばらくすると、下の目抜き通りに食屍鬼たちが集まりはじめる。それを合図にぼくたちは地面にあいた墓穴に入り、煙霧機のスイッチを入れ、しゃがんで待つ。数分後、最初のゲストの集団が町から砂利の小径《こみち》を登ってくる。ジャスティンのブーツの輪拍が金属音を立てている。今晩は彼が〝死んだ保安官〟だ。

「音を立てないように」ジャスティンが言う。「このあたりの幽霊を起こしてしまうので」

その台詞をきっかけにぼくたちは墓穴から立ち上がり、甲高い声でおどかしたり、泣きわめいたり、まあその手のことをする。ブートヒル墓場は暗く、それぞれの墓に煙霧機が備わっている。それでもゲストをぞっとさせるのはむずかしい。女性ふたりが礼儀正しく悲鳴をあげる。ぼくは霧のせいで咳きこみそうになるのをこらえる。

ジャスティンがまた集団を率いて丘からおりていく。ぼくたちは煙霧機のスイッチを切る。ぼくはまだ墓穴のなかにいる。穴自体は深くなく、1メートルかそこらだけど、どうせまた入らなきゃいけないのに出る意味がどこにある？

パールとジャックの物語にはそれほど残酷でないバージョンもあるのだと自分に言い聞

かせる。ふたりはいまのすべてを乗り越える。成長して家を出、ネイサンとトレイシーから逃れる。傷つくこともあるが、精神科医に診てもらい、忙しい人生をすごす。いろんなところに行って、いろんな人に会う。恋をする。捨てられる。また恋をする。好きな仕事、嫌いな仕事をする。山に登ったり、フローズンヨーグルトのフランチャイズ店を買ったりする。死ぬまで仲のいい姉と弟でありつづけるか、なんとなく別れて、何十年もたったあと空港のゲートエリアで偶然再会する。ハグしても互いにどんな人間になっているのか、ほとんどわからない。

そう、彼らとぼくのちがいはただひとつ――ぼくは残りの人生をいまここから始めることができるけど、パールとジャックはできない。あと7、8、9年はどうしようもない。7、8、9年も！　永遠だ。いま彼らに起きていることを考えたら、1年だって永遠なのだ。

もしパールとジャックがあと1年も生きられなかったら？　あるいは、あと1カ月？　あと1週間だったら？　ネイサンがふたりをいつもより少しだけひどく痛めつける日が、明日だったとしたら？　明日、ほんの少しやりすぎたら？

いや、もうぼくの責任じゃない。ぼくはできるかぎりのことをした。できることはすべて。あとはぼくの墓穴の端に立ってこっちを見おろしている小さな青白い幽霊ふたりに対処すればいいだけだ。市庁舎のあのベンチに坐っていたパールとジャック。まえを向いてるだけで何も見ていないふたりの姿を思い出す。いまわかった。彼らは未来を見ていたのだ。いまここにいるぼくを。ぼくが彼らを見捨てることを。

気持ちは軽くなるはずだ。重くなるんじゃなくて。ぼくはまた昔のぼくに戻り、パールとジャックに対する責任はもうない。もう彼らのことでやきもきする必要はない。肋骨を蹴られる心配も。もう手に余る仕事をするために思い煩わなくていい。

〝呪われた西部開拓地〟のこの仕事はぜんぜん手に余ったりしない。立って、横たわるだけ。サルヴァドールにだってできる。

もしかすると、気持ちが沈む理由のひとつはそれかもしれない。ネイサン・ショーに関する調査がいくら下手でも、結果が墜落炎上であっても、少なくともぼくは自分にとって大切なこと、意味のあることをしていた。

それに、とんでもなく下手というほどでもなかった、だろう？　これまでの人生でいちばんがんばったし、利口にもなった。同じまちがいは二度とくり返さなかったし、しっかり目に見える成果もあった。しっかり・目に・見える・成果がなかったら、ネイサンもわざわざ友人たちにぼくを殴らせたりしない。

次のゲストの集団が丘を登ってくる。ぼくたちは墓穴から立ち上がる。人工の霧を通して、ジャスティンが何かに取り憑《つ》かれた兵士みたいな目つきをしているのがわかる。**これをあと4時間。**きっとぼくも同じ目つきだ。残りの人生、ずっと〝呪われた西部開拓地〟

で働くわけでもないけど、次の仕事が何だろうと、たいして変わらないだろう。ぼく自身もあまり変わらない。

集団がまた丘をおりていったあと、ぼくは墓穴から出てサルヴァドールに近づき、ブーツの先で彼の足をつつく。

「ちょっと聞いてくれ」ぼくは言う。

彼は首を振って拒否する。

「首を振るってことは、もう聞いてるってことだ、サルヴァドール。ぼくの言ったことに反応してるんだから」

彼はまた首を振りかけて、やめる。混乱している。

「あの子たちを助ける人はいなかった」ぼくは言う。「ぼくだけしか。だからここまでいろいろやってきた。で、いまどうなってるかわかるか？」

彼は降参する。「どうなってるの？」

「いまも彼らを助けるのはぼくしかいない」

ぼくはサルヴァドールの隣に坐る。これから分かれ道のどちらを進んでも、ろくなことにはならない気がする。どっちにしろ、つらい思いをするかもしれない。あの路地の荷物搬入口の上に書かれていた文字について考える。**やめろ**。あれほど明らかなサインはなかった。でも、具体的に何を指しているのか。何を……やめろ？

ネイサン・ショーにつきまとうことをやめろ？　とても歯が立たない流れで泳ぎつづけることをやめろ？　昨日はそれだと思った。でも今日はわからなくなった。

「やっぱりやめない」ぼくは言う。

「え？」

「あの子たちを助けることをやめない」

幽霊の緑がかった灰色のメイクアップのなかで、サルヴァドールの目が異様に大きくなり、白目が異様に明るく輝く。「そうなの？」

ぼくはパールとジャックを見捨てられない。ぼくはもうあきらめる人間じゃない。殴られて尻もちをついても、また立ち上がる。そして次のときには、殴られて尻もちをついたりしないかもしれない。なぜって、ぼくは同じまちがいは二度とくり返さないから。

「そうだ」ぼくが言うと、サルヴァドールは勝ち誇ったように拳を突き上げる。

31

翌日は木曜。路地で待ち伏せされたのは日曜の夜だったから、この件からはずれ、何もせず、進歩がなくなってから4日近くたったことになる。でも明るい面を見よう。もしネイサンが誰かにぼくを見張らせていたら、ぼくが怖がって手を引いたとまちがいなく思ったはずだ。

ただ、見張ってはいないと思う。わかってきたんだが、ネイサンのような男は自信過剰で、自分が裏ですべて操っていると思いこむ。ぼくが手を引くことを当然と見なすだろう。当たりまえだ。彼にとって、ぼくは何者でもない。光が射したとたんに逃げ出すゴキブリみたいなものだ。

一方、ネイサンのような男は、エレノアが現れて唐辛子スプレーで警告の邪魔をしたことに腹を立てるかもしれない。あの落としまえはつけようと決意する彼の姿が目に見えるようだ。そこでぼくは念のため、鏡があればかならずうしろに尾行者がいないか確認し、家の外に怪しい車が停まっていないか注意し、どこへ行ってもまわりの人の顔をじろじろ観察する。

「バーク」ぼくは言う。「最近、家のまわりで何か怪しいことに気づかなかった？　たとえば、怪しげな通行人とか？」

もしバークにユッタみたいな耳がついていたら、ここで両耳をぴたっと頭につけたはずだ。「何を見た？」

「何も。ただ……ぼくに襲いかかったやつら、あいつらがまだこのあたりをうろついてたら嫌だなと」

「そいつらには神のご加護が必要だな」

よし。これでバークは完全に警戒態勢に入った。もう家のまわりに誰かがこっそり近づくことは心配しなくていい。

ぼくはサルヴァドールのSUVを借りて、〈ショー法律事務所〉に寄ってみることにする。ネイサンはこのSUVを知らないし、通りかかる車をいちいち監視もしていないだろう。それでも緊張はしている。悪運がどこからともなく稲妻のように落ちてくる危険性はつねにある。

おかしなものだね。笑ってもいられないけど。ここまでやってきて、またふりだしに戻っている。ネイサン・ショーの悪事の証拠が必要だ。どうやって手に入れる？

オフィスパークのまえを通りすぎる。真珠色のスポーツカーは表に駐まっておらず、裏にもいない。時刻は午《ひる》すぎ、ランチの数時間後だ。もう一度さっと通りすぎる。興味が湧く。働くべき時間にネイサンは何をしてる？　家にいるのか？　なぜ？　いつ戻ってくる？

ショー家のまえを運転するのは危険だ。行ったところで何が見られる？　閉じたブラインドと2メートル半の塀だけだ。でも調べないわけにはいかない。どんな幸運の稲妻が落ちてくるかわからないから。だろう？　パールとジャックを助けるチャンスが0・1パーセントでもあるなら、ぼくはためらわない。

ぼくはもはや、うちの近所より〈メドウ・ウッド・エステイツ〉にくわしくなっている。お飾りの石造りの守衛所を通りすぎ、なんとかレーンやなんとかテラスといった大小の道をすいすいと進む。車で走っているのは、ほとんどぼくだけだ。これにはいい点と悪い点がある。悪い点は、ほかの車に交じれないこと。いい点は、ぼくを尾行している車がいたとして、それもやはりほかの車に交じれないこと。

用心に用心を重ねて、脇道にとどまっていることにする。と言いつつ、一度行き止まりの道をゆっくりと進みながら見ると、ショー家のまえになじみのない車がある。トレイシーのボルボでも、ネイサンのスポーツカーでもない。庭には知らない男が立っている。ブレザーとスラックスという恰好で、明らかにネイサン・ショーの怪しい友人のひとりではない。ぼくはふと希望を感じる。もしかしてＣＰＳの人？　それとも刑事？　衝動に逆らえず、ハンドルを切って行き止まりの道に入る。

ブレザーの男はただ庭に立っているだけじゃない。近づいてみると、立て看板と格闘している。芝生に挿して埋めこもうとしているのだ。〝貸し家〟。家のブラインドとカーテンは開いている。正面のドアも。ショー一家は引っ越した？　一家が出ていったという可能性は、ぼくの頭の上に落ちてきた爆弾のようだ。

車を縁石に寄せる。ショー一家がまだ引っ越していないなら、自分をとても危ない状況に置くことになる。ネイサンがいつ出てきてもおかしくないわけだから。とにかくＳＵＶからおりる。ここで起きていることを確かめなければ。

「ハイ」ぼくは言う。「ちょっと、すいません」

ブレザーの男、不動産屋がこっちを向く。気分を害しているように見える。いきなりまぶしい光に照らされて目を細めているような。笑みを浮かべるべきだと思い出すけど、たいした笑みにはならない。

「何かご用で？」彼は言う。

そこでぼくは気づく――彼だ。ピンクのゴルフシャツ。最初の日にぼくをネイサン・ショーの怪しい友人だと思いこんで車のボンネットを叩いた、太り気味の隣人だ。ぼくはうろたえるが、彼はどうやら迷惑がっているだけで怒ってはいない。ぼくのことがわからないようだ。服はいつものサーフパンツとＴシャツだから、たぶんこの上品な新しい髪型と、サルヴァドールの上品なSUVのおかげだろう。

「ここは貸し家ですか?」ぼくは言う。

彼は鼻孔を広げる。あんたはこの看板が見えないのか?「ええ」彼は言う。「貸し家です」

「ここに住んでた人たちは……どこに行ったかご存じですか?」

「知りません」

「どうして出ていったんですか?」

「ここはいま空き家ですが、内覧はできませんよ。会社のほうに電話してもらえれば、リストに登録できます。内覧会は来週です」

ぼくの相手はそこまでにして、彼は歩き去る。ぼくは煉瓦の小径をついていく。真っ昼間にこの家にここまで近づくのは、とても奇妙な感じがする。遠くからなら数えきれないほど眺めてきた。遠くからこの家を見ているところが夢にまで出てくるほどだ。それがいま、玄関の開いたドアから文字どおり3歩のところにいる。

「ちょっと待って」ぼくは言う。「ほんの少しだけなかを見られませんか? つまり、せっかく出かけてきたし、あなたもちょうどここにいるので」

「だめです」彼は振り返って肉づきのいい大きな掌を上げ、進みかけたぼくを制止する。

「お見せできる状態ではないので」

「かまいません。ぼくは気にしない」

「私は気にします」

家が本当に見せられる状態でないのか、ピンクのゴルフシャツ隣人不動産屋がぼくを上品な客と見なさなかったのか。

「家を探しているのは両親なんです」ぼくは言う。「ぼくじゃなくて。父に言われてこのあたりを車で探しています。いまいる家の改築をするあいだ、滞在先が必要なんです。両親の家はゼフィラスにありまして」

彼が少し関心を抱いたのがわかる。ゼフィラスは街で1、2を争う裕福なゲーティッド・コミュニティだ。ぼくの架空の両親は彼にとって理想の借主だが、彼はかぶりを振る。

「申しわけありません。先住者がめちゃくちゃにして出ていったもので。ですが、来週には最高の状態に戻します。電話番号を教えてもらえれば、個別内覧のスケジュールに入れておきますよ」

なかに入るのに来週まで待つなんて、やってられない。それに、もしこっちに役立つ情報が得られるとしたら、それはショー一家が去って、最高になるまえのいまだ。どうしても見ておく必要がある。

ほかに出せるカードはないかと考える。「フェリス・アプトンはご存じですか？」

「いや」

「それなら……」サルヴァドールの母親の名前——なんだっけ？　思い出せない。たしかヴァレリー？　ヴァネッサ？「ヴァネッサ・ヴェラスコは？」

彼はためらう。玄関のドアを閉めようとノブに手をかけたまま。「ご両親はヴァネッサと仕事を？」

「彼女は家族の友人です。どうか、５分でかまいません」

「ご理解ください。なかはひどいことになっています。まえの借主が……」歯ぎしりして顎を強張らせた。ぼくほどネイサン・ショーを嫌ってはいないかもしれないが、それにけっこう近そうだ。「あと、私は街の向こうで先約がありますので、おつき合いできません」

「わかります」ぼくは言う。「完全に」

「ひょっとして、どこかでお会いしました？」彼はぼくをじっと見る。「なんとなく見憶えがあるような」

「会ってないと思います。ご商売柄、大勢の人と会われますよね」

彼はぼくに名刺を差し出し、帰るときには玄関に鍵をかけてくださいと指示する。彼が車で去ったあと、ぼくは家のなかに入る。

玄関ロビー。隅にジャンクメールが膝の高さまで積んである。天井には水もれの染みが広がっている。においが鼻を刺激する。かすかにカビ臭いような、果物が腐ったような、ピリッとする不快なにおい。

本格的にひどくなりはじめるのは隣のリビングからだ。カーテンはフックから引きちぎられ、床に積み上がっている。壁の茶色の汚れは、うんこじゃないことを心から祈る。カーペットに血のように染みこんでいるのは、1リットルほどこぼれたエンジンオイル。部屋に残った唯一の家具であるコーヒーテーブルは粉々に叩き割られ、木っ端がそこらじゅうに散らばっている。

キッチンに入ると、嫌なにおいが強くなる。シンクのまわりをハエが音を立てて飛んでいる。そっちには近づかないことにする。オーブンの扉が開いていて、なかにゴミが詰めこまれ、やはりハエが飛んでいる。空《から》の缶、蓋つきの発泡スチロール容器、コーヒーの出し殻、むいた何かの皮。すぐ横の壁はとくに汚れている――よく見ると、巨大なスマイルマークだ。うんこではなく、ピーナツバターで描かれている。そうにちがいない。神様にお願いする。

1階のほかの部屋も似たようなものだ。エレノアとぼくが木の陰からのぞき見た裏手の書斎は、フレンチドアのガラスがどれも蜘蛛《くも》の巣状にひび割れている。

卑劣で邪悪なネイサンのことだから、出ていく際に家を粗大ゴミにしていったのは驚きではない。彼は賃料の値上げに腹を立てたのかもしれないし、夜中じゅう怪しい友人たちと騒いだせいで追い出されたのかもしれない。でも、部屋をひとつずつ見ていくと、卑劣で邪悪だけではすまないことがわかる。ネイサン・ショーはこれらすべてに想像力を用いている。そうして作り出したものを誇らしく思っている。これを愉しんだ、のだ。ジャックの鎖骨やパールの足首についていた煙草の火傷跡を思い出す。完璧に等間隔で並んでいた。愛《いと》おしんでつけたように。

外に出たくなるけど、無理して2階に上がる。2階のほうがよくもあり、悪くもある。いいのは、ゴミもにおいもなく、たんに空っぽだからだ。悪いのは、パールとジャックが送っていた生活をずっとたやすく想像できたから。ネイサンが階下《した》からふたりに叫ぶ。おりてこい。パールが廊下を進み、ジャックがすぐあとをついていく。長い時間をかけて階段をおりていくが、実際にはそう長くない。

主寝室と小さな寝室がふたつ。メインのバスルームは水浸しで、浴槽の縁まで水がたまっている。もう蛇口から水は出ていないけど、ネイサン・ショーが出しっぱなしにしていったにちがいない。だから1階の天井に染みがあったのだ。

どの部屋もオフホワイトの壁で、クリーム色のカーペットが敷かれ、家具はひとつもない。パールとジャックにそれぞれ寝室があったのか、それともひと部屋をふたりで使っていたのか、知るすべはない。ブラインドが開けてあるので、日光が降り注ぐ。むき出しの壁やカーペットは比較的きれいだが、2階もやはり暗く、悲しく、気が滅入る。客観的に見て暗く、悲しく、気が滅入るのか、それともここで起きたことをぼくが知っているからそう思うのかはわからないけど。

証拠を探さなきゃ。集中しろ、注意を払え。フェリスにしろ、ほかの専門の探偵にしろ、個人的な感情や感覚をみな遠ざけておくことは得意なはずだ。ぼくはまだ得意ではない。永遠に不得意かもしれない。

ある場所からいなくなるとき、人はかならず何か忘れ物をする、よね？　ぼくはメインのバスルームにある洗面台のキャビネットを調べる。廊下のクローゼットも。と思ったら、ただの空調設備だった。すべての寝室のクローゼットものぞいて、最上段の棚の隅から隅まで調べたけど、何も見つからない。何も。かえって怪しい。いや、そうでもないのかな。いちばん大きなウォークイン・クローゼットの天井に落とし戸がついている。屋根裏だ。屋根裏は大嫌いだ。好きな人はいない。屋根裏で何かいいことが起きたためしがある？落とし戸を引き開けるまえからもう心臓がバクバクしている。開けると、ぐらつく折りたたみ式の木の階段が現れる。頭上の裸電球は自動的につかない。部屋じゅうのスイッチを試してみる。やっぱりだめ。

携帯のライトをつける。行くしかないぞ。木の階段をのぼる。ぐらつき方が半端じゃない。屋根裏の天井は低すぎてまっすぐ立てないから、身を屈めて奥に向かう。信じられないくらい暑い。家が建てられて以降の猛暑の熱がすべてここに蓄えられているみたいに。

ライトを向けて探しはじめる。ネズミや蜘蛛がいるかもしれない。でもそれより、ライトの光が突然照らし出すほかのもののほうが怖い。児童虐待について読んだあらゆる記事が脳裡《のうり》に甦《よみがえ》る。その具体的な細部や、大人が子供を傷つけるために使ったものの数々が。

屋根裏のいちばん奥にある煉瓦の煙突までたどり着いて、引き返す。1往復しても何も見つからない。ピンク色の断熱材と、たくさんの埃だけ。携帯をまっすぐ床に向ける。厚く積もった埃についた足跡はぼくのものだけだ。証拠を見つけたい。見つけなきゃならない。でも、ここに誰かが長いこと閉じこめられていなかったのは救いだ。ジャックもパールもここに上がったことは一度もないだろう。

階段をおりて、落とし戸をまた閉める。汗まみれになり、屋根裏の熱がまだ体にまとわりついていたので、廊下に行って、温度調節のダイヤルを23度から20度に下げる。空調が低い音で始動し、空気が流れはじめる。空調設備が入ったクローゼットに目をやると、さっきは見落としていたものに気づく。クローゼットの扉にデッドボルト錠がついている。

マジで？　わざわざ空調設備を盗みに来る人がいるか？　扉をもう一度開けて、なかを見てみる。ネイサン・ショーが貴重品か何かをここに隠していた可能性もなくはないけど。隠すには妙な場所だ。なかは狭くて窮屈だ。エアコンと送風機、いろいろな管や金属ダクトでほぼ埋まっている。コンクリートの床が滴った結露で濡れている。

集中しろ、注意を払え。**考えろ**。もう一度、扉を見る。内側にサムラッチ錠はついていない。内と外から鍵をかけられるデッドボルト錠だ。つまり、誰かを外から入らせないようにすることもできるが、誰かをここに閉じこめることもできる。

もう暑くなくなった。凍えるほど寒い。携帯のライトをつけて、ひざまずく。このクローゼットに大人が体を押しこむのは不可能だ。ジャックやパールくらいの子供でも、両膝を顎まで引き寄せて坐り、メインダクトの下に縮こまって、壁に体をぴったりつけなきゃならない。ここに閉じこめられるのは悪夢だろう。暑くてうるさく、動けないし息苦しい。扉が閉まって外から鍵をかけられたら、真っ暗になる。携帯のライトが奥の隅のほう、ゴムを巻いたパイプの下にある色をとらえた。赤い。腕を伸ばして手探りすると、投げ縄を振りまわしている小さなプラスチックのカウボーイだ。ぼくは凍えるほど寒いのに、また汗をかきだす。

32

空調のクローゼットの扉を閉め、プラスチックのカウボーイをポケットに入れる。家から出ないと。もう充分見た。充分すぎるほど。

外に出て新鮮な空気を吸う。深く、深く吸いこむ。このカウボーイはジャックのおもちゃかな、それともパールの？　かすかながら不快な家のにおいがぼくの服に焼きつけられ、肌に染みこみ、体のなかに入っている。

これまでに何回、そしてどのくらいの時間——何分間、何時間、もしかすると何日間——ジャックとパールはあの悪夢のクローゼットに閉じこめられたのだろう。順番に入れられたのか？　あの狭さでは一度にひとりしか入れない。ネイサンがジャックの細い首のうしろをつかんで無理やりまえに進ませているところを思い描く。ネイサンがジャックを引きずっていくまえに、パールが弟の手にカウボーイをこっそり握らせるところを想像する。それとも逆で、トレイシーがパールを引きずっていくまえに、ジャックが姉の手にカウボーイをこっそり握らせた？　そんなふうに引き離されたら、残されたほうもひどくつらいはずだ。いつ弟や姉が戻ってくるのかもわからず、そもそも戻ってくるのかどうかすらわからない。

集中しつづけろと自分に命じる。まず、ショー一家の引っ越し先を知る必要がある。パールとジャックにとって家族の引っ越しが何を意味するのか、心配になる。彼らの人生が楽になるところは想像できない。逆に苦しくなるところはいくらでも想像できる。

一家を見つけるのはそうむずかしくないはずだ。ネイサンが〈ショー法律事務所〉で1日の仕事を終えるのを待って、家まで尾ければいい。ただ今回の尾行は本当に、ものすごく用心しなきゃならない。ネイサンや彼のごろつきの友人たちがぼくを監視していることを前提にしないと。

サルヴァドールの車は4時に返すことになっている。ぼくは〝呪われた西部開拓地〟で彼に会い、もう少しSUVが必要なのだと説明する。

「ぼくもいっしょに行く」彼が言う。

なんとサルヴァドールは、お願いするレベルから宣言するレベルに進化した。「いや、無理だ」ぼくは言う。「危険すぎる」

「いっしょに行けないなら車は貸さない」

「は？　サルヴァドール、本気か？」

ぼくよりも本人のほうが反抗的な態度に驚いたようだ。頬に赤みが差し、目の焦点も定まっていない。息遣いもいつもより荒い。胸を張ろうとしてバランスを崩し、うしろにひっくり返りそうになる。

「最善かつ最終の提案だよ」彼は言う。ママから聞いた台詞《せりふ》にちがいない。

「サルヴァドール」ぼくは言う。ワオ。ここ数週間、ぼくを助けてきたことが前向きな体験になったのだろう。ぼくはこれを誇らしく思うべきなのか？　それともモンスターを生み出してしまった？

「最善かつ最終の提案だよ、お願い」彼は少し口調を和らげて言うが、また胸を張る。コツがわかってきたようだ。固い決意とともに目を細める。

ぼくはこの闘いに勝てない。最終的にはサルヴァドールが押しきる。それにもう4時近い。まもなくネイサンの仕事が終わる。「わかった」ぼくは言う。「でも、言われたとおりにするんだぞ、質問はせずに。どんなときでも質問はなしだ」

ぼくたちは4時15分にオフィスパークに着く。いつもは通りの向かいのショッピングモールに駐めていたけど、たとえ新しい車でもそんな危険は冒せない。幸い、通りの先にセブン－イレブンがあり、そこから〈ショー法律事務所〉がよく見える。ネイサンが駐車場から出てきたところをつかまえられるだろう。

セブン－イレブンの駐車場に入る。いまもネイサンのスポーツカーは〈ショー法律事務所〉のまえに駐まっていない。もう帰った？　駐車場から出てオフィスパークのまえを通ってみる。スポーツカーは事務所の裏にも駐まっていない。

サルヴァドールは質問したいことがありすぎてプルプル震えているが、質問は許されていない。ついに我慢できなくなって、堰《せき》を切ったように訊きはじめる。「これからどうする？」彼は言う。「車はないよ。ない車をどうやって追跡するの？　どうしようか。どう思う、これから――」

「やめろ」ぼくは言う。

「ごめん。でも――」

「考えさせてくれ、サルヴァドール」

忍耐が必要だが当然とるべき対策は、明日また4時かそれより早く戻ってきて、仕事を終えて帰るネイサンを確実につかまえることだ。でもぼくは、いまの状況から奇妙な雰囲気を感じている。予感が広がる。スポーツカーがないことと、家が空っぽになったことが無関係である確率はどのくらい？　おそらくつながりはある。〈ショー法律事務所〉も突然廃業になっていないか確かめる必要がある。でないと、無駄にできない時間を結局無駄にしていることになる。

危険すぎる。いや、危険すぎるというほどでもないか。どちらか決められない。ネイサンは郵便局に行くとか、ちょっと外出しただけで、すぐ戻ってくる可能性もある。ただ……〈ショー法律事務所〉をちらっと確認するだけなら、せいぜい2分しかかからない。

危険すぎるわけでもないだろう。隣のサルヴァドールを見る。彼なら危険はない。ネイサンはサルヴァドールに会ったことがないし、彼が存在していることすら知らない。

「サルヴァドール」ぼくは言う。「ひとつ頼みたいことがあるんだけど」

考えていることをひととおり説明する。サルヴァドールが1ブロック歩いて通りを渡り、歯科医院に入る。新規の患者を受け入れるかどうか尋ねて、答えがイエスでもノーでも名刺をもらって立ち去る。何気なく隣の〈ショー法律事務所〉のまえを通りすぎ、窓からなかをちらっと見て、どうなっているか確かめる。

「いいよ」サルヴァドールは言う。

「ほんとに？」

「もちろん！」

ぼくは計画をもう一度説明する。これ以上単純にならないほど単純だ。サルヴァドールがしくじることはありえない。よね？　彼は聞きながらポイントごとにうなずき、すべてを理解しているようだ。SUVから出たときにも正しい方向に進みだす。ここまではよし。サルヴァドールは1ブロック歩き、ジグザグに車のあいだを縫って通りを渡り、オフィスパークを横切っていく。交差点を真珠色のスポーツカーがすごい速さで通り抜け、ぼくの心臓は鼓動のあいだにしゃっくりを起こす。でもそれはただの真珠色のスポーツカーで、あの真珠色のスポーツカーじゃない。あっという間に走って見えなくなる。

サルヴァドールが歯科医院に近づく。いいぞ、サルヴァドール、その調子。ところが彼はそこで急に左に曲がり、〈ショー法律事務所〉の窓に近づく。窓ガラスにほとんど顔を押しつけているのが見える。両手で左右から目を囲って。何してるんだ。何気なくまえを通りすぎて、なかをちらっと見るはずだったのに。

ネイサンはいつ戻ってきてもおかしくない。もっと悪い状況も考えられる。今朝はスポーツカーのエンジンが故障して、ネイサンは〈ウーバー〉を使って出勤したのだとすれば？　いまもオフィスで働いていたら？　そう、たしかにネイサンはサルヴァドールを知らないけど、目を上げたときにどこかの若者が顔を窓に押しつけていたら話は別だ。何かおかしいとたちまち気づく。

サルヴァドールは窓からドアへ移動する。ハンドルに手をかけて引いている。信じられない。こんなことになったのは誰のせいだ？　サルヴァドールじゃない、ぼくが悪い。サルヴァドールはしくじらないと信じたぼくが悪い。クラクションを鳴らして彼の注意を引こうにも遠すぎる。ネイサンがサルヴァドールを捕まえて尋問しはじめたら一巻の終わり。サルヴァドールは、歯医者を探していたと嘘をつけるほど知恵がまわるか？　当てにできない。

ぼくは車のエンジンをかける。サルヴァドールをあそこから連れ出さないと。しかし彼はもう通りをジグザグに渡りはじめている。ぼくは〈ショー法律事務所〉を見つづける。

ドアは開かない。窓に動きもない。安心する。少しだけ。

サルヴァドールがSUVに乗りこむ。顔が赤らんでいるのは興奮のせいか、歩いたせいか、それとも両方？　念のためしばらく待って、彼が誰にも尾けられていないことを確認し、アクセルを踏んで発進する。

「何気なく事務所のまえを通って、窓からすばやくちらっと見るんだったよな」ぼくは言う。念には念を入れて、誰にも尾けられていないことをバックミラーやサイドミラーで確認する。「その部分を忘れてたのか？」

「そうする必要はなかったんだ」サルヴァドールは言う。顔が赤らんでいるのは、明らかに興奮しているせいだとわかる。「閉まってた。オフィスが」

「閉まってたのは今日だけなのか、それとも……」

「いや、本当に閉まってた。永遠に。表示もあったよ。写真は撮らなかったけど憶えてる」

ぼくは待つ。「サルヴァドール！」

「ああ。〝ネイサン・ショーの事務所は移転しました。今後の情報はウェブサイトをご覧ください〟って」

悪い知らせだ。次の信号で携帯を取り出して〈ショー法律事務所〉のサイトを見てみる。移転に関する新しい情報はない。〝ホーム〟、〝当事務所について〟、〝連絡先〟のどのページを見ても、書かれているのはこれまでと同じ住所だ。要するに、ネイサンは空中に消えてしまった。それはつまり、パールとジャックの居場所もわからなくなったということだ。

ぼくは〝呪われた西部開拓地〟で自分の車を拾って家に帰る。またふりだしに戻るだ。ショー一家を見つけ出すにはどうすればいい？　フェリスに緊急連絡のメッセージを送るが、フェリスから返事は来ない。仕事をしているにちがいない。誰かに家を見せている。それか、ぼくの相手はもうたくさんだと思ってるかだ。その可能性も同じくらいある。

フトンに寝転がって目を閉じ、心を解放する。新しい考えが湧くのを待つ。湧いてこない。ベッドから出て部屋のなかを歩く。何も変わらない。

ショー一家を見つける鍵は、彼らが消えた理由を探ることかもしれない。ネイサンは誰かから逃げているのか？　でなきゃ、どう考えても怪しい。移転の表示にもウェブサイトにも移転先が書かれてないなんて。ふつうの商売なら新しい住所を可能なかぎり宣伝するはずだ。

まずネイサンは、彼と家族から離れていろとぼくに警告した。その後まもなく、家族がいなくなった。偶然にしてはできすぎてるけど、ネイサンがぼくから逃げているというのはなかなか信じがたい。ぼくの推定では、ネイサンはもうぼくのことなど気にかけてもいない。そっちの可能性のほうがずっとありそうだ。

おそらく彼はこの移転を数週間前、あるいは数カ月前から計画していた。ぼくとはまったく関係のない未知の理由から。なんであれ、彼が手がけている怪しげなビジネスと関連があるんだろう。ことによると、税金問題を抱えた依頼人から金をだまし取ってるのかも。エレノアといっしょに裏庭に忍びこんだときに、ウッドデッキから聞こえてきた会話の断片について考える。あの夜中、ゴツいひげがネイサンに、「そろそろ時間だぞ。ほら、なかへ」と言っていた。あれが何かしらかかわっているのか？

パールとジャックはもうどこにいるのかわからない。別の街、別の州、別の国にいたっておかしくない。どうやって彼らを見つける？　携帯が鳴ったので、フェリスだと思って飛びつく。でもフェリスではなく、知らない番号からのメッセージだ。

ごめんなさい

33

トレイシー・ショーだ。なぜわかったのかはわからないけど、とにかくすぐにわかった。

ごめんなさい

何に対して？　夫にぼくを売って、ごろつきの友人たちにぶん殴らせたこと？　ほかの理由は思いつかない。でも、どうしてそれをいまごろ謝る？

いや、ちがう。もちろん謝ってなんかいない。ぼくをはめる、また別の罠だ。ネイサンのごろつきの友人たちが唐辛子スプレーをかけられたことを報告して、またネイサンがぼくを誘い出してとどめを刺そうとしているのだ。こっちをどれだけ馬鹿だと思ってるんだ。こんな罠にぼくがはまると思うなんて、彼もたいがい馬鹿なのでは？

携帯を見つめる。罠に決まってる。だよね？　ただ……ネイサンはこれにぼくが引っかかると考えるほど馬鹿じゃない。またぼくを待ち伏せしたいなら、これよりずっと巧妙でずる賢い手を使うはずだ。それには100パーセント近い確信がある。最初にぼくをだましたときには、これよりずっと巧妙でずる賢かった。

ごめんなさい

別にいい。罠じゃないとしても、返事は書かない。トレイシーにいまごろ謝られても、腹が立つだけだ。だって、なぜぼくを売るまえに謝ろうと思わなかったのか。夫の友だちのごろつきどもがぼくをボコボコにするまえに。

でも、彼女が危険を顧みずメッセージを送ってきたのだとしたら、気が気ではないはずだ。これが罠でないなら、ネイサンの許可を得ずに送ってきたはずだから。そうだったときのために、返事を送っても害はない。気にしないでと打ちこんで、送信ボタンを押すまえに手を止める。もっと無感情な、オーケイにテキストを変更する。

送信ボタンを押して、待つ。もしこれが罠でなかったら……ワオ。まだトレイシーを説得してCPSに行かせるチャンスがあるのかもしれない。少なくとも、ショー家の移転先がわかるかも。

引き金を引く指がむずむずする。もうひとつメッセージを送りたい。ひとつどころかいくつも。訊きたいことが山のようにある。でも、ぼくはまた手を止める。トレイシーを追いこんじゃいけない。こうやってぼくのほうに手を伸ばしてきたのだ。こっちは賢くふるまって、彼女の好きなペースを選ばせてやらないと。

長い、長い、長い間のあと——といっても、実際には20秒か30秒ほど——着信音が鳴って、携帯画面にメッセージが現れる。**だいじょうぶ?**

ぼくは無感情で客観的な路線から離れないことにする。肋骨や鼻を骨折。そこで逆方向に進みすぎたのではないかと心配になる。無感情で客観的になりすぎたんじゃないか、彼女をうしろめたい気持ちにさせるのではないか、と思ったので、もう1文つけ加える。でもまあだいじょうぶ

トレイシーが返事をよこす。あなたの怪我は望んでなかった

誠実な気持ちかもしれないし、そうではないのかもしれない。メッセージからは知りようがない。トレイシーですらないのかもしれない、といま気づく。たとえば、ネイサンがトレイシーのふりをしてるのかも。

ぼくはまた書く。話せる?

するとほとんど即座に、だめ。怪しいとも考えられるし（ネイサンがトレイシーのふりをしているなら話せない）、完全に理解できる気もする（トレイシーは会話をネイサンに聞かれたくない）。でも、メッセージの相手が本当にトレイシーだと確認できないかぎり、このやりとりには意味がない。

ぼくは書く。会える?

だめ

5分、場所はどこでも

無理

たぶんトレイシーじゃないんだろう。それか、ネイサンが彼女の隣に坐って、こう書けと指示している。それでも、どうしても頭から離れないひとつの質問をせずにはいられない。

どうしてぼくのことを夫に話した？

しかたなかった。ごめんなさい。

オーケイ。どうも。でもどうして？

彼があなたを送りこんだと思った

誰がぼくを送りこんだ？　一瞬後にネイサンだとわかる。でも……モールにいた彼女のところへネイサンがぼくを送りこむ？　わけがわからない。

理解できない

危険は冒せなかった

危険って……どんな？　そのとき、ネイサンがあの家を徹底的に破壊していたことを思い出す。彼がどれほど狡猾《こうかつ》にぼくを待ち伏せしたか。ようやくわかった。トレイシーはネイサンが彼女を試すためにぼくを送りこんだと思ったのだ。彼女がどこまで信頼できるか、どれほど忠実かを試すために。ぼくの話、ぼくの番号、彼女と子供たちを助けたいという申し出――それらすべてが餌ではないかと思ったわけだ。

彼に送りこまれたんじゃない

いまはわかってる

あの夜、ネイサンが家に戻って、ぼくを路地でこてんぱんにしてやったと自慢したのだろうか。それは彼女へのメッセージでもあったんだろう。

いまも助けたい

もう行かないと

会えないかな？　好きな場所でいい、5分ください

ぼくは待つ。トレイシーがただ謝るためだけに連絡してきたのではないことに期待している。意識しているかどうかはともかく、じつはぼくの助けを求めているのかも。都合のいい解釈だというのはわかっている。でも実際、トレイシーはこんなに長くぼくとやりとりする必要はなかった。それを言えば、最初からメッセージを送ってくる必要も。

ぼくは待つ。電話が鳴る。トレイシーがメッセージを送ってきている番号だ。

「ハロー？」ぼくは言う。

「あなたがあの日、たまたまわたしの子供たちを見た異常性欲者じゃないって、どうしてわかる？」

「ちがいます。約束します」とはいえ、いい質問ではある。彼女は信じないかもしれない。信じないほうがふつうだ。

トレイシーは黙っている。ぼくは考え、考え、考えようとする。文字どおり1秒以内に

正しいことを言わないと、切られて二度と話せない気がする。

「お子さんたちを見たあと」ぼくは言う。「CPSを訪ねて、自分の名前と、ほかのあらゆる情報を残しました。数日後にまた出かけて、CPSがちゃんとフォローしているか確かめました。異常性欲者はそんなことしないでしょう?」

電話が切れる。くそっ。けれど数秒後にまた着信音が鳴って、新しいメッセージが携帯画面に現れる。

5分だけなら

34

トレイシーは来週水曜の1時に会うという。NAの集まりがある日だ。送ってきた住所にも心当たりがある。地図アプリで確かめると、元〈ブロックバスター〉のあそこだ。トレイシーは超賢く超慎重にふるまっている。ネイサンの指示で尾行がついていたり、携帯や車に追跡用のソフトや装置を仕掛けられていたりすることを想定して、ふだんの行動からはずれないようにしているのだ。調べてみると、アップルの〈エアタグ〉は4個パックで100ドルもしない。

次の待ち伏せに遭うことを心配する期間が1週間近くできた。トレイシーを信用すべきか？　すべてはそこにかかっている。もっと具体的に言えば、一度売られた相手を信用すべきか？　ふつうの答えは、いや、信用できるわけない、冗談はよせだろう。じつはトレイシーこそひそかに邪悪な人間だとか、ネットフリックスのドラマに出てくるようなショッキングなプロットのひねりを心配しているのではない。そういう可能性もなくはないけど、ぼくは彼女が子供たちといるところを見ている。誰かに見られていると思っていないときに、彼女が子供たちにどう接していたかを。モールの立体駐車場の屋上でどれほど怯えていたかも憶えている。あれはネイサンに怯えていたのだ、といまはわかる。

トレイシーはひそかに邪悪な人間ではない。その見込みがはずれていた場合のリスクは引き受けるけど、また彼女がぼくを売ってしまうことは心配だ。売る理由はこのまえと同じ。ネイサンに怯えているから。ぼくを売ることが自分と子供たちを守るには最善だと考えるから。それはショッキングなプロットのひねりではない。

後方支援が必要だ。断じてサルヴァドールじゃない誰かの。ぼくは金曜にエレノアに電話する。

「もう元気になった？　月曜におばあちゃんを医者のところに連れてってほしいんだけど」

「もう？」

「別の医者。〝かかりつけが何人いる？〟って訊きたいよね。〝クソみたいにたくさん〟と請け合っとく」

「もちろんいいよ」ひびの入った肋骨もだいぶよくなったし、また鼻から息ができるようになっている。傷の見た目はひどくなったけど――紫からまだらの腐ったような黄色に変わった――もう痛くはない。「今日、仕事は何時に終わる？　何か食べたい？」

「あと1時間半。食べましょ」

落ち着くために本を読むか昼寝をしたかったが、やるべきことで頭がいっぱいだ。市庁舎まで車で行って、駐車場でエレノアを待つ。頭は働きつづけている。議論のために、かりにこれが次の罠でなかったとしよう。トレイシーを説得してCPSに行かせるチャンスはまだある。簡単じゃないし、じつのところ不可能かもしれないけど。彼女がここまでCPSに行かなかった理由があるはずだ。ネイサン・ショーが怖いから？

まあ、それはよくわかる。あるいは、CPSは人員不足で無能だから何もできないだろうと思ってるとか？　それもよくわかる。

携帯を見る。こういうことすべてをフェリスと話し合いたいが、メッセージの返事はまだ来ない。

車のなかで待つのは暑すぎる。もしかすると〝運転向上証明〟は閑《ひま》で、エレノアを早く連れ出せるかもしれない。市庁舎入口のガラスのドアが開く。ぼくはなかに入って、時をさかのぼる。一瞬、3週間半前に戻って、心に何も重要なことなどなく、未来にも何も重要なことがなくなる。

「何かご用ですか？」守衛が言う。ぼくがぼうっと突っ立って、ドアのまえの通行を妨げていたからだ。

ぼくは首を振って先に進む。3週間半前に守衛を見つけられていたら、どれほどすべてが変わっていたか考える。どうしてあのときにかぎって彼がいなかったのか。いなくてよかったのかもしれない。いたらぼくはパールとジャックを引き渡し、彼はふたりをCPSに引き渡して、それきり忘れていただろうから。ぼくだって二度とふたりのことを思い出さなかったかもしれない。いまこのときも、きっとだらだらと昔からの生活を続けている。

ぼくが初めてパールとジャックを見たベンチには誰もいない。立ち止まってそこを見る。目のまえに子供たちがいて、いなくなり、またいて、いなくなり——時間がすごい速さで前後して、ついていけない。ディーラーがカードをシャッフルしてるみたいだ。そしてたぶん、あるところでシャッフルが止まる。ディーラーがカードをめくって、勝者と敗者が決まる。

〝運転向上証明〟に入ると、待合スペースに人がふたりいて、携帯をいじっている。受付のエレノアも自分の携帯をいじっている。

「ここに名前を」彼女は言ったあと目を上げ、ぼくを見て、顔をしかめる。「何しに来たの？」

「駐車場で待つのは暑すぎて」

エレノアはうしろを振り返る。オフィスの奥深くを。「デニスが出てきたら、他人のふりをするからね。あなたは制限時速65キロのところを100キロで走ってたどこかの人。わたしはもう彼女のブラックリストに載ってるの」

「トレイシーがメッセージを送ってきた」

「は？」

「母親だ。トレイシーだよ」

「トレイシーが誰かは知ってる。あなたから100万回聞いた。彼女がメッセージを送ってきた？」

「謝るために。ぼくに起きたことに対して」

「は？　あなたを殺しかけたことを謝りたかったの？」

「彼女のせいじゃない。ネイサンが怖かった、彼が自分を罠にはめようとしてると思ったって説明だった。ぼくは彼女に会う。だからきみと話す必要があったんだ」

エレノアはたんにぼくを見つめつづける。もはや、**は？**　も出てこない。

「多少危険なのはわかってる」ぼくは言う。「でも、あらかじめ用心しとく。つまり、きみに後方支援をお願いしたいんだ」

彼女は首を振る——ぜったいお断りというより、このややこしい事態がとても信じられないというふうに。

「こうしたいんだ」ぼくは言う。「もし——」

「ここに名前を書いて席でお待ちください」

目を上げると、奥のオフィスの入口に女性が立っている。彼女だ。あの最初の日にぼくを追い払った。虐待された子供ふたりの問題を持ってくるなと言い、トレイシーの名前すら教えてくれなかった。彼女――デニスだな――がクリップボードを見る。

「ミスター・ジョンソン？」彼女が言う。「キース・バレント・ジョンソン？」

待合スペースにいたひとりが立ち上がり、「ハレルヤ」とつぶやく。

「デニス」ぼくは言う。声が少し大きくなって目立ったが、ほかの点では落ち着いている。

「ぼくを憶えてますか？」

デニスは目をぱちくりさせ、ぼくが彼女の名前を知っていることに驚く。エレノアは退屈して不満げな受付係の役を演じつづけ、携帯いじりに戻るが、ぼくを横目で見ているのがわかる。**なんのつもり？**

正直、なんのつもりかぼく自身にもわからない。初めてネイサン・ショーを見たときより腹が立ってるくらいだ。今回は突然、なんの前触れも理由もなく。まるでジェットエンジンのすぐうしろに立ち、その熱風で髪がうしろに飛ばされ、頭の皮膚が頭蓋骨に張りついているかのようだ。それとも、ぼくがジェットエンジン？　わからない。

「なんでしょうか？」デニスが言う。

「あなたと数週間前に話した」

「恐れ入りますが、記憶にありません」

この3週間半、パールとジャックは何度あの暗くて暑い空調のクローゼットに閉じこめられたことか。誰もここから出してくれないと何度思ったことか。

「外のベンチに煙草の火傷跡のある子供がふたりいて、彼らの母親がここに予約を入れてた。ぼくはCPSに通報したくて母親の名前を訊いたけど、あなたは教えてくれなかった。思い出した?」

デニスは目をぱちくり、ぱちくりさせた。ぼくに近づいてきて隣に立っていたキース・バレント・ジョンソンが、「なーんてこった」と言った。

「失礼ですが」デニスがぼくに言う。「順番に——」

「あなたを責めてるわけじゃない」ぼくはデニスに言う。「あれはあなたの問題じゃなかったから。だよね? なぜそんなことにかかわらなきゃならない? でもひとつ訊いていいかな? あなたはあの子たちのことを一度でも考えた? あの子たちがどうしてるか、たとえばほんの1分でも考えたことがある?」

ぼくは彼女が何か言うまえにオフィスを出る。おそらく彼女は何か言うわけでもなく、あきれたように天井を見上げて、キース・バレント・ジョンソンをオフィスに迎え入れる。ぼくは車に戻って、ワンヒッターパイプを吹かす。けど、マリファナをやらなくても、もう落ち着いている。熱風はやんだ。あれはなんだったんだろう。いままで怒りを爆発させたことなんてなかったのに。

5時にエレノアが出てきて、ぼくたちは別々の車で、彼女のおばあちゃんの家からそう遠くない韓国料理店に行く。

「あれは興味深かった」食べ物が出てきたあとでエレノアが言う。彼女はスパイシー・ポーク丼にトーフ・スープと春巻き。ぼくはパンケーキ。「あなたがあそこまで怒るのを見るのは」

「いったいどうしたんだか。申しわけなかった。ぼくはろくでもないやつだった」

「別に」

携帯を見る。フェリスからはまだ何もない。

エレノアはスパイシー・ポーク丼を食べながら、ひと息つく。「あなたが夢中になってる女の子って誰？ 当ててみようか。ヨガを教えてて、〝さまよう者みなが迷っているわけではない〟（トールキン『指輪物語』の詩の一節）っていうタトゥーを入れてるの。で、マリファナをやたらと吸う。いや、ちがう。いつかヨガを教えたいと思ってる」

「40代前半の元探偵だよ」

「ああ、あの人。あなたに探偵のやり方を教えてくれた不動産屋」

「40代なかばかも。彼女と寝た」

「は？」エレノアが言う。「嘘でしょ」

「本当に」

「不動産屋になった元探偵、40代なかばと？」

「それがすごくセクシーなんだ。信じられる？」

「まさか。ほんと？　ほんとだとしたら、不本意ながら感心する」

ぼくがエレノアを不本意ながら感心させたとは！　でもこの瞬間を愉しむわけにはいかない。いま自分の人生のこの部分を愉しむべきじゃないからだ。フェリスの口と体の温かさに――現実世界《IRL》であれ記憶のなかであれ――われを忘れる資格はぼくにはない。毎日すべての瞬間でパールとジャックのことを考えているべきなのに。

「でも、いいことじゃない？」エレノアが言う。「つまり、あなたはベッドでいまいち以下でしょうけど、そこはあまり心配してない。死人みたいにぐったりしてなきゃね。死人みたいにぐったりしてないでしょ？」

「彼らが幸せでないときに、ぼくが幸せでいるわけにいかないだろ？　あの子たちのことだ。彼らが安心して暮らせるまで、ぼくは幸せになっちゃいけない」

「馬鹿げてる」

「そうかな？」

エレノアはポーク丼を平らげる。箸の先で米を何粒か移動させながら、占いで茶葉を読むように丼のなかをじっと見ている。

「完全に馬鹿げてる」彼女は言う。「だって、最後に失敗に終わることがわかってるからって、あらゆる関係を切り捨てるようなもんでしょ。将来幸せになれないかもしれないから、いま幸せになることを拒むような。まえに進めばいいじゃない」

「きみもそうだった？」

「何それ？」

「きみのお母さんがいなくなったあと？」

「3回目にとうとうほんとにいなくなったあとね。まあ、わたしは教訓を学ぶのが遅いの。愚かだけど、かなり長く希望にしがみついてた」

「そうか」

「あのさ」エレノアが言う。「そもそも見方がまちがってるかもよ。そのだいぶ年上の彼女とあなたの関係について。あなたはいま、ときどき幸せを見つけることが必要なのかもしれない」

「必要？」

「まえに進むこと。あの子たちを助けようとすること。それが支えになってる……なんだろう……心の、たぶん」

そうなのだろうか。このことにかかわってから、ぼくの心はたびたび疲労困憊《こんぱい》し、踏みにじられ、打ちのめされている。でもエレノアが正しいのかもしれない。それとも、正しいと信じたいだけ？

ポケットからおもちゃのカウボーイを取り出して、テーブルのまんなかに置く。脳裡にぱっとイメージが浮かぶ。いまのすべてが終わり、ジャックとパールが安全な場所に行ったとき、ぼくはひざまずいて彼らにこのカウボーイを手渡す。**ほら、おふたりさん、これはきみたちのだよ。**

「それ何？」エレノアが言う。

　ぼくはカウボーイをどこで見つけたか話す。ドアの両側からかけられるデッドボルト錠について説明する。エレノアは、おそらくおばあちゃんの錠剤をひとつ口に放りこみ、ビールで飲み下す。

「クソ地獄ね」彼女が言う。

「そのとおり」

「わたしたち、ここにいちゃいけないと思うことがある」彼女は言う。「この世界に。人類が。わたしたちはまちがった場所にいる。みんなたんにまちがってる。もうただ横になって消えてしまいたくなることがある」

　言いたいことはわかる気がする。「けど、ぼくたちにはここしかないし、ぼくたち以外のものにもなれない」

「ほんとに彼女に会うの？　あなたをほとんど殺しかけた人に？　自殺行為じゃないと本気で思ってる？」

「そう願ってる」

35

エレノアのおばあちゃんは、話すところまで持っていって、そこそこ礼儀正しくふるまう気分にしてあげれば、かなり愉しい人だ。彼女の人生は充実している。家からがん専門医のところまで連れていく20分かそこらで、おばあちゃんが1960年代の夏にはスタントカーレースのドライバーとしてすごし、1970年代には国内の女性でほとんど初めての救急医療隊員だったことがわかる。帰りの車内では、かつて動物園の配管工と婚約していたという話を聞く。その相手は結婚1週間前にオオヅルに頭のてっぺんをつつかれて死にかけた。野球帽のボタンのおかげでかろうじて頭蓋骨が割れずにすんだが、エレノアのおばあちゃんはそれを凶兆と見なして、彼を捨てたんだそうだ。

「ぼくをからかってるんじゃありませんよね、テリー？」おばあちゃんはどんなときにも決して自分をミセス・オロックリンと呼ばせない。

「はっ。どうしてわざわざそんな作り話をしなきゃいけない？」

「たしかに」

ぼくは彼女に手を貸して車からおろし、家まで歩道を付き添っていく。最初は歩くのが遅すぎ、次は速すぎる。「なんなんだ」彼女が言う。

「すいません」

「あんたの話は？」

「ぼくの話？　話せることはありませんよ。まだこれから、ってことでしょうけど」

「アドバイスをあげよう」

「どうぞ」

彼女はぼくが2階まで付き添い、安楽椅子に坐らせてヘッドフォンを膝に置くまで待つ。

「さあ、アドバイスだ」

「オーケイ」

「いま持ってるものを全部売って、インド行きの飛行機の片道切符を買うんだ。デリーから始めて、だんだん南に進む。雨季を心配する必要はない。ただの雨だから！　たいしたことない！　肉じゃなく野菜を食べつづければ、腹の具合もよくなる。いろんな街を見てまわりな。でも田舎も忘れちゃいけない。列車はひどいもんだが、そのうち慣れる」

ワオ。お年寄りのごく一般的であいまいな知恵の類いだろうと思ってた。心の命ずるところにしたがえ！　みたいな。おばあちゃんを甘く見てはいけない。

〝呪われた西部開拓地〟のシフトは入っていなかったので、部屋にこもってトレイシーと架空の会話をする。水曜にぼくが彼女に言うこと、そして彼女がぼくに言うこと。まるで就職の面接に行くようだけど、ぼくは人生で初めて、この仕事が得られるかどうかを気にしている。

ぼくは助けたいとトレイシーに言った。だから水曜に彼女が、どうやって？　と訊いてくることはわかっている。その答えはまだわからない。

まわりの景色を変えたくなって外に出る。バークとユッタが裏庭で投光照明に照らされている。バークが木の杭《くい》とひと巻きの紐《ひも》で芝生の上に大きな長方形を作っていくのをユッタが見ている。

ぼくはユッタの耳をなでる。ぼくたちのあいだには理解がある。どちらも、彼女がバークの犬じゃなくてぼくの犬だったらいいのにと思っている。

「やあ、バーク」ぼくは言う。「何してる？」

「気持ちいい夏の夜を愉しんでるだけさ」バークは縦4・5メートル×横3メートルほどの長方形を完成させ、うしろに下がって出来映えを見る。着ているTシャツには〝左翼も右翼もみんなアイスクリーム大好き〟と書かれている。

「これから裏庭を掘り返すように見える」ぼくは言う。

「肯定も否定もできない」

4・5メートル×3メートルは、プールにするには小さすぎる。バークはプールで泳ぎたがるタイプでもない。掩蔽壕《えんぺいごう》を造るつもりなら、ぼくはほかの家を探して住むことにする。
　バークは巻き尺で長さを測り、杭と紐を調整する。ぼくはユッタと階段に坐る。バーク
の意見は訊かないつもりだったけど、訊いても損はないと自分に言い聞かせる。嵐のとき
にはどんな港でも、だよね？
「なあ、バーク」ぼくは言う。「これからちょっと危ない状況になりそうなんだ」
「危ない？」
「危険になる可能性があるってこと」
　バークの目が輝く。「いいねえ」
　彼を巻きこんだことを即座に後悔するが、もう遅い。最初から説明する。トレイシーと
子供たちのこと。ネイサン・ショーのこと。それらすべてのまんなかに、どうしてぼくが
はまってしまったのか。トレイシーを説得して会う手筈《てはず》を整えたことも話す。
「これも罠だと思う？」ぼくは言う。
「それが重要なことか？」
　これは質問？　ぼくはバークという男を知っているので、質問ではないことがわかる。
「いや」
「そのとおり。実際に罠であろうとなかろうと、罠のつもりで準備し
て、おかなきゃならな

い」そこで手招きして、ぼくを長方形のなかに立たせる。「大きさの感覚をつかみたい」

「ひょっとして、これは掩蔽壕？」

「火器が必要だ。だが最適な武器は何か。それが問題だ」

もちろん彼が真っ先に提案するのは銃だ。意見を聞いたのは本当に失敗だった。「銃は必要ないよ、バーク。銃は持ちたくない」

断固拒否。ぼくは発砲はおろか、銃を手に持ったことすら一度もない。誰も、何も撃ちたくないし、まちがって自分を撃っても困る。とにかく銃は怖くてたまらない。そう認めても恥ずかしくはない。銃を怖れるのはたんなる常識だ。

バークはぼくが冗談を言ったかのように笑う。「軽くて扱いやすいやつ。だが目的は充分果たせるような力のあるやつがいい。選択肢を絞ろう」

「銃はなしだ、バーク。断る」

「いままで誰ひとり言ったことがないことを教えようか。〝念のため銃を手元に置いとかなくてよかった〟だ。そんなことを言ったやつはどこにもいない」

それは嘘だとほぼわかっている。何か起きたあと、銃を手元に置いておかなきゃよかったと思った人は大勢いるはずだ。とはいえ、バークと議論してもぼくは勝てない。とくに話題が銃のときには。

「そろそろ行かなきゃ」ぼくはいう。「またあとで」

「人が大勢いるところで会えよ。場所は事前に偵察しておくこと。敵陣から脱出できる方法をあらかじめいくつか考えておけ」

「オーケイ」

バークは両手をジーンズの脚にこすりつけながら微笑む。喜んでいる仕種《しぐさ》なのか、ただ土埃をふいているだけなのかはわからない。

「結果を聞くのが待ち遠しい」彼は言う。

36

水曜になる。ぼくは緊張しているが、準備はできている。プレストンの車を借りる。ぼくの車はネイサンに知られているし、もしかするとサルヴァドールのSUVも、可能性こそ低いが知られてるかもしれないから、危険は極力避けることにする。

プレストンの会社からショッピングモールまで複雑なルートをとりすぎて、何度か本当に自分がどこにいるのかもわからなくなる。ハイウェイに乗り、次の出口でまたおりる。ぎりぎりのタイミングで2車線を変更し、立てつづけに3回Uターンする。ミラーから目を離さない。これで誰かが尾けてきていれば、そいつは透明だ。

20分前にモールに到着する。元〈ブロックバスター〉から少し離れて、また〈ベライゾン〉の携帯販売店のまえに駐車する。駐車場に入ってくる車がすべて見えるように、バックでスペースに入れる。

エレノアが数分後にやってきて、モールの逆の端に陣取る。彼女はおばあちゃんのリンカーン・コンチネンタルを借りてきている。巨大な茶色の戦艦のような車で、片方のヘッドライトにひびが入っている。車との対比でエレノアの顔がちっぽけに見える。運転する人ではなく、ダッシュボードに置かれたおもちゃみたいに。

親指を立てたオーケイの絵文字を彼女に送る。目を上に向けた絵文字が返ってくる。彼女の仕事は、まわりに警戒して何か怪しい動きがあったら教えてくれることだ。ネイサンか、ごろつきの友だちの誰かがなんらかの方法でこっそり迫ってくる可能性はまだあるが、少なくともエレノアがいるおかげで、簡単に手出しはできないだろう。

まさに時間どおり、ＮＡの会が始まる1時の5分前にトレイシーのボルボが駐車場に入ってくる。彼女は元〈ブロックバスター〉のまえに車を駐めて外に出てくる。今回は子供を連れてきていない。これはいい兆候か、悪い兆候か。やはり罠ということなのか？　いずれにしろ、パールとジャックはネイサンと家にいるということだ。ぼくのせいで、ふたりはネイサンと家にいることになった。ぼくがすべてを悪い方向に進めている？

トレイシーが誰にも尾行されていないことを確認したうえで、ぼくは近づく。

「ハイ」と言う。

トレイシーは、こんなことをしてるなんて信じられないという雰囲気で首を振っている。

「坐ってコーヒーでもどうです？」ぼくは言う。「通りの向かいに店がありますけど」

「いいえ。入って、なかに」

「ここに？」

彼女はわざわざ答えず、元〈ブロックバスター〉のドアを押し開ける。ぼくはためらう。NAの会のさなかに、どうやって会話するというのか。うしろの列に坐って、ささやき合う？ それとも、トレイシーは会合前の2分しかぼくに与えないつもりだろうか。

会の主催者という別の問題もある。三つ編みとハグ好きのウィリー・ネルソンだ。もし彼がぼくのことを憶えていたら……トレイシーはもともとぼくが彼女につきまとっていたことを思い出す。会話の出だしとしては望ましくない。

トレイシーについて部屋に入る。折りたたみ椅子が出してあり、10人かそこらの人がいる。ウィリー・ネルソンも遠い端にいて、当然まっすぐこっちに駆け寄ってくる。トレイシーをがっしり抱きしめ、彼女はそれに耐える。彼はぼくもがっしり抱きしめようとするが、ぼくは手を出してさえぎる。

「すいません。肋骨にひびが入っているので」

「チャーリーだ」彼は言い、握手の手を差し出す。「よく来てくれたね」

ぼくを憶えていないようだ。もしくは、憶えているけど匿名性を尊重しているのか。どちらにしろ、ありがたく便乗する。

「ちょっとだけ奥のオフィスを借りられる、チャーリー？」トレイシーが言う。「グループで話すまえに彼がわたしと1対1で話したいって」

「どうぞご自由に」彼は言う。

トレイシーはぼくに合図する。ぼくはついていく。コーヒー沸かし器とクッキーの横のドアを通り、短い廊下を歩く。突き当たりに非常口があって、開いた扉がコンクリートブロックで押さえられている。左手に小さな事務室。なかに折りたたみ椅子2脚とファイルキャビネットが置かれ、古い煙草の嫌なにおいが充満している。

トレイシーが椅子のひとつに坐る。ぼくはもうひとつに。ここにいると、大きな部屋の物音はいっさい聞こえない。人々が話しているくぐもった声さえも。開いた非常口から、モールの裏の砂利道を進む車のタイヤの音が聞こえるだけだ。車は停まらないが、ぼくはくつろげない。この部屋はあまり気に入らない。人が大勢いる場所ではないし、裏道が近すぎる。

「どうかした?」トレイシーが言う。

「何も」と答えはしたが、彼女には正直に話すことにする。話して害はない。いや、ちがう。害になる可能性はまちがいなくあるけど、有効なただひとつの方法かもしれない。「心配なんです、たとえば、また罠じゃないかと」

彼女はぼくを見る。かなり長く感じられるが、たぶんほんの数秒だ。「ええ。わかる」それで安心すべきなのかどうかわからない。実際、安心できない。「会ってくれてありがとう」

「ここはNA、匿名断薬会《ナルコテイクス・アノニマス》よ」彼女は言う。「毎週来てるの。もう知ってた?」

正直路線を続けることにして、うなずく。「この会にはいつから来るように?」

「そんなに長くはない」

「ぼくには関係ないことです」

彼女は笑う。「可笑しい」

ぼくはうなずく。「ええ」

ふたりとも長いこと、何も言わない。ぼくがなんとかしなければ。彼女としては、言われた5分がすぎて時間切れになってもかまわないのだ。訊きたいことが多すぎる。リストの最上位から始めるべきか、下からだんだん上がっていくべきか。最上位からいくことにする。

「どうして彼はあんなことを?」ぼくは言う。「わが子を傷つけるようなことがどうしてできるんです?」

「どうして人は子供を傷つけることができるか?」

「ええ」

彼女は肩をすくめる。「わたしは自分に言い聞かせてきた……いろんなことを。彼の機嫌が悪いだけ。機嫌を損ねないように注意すればいいだけ。彼は子供時代にひどい経験をした。それを克服しさえすればいい。彼が本当に腹を立ててるのは、わたしに対してだ。だからわたしがクリーンになれば、パールとジャックにもひどいことをしなくなる」

また別の車が砂利の音を立ててゆっくりと裏道を通る。どんどん近づいてきて、どんどんゆっくりになる。一瞬、ブロックで扉が押さえられた非常口のすぐ外で停まったように思える。

ぼくは緊張する。サルヴァドールにモールの裏を見張らせておくべきだった。ネイサンとごろつきの友人たちが裏口から入ってくるかもしれない。正面にいるエレノアには、ぼくに何が起きているかまったくわからない。

トレイシーは無表情なままだ。ネイサンが現れることを心配していないか、現れるものだとあきらめている。どっちかわかるといいんだけど。車は進みつづける。建物のまえを通りすぎて、いなくなる。トレイシーの表情は、ベンチに坐っていたジャックとパールを思い出させる——じっと見ているのに何も見ておらず、もう100回くり返した人生のこの時間がすぎるのを待っている。

「わたしも彼を止めようとしたの。あらゆることをしてきた。でも、わたしが口を出すと、かえってひどくなることもあった」彼女は大きく息を吸って、携帯を確かめる。「時間よ。どうやってわたしを助けられると思う？」

まだこれといった答えは浮かんでいない。永遠に浮かばないのかもしれない。ぼくはただ注意を払い、話を聞いて、トレイシーに方策を考えてもらうしかないのかもしれない。

「ネイサンは何をやってるんです？」ぼくは言う。「ドラッグ？」

「もちろん。ほかのこともよ。誰にわかる?」

「どうして彼のことをCPSに通報しないんですか? 彼が怖いから?」

「いいえ」彼女はまだ一度もぼくの目を見ていない。「怖いかと言われれば、そう。あなたも怖がるべきよ、いまよりずっと。でもそれが理由じゃない」

「オーケイ」

彼女は初めてぼくの目をまっすぐ見る。また顔を殴られたような感じがちょっとする。鼻が疼《うず》いた気さえ。彼女の怒りはぼくに向いているのか、ネイサン、CPS、それともあらゆること、世界全体に向いているのか?

「わからないの?」彼女は言う。「CPSには行けない。ジャックとパールを保護されるでしょ。わたしはジャンキー。2年近くクリーンだけど、あまり意味はない。法律の側から見れば、わたしはこれからもずっとジャンキー。あの子たちを奪われるわけにはいかないの」

法律の側から見れば、おまえはこれからもずっとジャンキー。ネイサンの声が聞こえる。トレイシーを脅している声が。悲しいことに、無根拠の脅しではない。ぼくがせいぜい思いつけるのは、そうならない可能性もあるのでは? くらいだ。たしかに当局はパールとジャックを彼女から引き離すかもしれない。永遠ではないかもしれないし、短く終わるかもしれないが、トレイシーにとってそこは関係ない。1分たりともふたりを手放すわけにはいかないから。ぼくもそんな危険を冒せとは言えない。いまみたいな目で見られたら無理だ。

トレイシーを責める気になれない。ほとんど。ぼくのなかの小さな一部は、彼女は利己的ではないかと思っている。当局が子供たちを保護するのはそんなにひどいことだろうか。ネイサンから彼らを引き離すためなら、しかたがないのでは？　パールとジャックにとって、いまいる場所ほどひどいところはないのでは？

でもぼくは親じゃないから、トレイシーの立場にいたらどうするかはわからない。そのとき彼女が手の甲で涙を払い、ぼくのなかの小さな一部は黙りこむ。

「どうしても無理」彼女は言う。

「わかりました。ならネイサンのもとを離れられないんですか、子供たちを連れて？」

彼女はまた涙をぬぐって笑う。「それも無理。ネイサンが怖い理由はそこだから。いい、ネイサンにとってあなたはどういう存在かわかる？　ちょっと煩《わずら》わしいだけ。頭のまわりを飛んでるハエみたいなものよ。その彼があなたに何をした？　あなたのことを話したとき、彼は反応すらしなかった。心のなかにメモしたの、ドライクリーニングを取りに行くのを忘れないようにって感じで。その彼があなたに何をした？　考えてみて。彼はわたしに何をすると思う？　パールとジャックに？」

「たんにお子さんたちと、なんというか、消えてしまってもいい」

「見つけられるわ」

「ほかの街、ほかの州に行くとか。遠く国の反対側に移ってもいい」

「誰かがわたしたちを見つける。彼の子供でもあるのよ。わたしが誘拐していくのと同じ。法的にはそうなる。そう見えるように彼がする」

彼女がこの状況を当局に説明しようとすれば……CPSが出てきて子供を連れ去る怖れがある。「弁護士を雇うのは？　あなたたちが隠れてるあいだに、弁護士がなんとか問題を解決してくれるとか」

「弁護料を誰が払ってくれるの？　わたしの手元にお金はない。ネイサンがそこは厳しく見てる」

「わかりませんけど、たとえば無料奉仕の弁護士だって――」

「隠れる費用はどうするの？　どこで暮らせばいい？　ほかに家族もいないし、昔の友だちだって、わたしがいきなり現れたらどう？　ハイ、久しぶり、わたしとこの子たち、いまとっても危険な切羽詰まった状況なの！　とでも言う？」

「お金はぼくのほうでいくらか集められるかもしれない」こ、の、ぼ、く、がどうやって？　手持ちは少ないけど、少なくとも行動は起こせる。具体的に手がける目標ができた。「それが出発点になります」

彼女はまた携帯を見て立ち上がる。「行かないと」

「待って。ちょっと――」

「どうしてあなたはこんなことをするの？」

彼女がそう訊くのは当然だ。でも、どう答えよう。もはや答えが複雑すぎるのはわかっている。トレイシーには真実を伝えたい。信用してもらえるとすれば、こっちが真実を話す必要がある。

「パールとジャックにあの煙草の火傷跡を見たとき」ぼくは言う。「彼らに何が起きてるかわかったとき……そのまま去ることができなかったんです。子供たちには選択肢がない。子供たちはただ、なんというか、まわりの世界のなすがままでしょう？　でも、それだけじゃない。彼らだけの問題じゃなくて、ぼくの問題でもあった」

トレイシーがぼくを見る。ようやく初めて彼女の興味を引くことを言ったようだ。

「え？」

母さんのことを話してもよかった。午後、学校の運動場で母さんが死んだと知らされたときのことを。その日、大地がぱっくりと割れてそこに落ちこんだこと、ぼくのなかの何かがぱっくりと割れたことを。その穴は次の日さらに大きくなり、その次の日にはもっと大きくなった。自分の過去をパールとジャックのいまの体験と比べるわけじゃないけど――それはぜったい、断じてない――エレノアの最初の指摘は正しかった。ぼくは自分の生い立ちのせいであの子たちに特別な感情を抱いている。

けど、それだけでもない。

「ぼくが人生で有意義なことをしたのは、これが初めてなんです。ぼ、ぼくが有意義になったのは、人生で初めてです。ぼくはいま、なりたかった人間になってる。あなたとお子さんたちを助けるために、できることはなんでもするつもりです」

トレイシーはしばらく黙り、また笑う。そしてまた椅子に坐る。「ほんとに驚き」彼女は言う。「わたしの人生ってめちゃくちゃね。あなた何歳？」

「23歳です。言ってることが意味不明なのはわかってますけど――」

「女友だちがひとりいる。中学校からの友だちで、とても仲がよかったんだけど、彼女の家族がアリゾナのツーソンに引っ越してね。本物の姉妹みたいに仲がよかった。彼女、まだツーソンにいるんじゃないかな」

何を言っているのか理解するのにちょっとかかる。「よかった」ぼくは言う。「オーケイ。その人はどこかにいます。見つけましょう。それも出発点になる」

「でもまず家から出ないと。それが不可能なの。いまわたしたちが住んでる農場は街から15キロほど離れていて、まわりには何もない」

「不可能ってことはない」

「ネイサンがいつもいる。誰かがいつもいる。ネイサンがビジネスをしてるクズみたいな人たちも同じ敷地に住んでるの。ひとりがそこの地主でね。ネイサンは彼らにわたしを見張らせてる。もうわたしひとりでパールとジャックを連れ出すことはできない」

ネイサンがビジネスをしてるクズみたいな人たちのふたりとは、ぼくも直接かかわったことがあると思う。ゴツいひげとガリガリの酔っ払いだ。

「わたしたちのことは放っておいて」彼女は言う。「次は彼に殺されるわよ。お願い。そんなことを引き起こしたくない。あなたはわたしたちを救えないの」

そうやって、ぼくでは彼女を救えないと言いつづけているが、ならそもそもなぜメッセージを送ってきた？　なぜぼくと会うことに同意した？　ぼくがボコボコにされたことを本当に申しわけなく思っているのかもしれないけど、ほかにも理由があるはずだ。

「だんだんひどくなってるんですか？」ぼくは言う。「ネイサンが子供たちにすることは？」

彼女は自分の両手を見おろした。まるで誰かほかの人の手であるかのように。一方の親指をもう一方の掌にめりこませていて、痛いにちがいない。「あなたはわたしたちを救えない」と言うが、今度は声が弱々しい。

「不可能ってことはない。あなたたちを連れ出す方法はきっと見つかります」

「わたしの車は使えないの。彼の名義だから。彼は警察に盗まれたと報告する。そしてわたしたちを見つける」

「ぼくの車で拾います。バス停でも、空港でも送っていける。いつでもあなたが行きたいときに。アリゾナまで運転していってもいい、そこがいちばん安全ってことなら」

「そうやって先に進んでいくでしょ。すべてが順調に思える」彼女はもっと弱々しい声で言う。親指をぐりぐりめりこませて。「こまごましたあれこれ、ふだんのちょっとしたことを気にしながら。で、あるとき目を上げると自分がどこにいるのかわからなくなる。どうしてそんなところに来たのかも」

37

「彼女、お金を要求した？」エレノアが言う。「要求してもぜんぜんおかしくないけど」

ぼくたちは元〈ブロックバスター〉から通りを走った先のコーヒー店にいる。ぼくはまだトレイシーとの会話についていろいろ考えている。考えなきゃいけないことが多すぎる。

「何も要求しなかった」ぼくは言う。

「わたしからお金は出ないよ、もしそういうことを考えてるなら。わたしはお金を持ってない」

「バックミラーを箸とダクトテープでつけてるくらいだから、金があるとは思わない。でも、計画を立てるのは手伝ってほしい。トレイシーと子供たちをネイサンから遠ざける計画を。農場のクズ人間どもから」

「は？」

「むずかしいのはわかってる。でも方法があるはずだ」

「むずかしい？　笑えるくらい危険って言い換えれば？　それか、文字どおりイカれてるって」

「そうするしかないんだ。彼らを救い出さなきゃ」

「あなた、緊急治療室《ER》に一度入ったのよ。憶えてる？」

「憶えてる。でも――」

「もうあなたをERに運びたくない。怠け者と呼んで。それに、ERよりもっと悪いところに行くことになるかもよ」

「ぼくはイカれてない。だからちゃんとした計画が必要なんだ。思いつくまで手伝ってほしい」

「わたしの話、聞いてる？　自分の話だけ聞いてんの？」

「両方だ」

彼女は大きく息を吸う。「仕事に戻らなきゃ」

「計画を立てよう。あとでメッセージを送る」

彼女は去る。ぼくは車で〝呪われた西部開拓地〟に立ち寄り、〝廃坑の鉱山列車〟まで行く。サルヴァドールのインデックスカードの箱から1パック取り出して封を切る。プレストンはどんなプロジェクトでもリストを作るところから始める。プレストン曰《いわ》く、それが成功の秘訣《ひけつ》らしい。ぼくもやってみよう。

1：金。トレイシーのために金をかき集めることができなければ――くり返すが、彼女に頼まれたわけじゃない――計画を立てても意味がない。ある種の支度金がなければ、トレイシーが子供を連れて国を横断することはない。

2：金はいくら必要か。トレイシーは何も言わなかったし、ぼくも訊かなかった。基本的に、彼女と子供たちにはできるだけ多くの資金が必要だ。ぼくのほうでどれだけ集められるか、それが大問題だ。時間もあまりない。ネイサンは家族を農場に移し、トレイシーと子供たちだけで外出することを禁じた――不穏だ。パールとジャックが生きてきた人生はまだ底を打っていない。よくなる兆《きざ》しがない。

いまぼくの手元には284ドルある。家賃を払うのは2週間後だけど、もう家賃のことは気にしない。バークが今回かぎりの猶予を認めてくれるかもしれないし、それがだめなら数週間泊まるところを見つければいい。家賃のことは忘れて、284ドルから始めよう。

あとは誰から借りる？　グエンとマロリーは不可。ふたりともぼくと同じくらい金欠だ。フェリスは？　まだメッセージの返事が来ない。プレストンも無理筋。収入は結婚式や最初の子のための貯金にまわっている。ぜったい頭のなかにはリストがある。ぼく自身が本当に重大な危機に陥れば助けてくれるだろうが、公証つきの医師の診断書で命にかかわる病気だと言われるくらいでなければ、その基準は満たさない。貸してくれと頼んだときの彼のしかめ面と冷笑が、いまの段階でもう想像できる。

それはともかく、ぼくはプレストンに電話する。トレイシーの状況を説明し、人里離れた農場で危険にさらされているトレイシーたちを連れ出さなければならないことについては説明しない。それでも予想したとおり、プレストンは顔をしかめ（電話でもわかる）、冷笑する。

「また金か？」彼は言う。「こんなに早く？　こないだ75ドル貸したばかりじゃないか。でもって今度は赤の他人に渡す金が必要だ？　もうおまえに貸す金はないよ。赤の他人に渡すつもりなら、断言するが、なおさら金はない」

「いくらでもいいんだ」ぼくは言う。「あとで返すから」

「あとっていつ？　次の人生か？」

「彼女にとってはまさにそのチャンスなんだ、プレストン。次の人生をいますぐ始めるチャンス。子供たちといっしょに」

「おまえに昔から言ってやりたかったことがある」

「なんだい、プレストン？」

「真剣になれよ！　真剣になるんだ！　子供のころ、おれがなぜおまえをハードリーと呼ぶようになったか憶えてるか？」

「憶えてるか？」彼が忘れさせてくれないのだ。ぼくを誰か新しい人に紹介するときにはかならず、なぜハードリーと呼ぶようになったか説明する。「もちろん、プレストン、憶えてるよ。兄さんに言わせれば、ぼくががんばることはめったにないからだ《ハードリー》」

「頭を使うこともめったにない！　けどわかるか？　おれはまちがってた。めったにない《ハードリー》じゃなくて、決して《ネヴァー》ないと呼ぶべきだった」

「それで兄さんは、なんだ、成功の見本ってわけ？　そっちこそ真剣になれよ。これからもずっと、美しくてエレガントな未来都市なんて設計しない。残りの人生、ちっちゃな職場でせこせこ働いて、仕事の文句を言い、意地汚い開発業者におべっかを使うだけだ」

　彼は静かになる。たぶん眼鏡をはずしてレンズをふいている。自制心のワープドライブのスイッチを入れて、それができる自分を称えている。

「いくら必要なんだ？」プレストンは、ぼくを武装解除して無効にする方法をよく知っている。品位を保ったまま道徳的に高いところに逃げる気だ。「残念ながら、あまりないぞ。せいぜい600ドルか700ドルといったところだ。それでいいか？」

「いいよ」ぼくは言う。「ありがとう」

「明日用意しておく。さっさと車を返してくれ」

「プレストン」

「なんだ？」

「ぼくは取り下げる。いま言ったこと」

「なんの話かさっぱりわからない」彼は言って電話を切る。

　オーケイ。これで1000ドル近く集まった。進展している。インデックスカードの新しいパック——白じゃなくて青——を開け、計画の残りに目を向ける。どうやってトレイシーと子供たちをネイサンから遠ざける？

そうむずかしくなさそうだ。ネイサンがいなくなる時間をトレイシーが選ぶ。ぼくはクズ人間どもを遠ざける。注意を引くもの——必要なのはそれだ。クズ人間どもをそっちに向かわせておいて、ぼくは車で農場に入り、トレイシーと子供たちを拾って走り去る。

何で注意を引くか考えないと。そのためには、トレイシーからもっと情報を得なきゃならない。とりあえず、金の問題に戻ろう。1000ドルではトレイシーと子供たちをそう遠くにはやれない。

遠くからハーハー言う息の音が聞こえてくる。何かにつまずく音や、あ痛っと叫ぶ声も。1分後にサルヴァドールが乗車プラットフォームに飛びこんでくる。ぼくがインデックスカードを使っているのを見て顔をしかめたのは、彼がカードの管理者だからだ。

ぼくは油性マーカーと青いカードをサルヴァドールに渡し、トレイシーと子供たちのために金を貸してくれそうな人のリストを作ると告げる。

「それいいね！」彼はマーカーのキャップをはずし、最初の名前を書く準備をする。

「さあどうぞ」サルヴァドールは言う。「いつでもいいよ」

「いま考えてる」ぼくの声は意図したより苛立っている。

「ごめん」

「いいんだ」

「ぼくもいくらか出せるよ」

「心配しなくていい」

「ほんとに！」

サルヴァドールの金を受け取るわけにはいかない。どうせたいした金額じゃない。彼は16歳で、時給はぼくより低いし、週に数回しか働いていない。

「いくら持ってる？」

「正確にはわからないけど、4000ドルくらい」

ぼくはさっと彼のほうを向く。サルヴァドールはダイナマイトの箱の上にあぐらをかき、マーカーをまだ持ち上げている。「いくら、だって？」ぼくは言う。

「4000ドルくらい。ぼくのロボット基金だよ」

「何だって？」

「ロボット・クラブ。学校のすごく正式なクラブじゃないけど、これから新しいロボット・クラブを作って、すごく正式なクラブに招待されないみんなを誘おうと思ってるんだ」

4000ドル。ワオ。ワ、オ。ぼくは1000ドルを差し出したときに、トレイシーにふんと鼻で笑われないことが最善のシナリオだと思っていた。4000ドル！　それならトレイシーとパールとジャックにとって本当に新しいスタートになる。まっさらな人生を始める本物の足がかりになる。でも、16歳の子のロボットの資金を奪うわけにはいかない。だろう？

「あとで返す」ぼくは言う。

「返さなくていいよ！」彼は言う。

「いや。借りるだけだ。あとで返す」

サルヴァドールはダイナマイトの箱から飛びおりて立つ。流れるようにスムーズな――サルヴァドールにしては――動きだ。「決まりだね！　いま持ってくる。自分の口座があるんだ」

「本当にいいのか、サルヴァドール？」こんなに簡単に進むのが信じられない。簡単に進みすぎて心配になる。なんか怪しい、よね？　こんな幸運があるなんて。それとも、こう考えたほうがいいのか、幸運はチャンスがあるうちにつかめ、と。

「もちろんいいよ！」サルヴァドールは言う。飛ぶようにいなくなり、すぐにつまずいたり、すべったり、うれしそうに転んだりしながら丘をおりていく音がする。

38

何があろうと電話もメッセージもしないようにとトレイシーに釘を刺されたので、ぼくは資金に関するいい知らせを伝えることができない。彼女がいつ連絡してくるかわからないので、ストレスを感じる。

1日がたつ。トレイシーからはまだ何もない。彼女の状況についてもっとくわしいことがわからないと、彼女と子供たちをネイサンから遠ざける具体的な計画を立てられない。手順が決まらないのだ。エレノアに連絡して大まかな考えについて相談したかったが、今週〝運転向上証明〟は過去の記録をデジタル化していて、彼女は毎日夜遅くまで残業している。金曜になってもトレイシーから何も言ってこない。しかし、ぼくがシフトを終えて駐車場に向かっている途中、やっとフェリスがメッセージを送ってくる。

顔見せて。

フェリスがブザーを鳴らして、ぼくを建物に入れてくれる。エレベーターに乗って最上階に上がる。ぼくは明るい気分だ。4000ドル。この計画は実現する。トレイシーと子供たちをネイサンのもとから離す方法を見つけて、彼らに新しい生活を始めさせる。ぼくが実現する。

アパートメントのドアを開けたフェリスは眉根を寄せる。ぼくの顔は10日前よりずっとよくなっているが、こてんぱんにされたことは元探偵でなくてもわかる。

「どうしたの?」彼女が言う。

「尾行してたことをネイサンに知られた。彼は路地で仲間のふたりにぼくを襲わせた。でもだいじょうぶ。ただの警告だったから。もう怪我もよくなったし。すべてまえよりずっとよくなってる」

彼女は引っかき傷のあるぼくの頰に二本指を当てる。「お医者に行った?」

「行った。肋骨にひびが入ってるのと、鼻が思いきり折れてただけだった。でも聞いて。そのあと、トレイシーがぼくに連絡してきたんだ。彼女と話をして、会ってくれることになった。ワオ。ずいぶん進展があったから、これまであったことを説明しないとね」

「シャワーを浴びて」

「ごめん。仕事から直接来たんで」

「でしょうね」

シャワーで石鹼《せっけん》を使っているあいだに、フェリスがバスルームに入ってきて歯を磨きはじめる。シャワーブースがガラス張りなので、彼女が見える。派手な黒いドレスを着ている。いつもの仕事用のスカートより短くて、銀色に光る糸が縫いこまれている。ハイヒールも高さ10センチくらいあって派手だ。一方の足首には細いチェーンが巻かれている。これは見たことがなかった。

本命の彼とうまくいかないときの補欠要員という自分の立場に傷つくべきなのかもしれない。でも彼女を見てみろ。補欠で上等。別のもっと重要な理由でも、ここにいることがうれしい。彼女はネイサンに対するぼくの秘密兵器だ。ぼくが何を見落としても、フェリスが見落とすことはぜったいない。

「オーケイ」ぼくは言う。「まず、ネイサンが腐ったクソゴミであることはまちがいない。トレイシーは彼を怖れてる。でも、彼女がＣＰＳにまだ行ってない理由はそれじゃないんだ。少なくともほかに理由がある」

フェリスはしゅっと磨いて、ぺっと吐く。「もうきれいになった？」

ここから石鹸を洗い流すところだ。〝呪われた西部開拓地〟の汗と汚れをこすり落とすには、あと1分かかる。「ほとんど終わり」

「終わったかどうか訊いたんじゃない。きれいかどうか訊いたの」

彼女は靴を脱ぐ。黒いドレスがその足元に落ちる。そしてブラ、パンティ。裸になって、ぼくとシャワーの下に入る。シャワーを浴びながらセックスをした経験は何度かある。ふつう想像するよりポルノっぽくはなくて、むしろやりにくい。まず立ったままということがある。ふたりの背の高さが補完的でないかぎり、理想的な体位にはならない。それに、ノブや蛇口にぶつかりまくるし、シャンプーのボトルを倒したりもする。湯の下に入ると熱すぎるし、そこからはずれると寒くなる。

ところが、フェリスとのシャワー・セックスはすばらしい。湯の噴出口が天井に埋めこまれているのもよかった。彼女の背の高さはぼくにぴったりで、ぼくの高さも彼女にぴったり。肋骨が何度か痛んで、まだひびが入っていることを思い出したけど、あちこちが少々痛むからといってぼくの勢いは止まらない。

ときどき簡単に、フェリスがぼくよりずっと年上であることを忘れてしまう。でも、忘れたくはない。すごく細いしわや、唇の感触。彼女の肌は、ぼくと同年代の女の子の肌より興味深い。彼女がぼくより20歳上で超ゴージャスだからこんなに夢中になってしまうのか。それとも、たんに超ゴージャスだから夢中になる？　どっちにしても、ぼくにとっては幸せだ。

しばらくして、ぼくたちは体をいくらかふき、ベッドで結末を迎える。フェリスはナイトスタンドの水のボトルを取り、微笑んで、「さて」と言う。

ぼくは以前のように罪悪感を覚えはじめるが、エレノアが言ったことを思い出す。たまにこんな1時間をすごしてもいいのだ。それで心に力がみなぎって、ますますパールとジャックを助けなければと決意する。

「子供たちの話をしてもいい？」ぼくはフェリスに訊く。「意見を聞かせてもらえる？」

「あなた、疲れてないの？」

「それは関係ない」

ぼくは説明する。ぼくたちは枕に頭をのせて向かい合い、ほんの10センチほどしか離れていない。フェリスの表情はいつにも増して読めない。真っ白なページ、ツルツルの石板だ。こっちの目をのぞきこむ彼女が、ぼくの魂の奥底を探っているのか、ぼくのことなどまったく考えずに、デンタルフロスをし忘れたことだけ思い出しているのか、わからない。

「さあ、何を考えてる？」ぼくは説明し終わって言う。

フェリスはぼくの正中線に指の爪を走らせる。軽くだけど、爪なので少し痛い。喉元からまっすぐ、へその下まで。ぼくはメスで体に線を引く外科医を想像する。このあと患者の皮膚と肉を左右にめくるのだ、バルコニーのドアを開けるみたいに。

彼女はぼくの唇にちょっとキスをして、ベッドから抜け出す。「今度はわたしがシャワーしなきゃ」

不吉だ。フェリスが爆発的に熱狂してサルヴァドールみたいに拳を突き上げるようなことは期待していなかったが……ぼくはここまでかなり苦労して、パールとジャックを現実的、合法的に助ける手前まで来た。せめて少しくらい感心してくれてもいいのでは？

ぼくは彼女のあとからバスルームに入る。「まだ考えなきゃいけないことがたくさんあるのはわかってる。だからあなたが、ほら、いつものように最高のアドバイスをしてくれないかと思って」

フェリスが湯を出しはじめ、湯気がぶわっと押し寄せる。彼女は顔を天井の噴出口に向けて、目を閉じる。

「考えを聞かせてよ」ぼくは言う。「いやその、聞かせてもらえるとありがたいな」

彼女は息を吐く。それとわからないくらい、かすかなため息だ。読めない表情の裏で起きていることが初めて外に見える。「わたしが言ったこと憶えてる?」彼女は言う。「初めて会ったときに」

「まだこれが賢い考えじゃないと思ってる?」

「それどころか、余計ひどくなった」

「どうして? ぼくの話を聞いてた?」

「自分を見てみなさい。肋骨も鼻も折れちゃって。それがただの警告? で、今度は人里離れた農場。そしてたぶんドラッグの売買? あなた、彼らが農場に銃を置いてないと思うの?」

「そんなことにはならないよ。ちゃんと計画を練れば」

彼女は何も言わずにシャワーを終える。ぼくがタオルを渡すと、ローションを塗りはじめる。顔にひとつのローション、脚には別のローションを。ぼくは彼女のあとから寝室に戻る。彼女はパジャマのズボンをはき、色褪せたTシャツを着る。〝カリフォルニア州ノースリッジ〟。裸で立っているのが馬鹿らしく思えたので、バスルームにボクサーパンツとTシャツを取りに行く。

彼女はリビングにいる。ぼくはソファに坐る。彼女はショットグラス2個に何かのウイスキーを注ぎ、ぼくに1個持ってくる。ひと口飲むと、においだけで壁のペンキがはがれそうだ。フェリスが坐って、ぼくと向き合う。すっぴんなので歳をとったようにも若くなったようにも見える。彼女のひとつのバージョンが別のバージョンの上に重なっている。過去のフェリスと将来のフェリス、どちらもぼくにとっては完全に知らない人だ。

「あの子たちのことはあきらめない」ぼくは言う。

「正直に言ってほしい？」

「うん。でも――」

「それなら正直に言う。あなたは幻想を抱いてる。自分がヒーローで、窮地に陥った誰かをひとりで救い出すような。男はよくそういう幻想を抱く。白馬に乗った騎士が駆けつけるってとこ。それは別にかまわない。何が幻想で、何がそうじゃないかってことをその人が理解してるかぎりは」

ぼくは一瞬、あまりの驚きで頭にちゃんとした考えも文も浮かばなくなる。「は？　これが幻想？」

彼女はウイスキーを飲む。天気の話をしたほうがよかったかもしれない。最近暑いよね？　とか。「まちがってる？」彼女が言う。

「ああ。100パーセントまちがってる」

「あなたがそう言うなら」

ぼくはトレイシーに言ったことを思い出す。人生でようやく有意義なことができてすごくうれしい、そう言ったし、そう感じている。だからといって、これが幻想ってことにはならない。

「100パーセントじゃないかもしれない」ぼくは言う。「それは認める。でも、95パーセントぐらいかな。とても単純な話だよね。ふたりの子供がくそファッカーの父親に虐待されていて、誰かが何かをしてやらなきゃいけない。すごく単純だ」

「あなたはいい人よ」フェリスは言う。「いい人になろうとしてる。たいていの人はそんな努力もしない。でも、いい人が愚かな人になることもある」

15分前、彼女はぼくとベッドで微笑み、キスし、転げまわっていた。それがいまや真剣そのもので、氷のように硬く冷たい。ぼくは、うっかりリモコンの上に坐ってビデオが10分とか20分先に飛んでしまったような気分だ。というか、完全に別の番組が始まったような。

「あなた、死ぬはめになるわよ」彼女は言う。「その子たちも母親も。だから、やめなさい。放っておくの」

ぼくは立つ。でも次にどうすべきかわからない。部屋から飛び出す？　うろうろ歩きはじめる？　あくまでクールにフェリスに飲み物のお代わりをついでやる？　頭がぐるぐるまわっている。ぼくはやれる。もうちょっとのところまで来ている。正しい計画も思いつく。危険はあるけど、ぼくが何もしなかったらパールとジャックはもっと危険だ。

フェリスは、ぼくが彼女と初めて会ったときと同じ人間だと思っている。そこが問題だ。ぼくがどんな人間になったかを理解してない。あの最初の内覧会からずいぶん進歩してるのに。あのときには自分が何をしてるのかもわからないまま、彼女のまえに現れた。

ぼくはまた坐る。残りのウイスキーを一気にあおる。それが爆弾みたいに体のなかで爆発する。「正直に言ってくれてありがとう、フェリス」

彼女の目に温かみが戻る。少し、ではあるけど。彼女はぼくの脚に手をのせる。「ひとつ話をさせて」

「オーケイ」

「わたしが若かったころ……」そこで間を置く。「それほど若くもなかったか。あるチャンスが訪れた。もっと慎重になるべきだった。実際、慎重だったんだけど、頑固でもあった。想像できる？」

微笑むべきところだったので、微笑む。話の結末は見えている。

てくれる人ね」

「わたしのことを気遣って、しっかり諭してくれる人もいなかった。わたしを目覚めさせてくれる人ね」

「ぼくはあの子たちをあきらめない」

「とにかく聞いて。児童サービスに戻りなさい。あなたが知ってることを彼らに話すの」

「CPSに？　彼らは無能だ。その話はしたよね」

「ほとんどの職員はそう、たぶんね。でも、きちんとした人はいる。然るべき人が然るべき持ち場に。つねにそうよ。どうしてもまえに進みたい？　なら彼らを進ませなさい。最終的には動いてくれる。そのほうがみんなにとって、はるかに安全よ」

　本当に長年、何に対しても腹を立てたことがなかったぼくが、ここ数日で2度目に激怒する。なぜって、フェリスが問題を見ながら見ないふりをして去るほかの連中と変わらないことがわかったから。

　パールとジャックはいまも地獄にいるのと変わらない。ジャックは6歳。パールは7歳。ふたりがそんな罰にふさわしい何をした？　この先、状況がよくなる見込みもない。トレイシーは口にこそしなかったけど、そう言ったも同然だ。絶望していた。脱出を助けてくれる人の当てが、ぼくのほかにひとりでもいるだろうか。そんな可能性は想像すらできないのでは？　なのにフェリスは持ち場の話をしたがっている。

「どのくらいかかると思う？」ぼくは言う。「ぼくがCPSを動かすまでに」

「それはわからない」

「しかもハッピーエンドを保証できる？　ぜったいうまくいくと思う？」

「もちろん保証できない」

「CPSは子供たちを彼女から引き離す。最善のシナリオでもそうなるよね」

「実際、引き離すべきなのかもしれない」

「大事なのは、ぼくが自分のことをどう感じるかだ。できることをすべてやったと言えるかどうか」

「あなたはできることをすべてやったわ」

「それは嘘だ」

彼女は微笑み、ぼくの手を取る。ぼくの掌にキスをして、それを彼女の頬に持っていく。目には温かみが完全に戻っている。ぼくはひびの入った肋骨に心臓の鼓動が響くのを感じる。金槌《かなづち》で釘を打つように、**トン**、**トン**、**トン**と軽い痛みが走る。この会話がどこへ向かっているのかを知るのに天才のひらめきは必要ない。

「もう寝る」フェリスがいう。「お別れの時間ね」

39

エレベーターでフェリスの建物の1階におりたときには、夜中の2時近くになっている。ぼくは車に入って、ワンヒッターパイプをやる。ただ、気持ちはもう落ち着いている。もうフェリスに腹は立たない。本気で腹は立てていなかった。フェリスは彼女がやるべきことをしている。ぼくもぼくがやるべきことをしている。別れの痛手もそれほど大きくない。現実と向き合え。遅かれ早かれ彼女に捨てられることはわかってた。そこをうまく乗りきって、見苦しい騒ぎは起こさなかった。ぼくは彼女の頰にキスをして、品位を落とさず別れた。唯一の後悔は、彼女に心からお礼を言うのを思いつかなかったことだ。ぼくを助けてくれたこと、助けようと思ってくれたことに対して。フェリスがいなかったら、ぼくはいまごろどこにいる?

車のエンジンをかけて走りだす。いちばん避けたいのは、警官に停車させられて、夜中の2時に何をしていると訊かれることだ。そのときの言いわけを考えると笑える。まず事の発端から話しはじめるしかない。駐車違反切符を延長してもらう必要があって……いや、もっとまえかな。ぼくは人生にとても満足してたんですが、あるとき……。

家に向かう。もしフェリスが正しかったら？　一度だけ自分にそう訊くことを許す。そして一度だけ答える――それはない。以前のぼくだったら煮え切らず、疑問が生じておろおろしていた。あげく何もしない。そのままだらだらすごす。でも、いまのぼくはちがう。

家に着くと、ベットに倒れこむ。眠ろうとしても、いつトレイシーが連絡してくるだろうと気になる。きっと完璧なタイミングを見計らっているのだろう。ぼくと話しているところをネイサンに見咎《みとが》められないように。もちろん、すでにぼくのことがばれている可能性もある。そうなったとき彼がトレイシーや子供たちに何をするか、あるいはすでに何をしているか、考えたくない。

その朝、キッチンで食べられるものを探していると、携帯が鳴ってトレイシーの番号が表示される。ぼくは大急ぎで部屋に戻ってドアを閉める。

「トレイシー？」

「やっぱり無理。危険すぎる」

「いくらか渡せる資金ができました。４０００ドル」

「彼に見つけられる」

「あなたはそこから逃げないと。子供たちを出してやらないと」

沈黙。そして、「４０００ドル？」

多いと思っているのか、足りないと思っているのかはわからない。「ええ」

「それでどのくらいもつ?」

「わかりません。でも、しばらくやっていけるでしょう? 次のステップを考えるまで」

さらに沈黙。電話は切れていない。彼女の息遣いが聞こえなければ、切れたと思うところだ。「ありがとう」彼女が言う。「わたし最低ね。お金を集めてくれてありがとう。どうしてそこまでしてくれるのかわからないけど」

今回は質問ではないことに気づく。どうしてそんなことをしてくれるの? ではない。ぼくの心臓が早鐘を打つ。彼女は決意したのだ。

「ネイサンがいなくなる時間は事前にわかりますか?」ぼくは言う。

「ときどきわかる。場合によるけど。ええ。でも、このまえ言ったように、ほかの人たちがいつもまわりにいるの。車でここに来てクラクションを鳴らせばすむ話じゃない。誰かがかならずわたしを監視してる」

「そこには何人います? 正確に知る必要がある」

「日によってちがう。3人だったり4人だったり。でも、かならずふたりはいる。最低でもふたり」

「ネイサンがいなくなって残りの監視がふたりだけになるときがありますか?」

「たぶん。ええ」

オーケイ。理想的ではない。理想はネイサンとクズ人間どもが農場から長い時間いなくなることだ。ただ、対処はできる。目くらましが必要なだけだ——ぼくが農場に飛びこんでトレイシーと子供たちを拾うあいだ、確実に彼らの注意を引きつけておくものが。

「彼らはあなたを痛めつける」トレイシーが言う。「どういう人たちなのか、あなたはわかってない」

　路地であんなことをされたあとだから、おおよそ見当はつく。「そういうことにならないようにします。彼らに会わないように」

「わかってないわ。何日かまえ、高校生ぐらいの子たちがペイントボールを撃って遊びながら、この敷地の隅のほうに侵入したの。彼らをネイサンの仲間3人が追いかけた。狂犬と同じよ。捕まえたら、きっと殺してた。自分たちが愉しむために。ネイサンからそう聞いた」

　ペイントボールで遊ぶ高校生を愉しげに殺す短気なクズ人間たち。そんな連中を避ける難題はないほうがいいに決まってるけど、短気と殺意はむしろこっちに有利に働くかもしれない。目くらましが成功する鍵になるかも。

「その農場について聞かせてください」ぼくは言う。「建物は何軒あるか、とか。あなたと子供たちがどこにいるんです?」

「わたしたちは母屋にいる。それから納屋と、小さな小屋がふたつ。あ、ダブルワイドのトレーラーハウスも。ネイサンの仲間のひとりがそこに住んでる」

「そこの住所を送ってもらえます? グーグルで調べますから」

「ええ、でも――」

「やり方は考えます。次にネイサンがいなくなるのはいつか、わかりますか? 仲間がふたりしか残らないのは?」

「わからない。明日かもしれないし、1週間後かもしれない。直前までわからないの」

「電話をください」ぼくは言う。「わかったらすぐに」

「どうしてあなたがここまでしてくれるのかわからない」彼女はまた言い、電話が切れる。

40

その日の午後、ぼくは仕事に向かう車のなかで、尾行がついていないか2秒おきにミラーで確認し、凶暴な麻薬ディーラーがたむろする敷地から女性と虐待された子供たちを救い出す方法をあれこれ考える。そして突然、ひどく驚く。すべてがあまりにも……ふつうだ。なんというか、ほら、ハードリー・リードのいつもどおりの土曜という感じで。

どうしてこんなに落ち着いている？　落ち着いているのはいいことなのか、悪いことなのか。フェリスが言いそうなことはわかるけど、フェリスはまちがってる。断固まちがってる。そのことは、ますますはっきりしてきた。たんにぼくが、そのことをますます考えなくなっただけかもしれないけど。同じことかな？

携帯が鳴る。トレイシーが地図の〝ピン〟を送ってくる——農場の住所だ。ぼくは急に右折して〈ベスト・バイ〉の駐車場に入り、グーグルマップの衛星ビューをクリックする。スクロールしてみると、本当に何もない場所だ。農場のまわりの3方向は野原、残りの1方向は森と沼。気づかれずにトレイシーと子供たちを救い出すのは、想像したよりむずかしくなりそうだ。母屋は長い長いドライブウェイのどん詰まりで、ドライブウェイは長い長い私有道路から分岐している。公道から家までの距離は800メートルほどだ。

納屋。小屋。ダブルワイドのトレーラーハウスが見当たらないのは、直近の衛星写真を撮ったあとに到着したからだろう。敷地の西側の森は郡のハイウェイまでずっと続いている。高校生たちがペイントボールを撃ち合っていたのは、きっと沼の先の森だ。そこが目くらましの場所になる。母屋から森の西の端まで、だいたい800メートル。クズ人間どもをそこまで誘い出せば、充分な時間ができる。トレイシーには、家から出てドライブウェイが私有道路とぶつかるところで会おうと伝えるべきかもしれない。ぼくの車が近づく音をクズ人間たちに聞かれたくない。ただ、心配なのはパールとジャックだ。ふたりともまだ小さいから、そこまでの距離を充分な速さで歩けるだろうか。そう願うしかない。トレイシーにはかならず荷物を少なくしてもらおう。スーツケースはなしだ。いざとなったらジャックを抱っこできるように。

仕事をサボりたい気持ちが募る——ダットワイラーに電話して、足の爪の水虫が広がっていると説明して、ひとりで農場の下見に行ってもいい。ただ、あまりに辺鄙《へんぴ》なところにあるから、たとえプレストンの車でも見つかる危険を冒すわけにはいかない。ネイサンの車がぼくの横を通りすぎる可能性だってある。郡の上下2車線のハイウェイですれちがったら、彼がぼくに気づかないはずはない。

それよりいちばんの問題、馬鹿でかい問題として、目くらましの方法を考えないといけない。クズ人間たちの注意を引いて、800メートル移動させるようなものを。かなり大がかりな目くらましだ。しかもクズ人間の一部ではなく、全員を母屋から引き寄せなければいけない。クズ人間がひとりでも残ってたら、まずいことになる。

ぼくはブーツをはき、ベストに保安官のバッジをつける。今夜サルヴァドールは非番で、新人ふたりが最初のシフトに現れなかったので、保安官補なしでやるしかない。最初のゲストの集団を〝食屍鬼の住民〟たちのところへ届ける。〝食屍鬼の住民〟たちがうめいたり爪で引っかいたりしているあいだ、ぼくは自分がクズ人間になってダブルワイドのトレーラーハウスのなかに坐っているところを想像する。ぼくだったら何に興味を引かれる？　どうすれば立ち上がって森のなかを懸命に走りまわるだろう。

車のクラクション？　だめだ。トレーラーのなかにいるクズ人間にクラクションは聞こえないし、聞こえたとしても郡のハイウェイを走る車だと思うだろう。大音量の音楽？　いけるかも。エレノアのおばあちゃんに敬意を表して、ジミー・ペイジとか。でも、これだけの距離で届くためには、音はそうとう大きくなきゃいけない。クズ人間たちが高校生のペイントボール・コンバットにどうやって気づいたか、わかるといいんだけど。トレイシーにメッセージを送って訊いてみようかと思ったが、そこでまた厳しい制限を思い出す。メッセージは禁止。電話も禁止だ。

その夜の4番目の集団は、人数こそ少ないが、とりわけ感じが悪い。社交クラブに入っていそうな日焼けしてたくましい大学生3人は、おどかし役をおどかすのが愉快らしく、彼らにおかしな顔をしてみせる。そんなことをしても時間の無駄だ。ぼくたちを怖がらせることはできない。〝呪われた西部開拓地〟で働いているのだ。もう呪いはかかってる。

この仕事が嫌になったのはいつか？ ぼくはいつからこんな人生では不充分だと思うようになったのか。いつか、なぜか、はわかってると思う。それよりはっきりしないのは、このあとどうするかだ。トレイシーと子供たちをアリゾナ州に送り届けたら、そのあとは？ 戻るのか……これに？ 水煙管と『ジ・オフィス』の再放送に戻って、今日が何曜日か、どの月か、どの年かもよくわからず、気にもしない生活に？ もう戻れるとは思えない。比喩的に。たぶん文字どおりの意味でも。アリゾナはカリフォルニアに近い。若人《わこうど》よ、西部をめざせ！ いまさらという感じもするけど、ぼくは太平洋を見たことがない。かつて満足していたことにはもう満足できない。それはほぼ確信している。

大学に戻る手もある。それこそプレストンがしつこく言っている。でも、ぼくはまだ最初の煩わしい借金を返済しているところだ。そこに借金を積み重ねたい？ サルヴァドールから借りる4000ドルもあるというのに？

私立探偵の免許を得るのはたいへんだろうか。笑わないように。たしかにぼくはどう見ても、不可解な殺人事件を解決する聡明《そうめい》な探偵にはなれないけど、根気よくやり、注意を払い、相手の話を真剣に聞くことはできる。フェリスに会うまえにぼくが電話した私立探偵たちは、とんでもない依頼料を請求する。かりにあの半分を請求しても、収入はいまの倍くらいになる。もっと大事なのは、興味深くてやり甲斐《がい》のある仕事をするってことだ。異論はあるかもしれないけど、そこそこうまくできる仕事を。CPSの手がまわらないケースに特化してもいいかもしれない。

大学生のうちふたりが、ジャスティンのつぶれた目玉を彼の手から奪おうとしているか、彼の背中に自分の股間をこすりつけようとしている。あるいは、その両方。3人目はその写真を撮る。ご想像どおり、フラッシュとともに。

「食屍鬼を刺激しないでもらえるかな」ぼくは言う。「どうかフラッシュも使わないで」

大学生たちは、ご想像どおり、ぼくを無視する。ジャスティンはなんとか彼らを振りほどき、目玉を持って逃げる。まわりじゅうでハイタッチ。

「こちらへ、相棒たち《バードナーズ》」ぼくは最後の〝食屍鬼の住民〟が消えたあとで言う。次はブートヒル墓場だ。

そこに向かう代わりに、ぼくは大学生たちを目抜き通りの〝旧市街の監獄〟に連れていく。なかは骨組みがむき出しのがらんとした暗い空間で、先週の怒った男はいろいろ文句を言ってたけど、ここが〝呪われた西部開拓地〟のツアーに組みこまれたことは一度もない。

「ここに長居できた人はいない」ぼくは言う。「この開拓地でいちばん恐ろしい場所だ。警告はしたからな。臆病者だけが逃げ出そうとする」

大学生たちは歓声をあげ、吠え、互いに小突き、ウインクし合う。ひと晩じゅうだっていられると豪語し、相手をへなちょこ呼ばわりする。ぼくは部屋の外に出てドアを閉め、古い修理工場に向かう。あの馬鹿どもが空っぽの暗い空間にどれだけ長くいられるのかはわからない。5分？　10分？　ぼくは外に出るのに23年かかった。

普段着に着替えて、保安官のバッジを人事課のコルクボードに留める。〝呪われた西部開拓地〟の横木柵の入口を越えて駐車場に行く途中で、ダットワイラーに呼び止められる。

「ハードリー！」彼が言う。

「ああ」

「どこへ行く？　どうした？　おまえのグループは？　なぜ――」

彼はしゃべりつづけているが、もう聞こえなくなる。〝自由の鐘を鳴らせ〟の最初の打ち上げ花火が〝植民地時代のアメリカ〟の上空に轟《とどろ》いて、〝呪われた西部開拓地〟の入場を待っていたゲストたちが列を離れ、中央広場に流れはじめる。花火の何がそれほど魅力的なんだ？　ここからでも充分見えるのに。ここからでも充分聞こえる。でも遠くの空が明るくなった瞬間に、蛾《が》は1匹残らずそっちに飛んでいく。

あ、ワオ、わかった。花火だ。まさにこれ。こんなに身近にあったとは。

41

翌朝、サルヴァドールに電話をかけて、ロボット資金を銀行からおろしたかどうか訊く。

「きみ、クビにされたよ！」彼は愕然《がくぜん》とした声で言う。

「いや、ちがう。どうしてもう知ってる？　ぼくは辞めたんだ」

「ダットワイラーが警備用のリストからきみをはずした！」

「礼儀正しく辞めたんだ、サルヴァドール。ダットワイラーと握手して。現金は引き出した？」

「もちろん！」

車で彼の家に行く。サルヴァドールとママは、エレノアとおばあちゃんの家からそう遠くないところに住んでいる。ただもっと活気のある地域で、貧しくて気が滅入るようなことはない。貧しさが様になっている。家のまえからサルヴァドールに、着いたとメッセージを送る。待っているあいだにエレノアに電話する。

「話せない」

「いつなら話せる？　伝えなきゃいけないことがある。おばあちゃんはどう？　次の予約は？」

「話せない」

サルヴァドールのママのミセス・ヴェラスコが家から出てきて、ドライブウェイに駐めた車に向かう。何かの理由で彼女が職場にサルヴァドールを迎えに来たときに、何度か会ったことはあるものの、彼女はぼくを憶えてないと思う。憶える理由がない。でも、とにかく彼女に手を振る。

彼女が近づいてくる。「あなたがハードリー？」

憶えていたんだ。それはつまり……なるほど。サルヴァドールが彼女に話した？　4000ドルをぼくに貸すって？　サルヴァドールはそんな馬鹿なことはしない、だろう？もし4000ドルのことをママに話してたら、この会話はとても短く、棘々《とげとげ》しく、悲惨なことになる。

「そうです」ぼくは言う。「こんにちは」

ミセス・ヴェラスコはフェリスくらいの歳だが、フェリス的なところは何もない。ひょろっと背が高く、手をやたらと興奮気味に動かす。何があってもすぐに大きな声で笑う。サルヴァドールの間抜けっぽいところは、彼女からの遺伝だとわかる。でも彼女にはそれがいい方向に働いて、相手を和ませる。不動産を売りまくってるにちがいない。

「まあ、まあ、まあ」彼女は言って、笑う。

「まあ、まあ、まあ」ぼくも緊張して同意する。

「あなたに言わなきゃいけないことがあるの、バディ」

「オーケイ」

彼女はぼくの肩を小突く。「いつもサルヴァドールと仲よくしてくれてありがとう。わたしはあの子を太陽1000個分の熱で愛してるけど、ちょっと手間のかかる子だってことはわかってる。あなたがいつも保安官補に選んでくれるんですってね」

ぼくはうなずく。かならずしも真実ではないが、まあ近い。「たいしたことじゃありません」

「それで今度は、あの子のロボット・クラブのアイデアを支援してくれるんですって？」彼女はまた笑う。「ロボット・クラブへの支援がどれほど彼を元気づけるかわかる？　その話をやめさせるほうがむずかしいくらいよ、バディ。サルヴァドールには会員が自分だけじゃないクラブが必要だから」

ぼくも笑う。安心した――サルヴァドールは4000ドルのことをママに話していない。でも、彼女がぼくに浴びせかける賛辞にもあまりいい気はしない。罵倒のほうがふさわしいのに。彼から金を借りてあとでなんとか返すことを忘れないように、と自分に言い聞かせる。その金の本来の使い途《みち》と、それをこれから危険にさらすことを忘れないように。

ママはもう一度ぼくを小突き、いつか好きなときに食事においでなさいと言って、車で出かける。そこでサルヴァドールが外に出てくる。彼女がいなくなるのを待っていたにちがいない。意外にずる賢いところがあるな。

彼は厚い封筒を差し出す。なかを見ると、100ドル札が40枚。ワオ。自分の人生で100ドル札の詰まった封筒を手にすることがあるとは思わなかった。そう言っていい。その封筒をサーフパンツの大きなポケットに突っこむことがあろうとは、一瞬も想像したことがなかった。

サルヴァドールは計画を知りたがる。ぼくは思いついた考えの短いバージョンを話す。ネイサン・ショーが農場からいなくなるのを待つ。家に残ったクズ人間どもを引き寄せる花火を打ち上げる。トレイシーと子供たちを合流地点で拾う。そしてゴー、ゴー、ゴー。

「完璧だね！」サルヴァドールが言う。

だといいけどな。はっ！　でも悪くはない。正直、やってのけられると思っている。でも、まだやるべきことがたくさんあって、時間の猶予がどのくらいあるのかはわからない。

サルヴァドールは困り顔になる。「でも、どうやって放火魔小屋に入る？」

〈美しきアメリカ大陸〉で使われる花火は〝放火魔小屋〟に保管され、常時鍵がかかっている。でも、ぼくたちに必要なのは〝自由の鐘を鳴らせ〟のクルーが毎夜、空で爆発させる大玉じゃない。大勢の観客ではなく数人のクズ人間にワオと言わせればいいのだ。

「あそこの花火は盗まない」ぼくは言う。「買うんだ。ハイウェイ沿いに売ってるところがある。調べた」

「ぼくが目くらましを担当しようか？」

「考えとく」

本当の答えは、サルヴァドールが目くらましを担当することはぜったいないだ。太陽1000個分の熱で言っておく。花火を扱うのはエレノアで、ぼくは今回もサルヴァドールを現場からずっと遠ざけておく仕事を見つけなきゃならない。ただ、花火を売っている店まではいっしょに行く。長いドライブになるから、ぼくのポンコツ車より彼のSUVのほうがずっと快適だ。

花火の店は郡境を越えてすぐの平らで広大な畑の端っこにある。収穫は終わっていて、何かの茶色の切り株がずっと続いている。店自体は古い貨物専用コンテナを黄色に塗っていて、正面にでかでかと赤い文字で〝家族向け花火！〟と書いてある。そしてそれより小さい赤字で〝お値打ちの爆発を！〟。側面に窓が3つ切られていて、眠たいときのまぶたみたいに金属板が持ち上がっている。

サルヴァドールと同じくらいの歳の女の子が、コンテナの壁にローンチェアをくっつけて坐っている。そこが周囲数キロのなかで唯一のわずかな日陰だ。

「ハロー、ハロー、ハロー」彼女が言う。「いらっしゃい……ペラペラペラ」

彼女はくすんだブロンドか、ブロンドの汚れた髪で、ワンピースの水着の上にジーンズの短パンをはいている。使い捨てライターで〈ブラック・キャット〉の花火に火をつけ、5メートルほど離れたところにいるウサギの近くに放る。バン！　サルヴァドールとぼくは飛び上がるが、ウサギはほとんどピクリともしない。「オペラント条件づけって言うの」娘が言う。「おもしろくない？」

「ハイ」サルヴァドールがもじもじと言う。すっかり気圧《けお》されている。

「音が大きくて、ものすごく明るいやつが欲しいんだ」ぼくは彼女に言う。「テーマパークで見るような。でも一般人にも買えるような」

「へえ、そう。なら、まさにいい場所に来たね」彼女はまた〈ブラック・キャット〉をウサギに放る。バン！　ウサギはピクリとして、また草を食べはじめる。それを見て、ぼくは大学で読んだ短篇《たんぺん》を思い出す。内容全体はあまり憶えてないけど、ひとつの場面が頭から離れない。大恐慌のさなか、車でフロリダを移動していた家族が道路脇の店に立ち寄る。すると木にペットの猿がいて、自分のノミを取っては歯でつぶしているのだ。

「ここで待ってて」娘が言う。

そしてローンチェアを横にどかし、コンテナのドアを引き開ける。なかは床から天井まで色とりどりの箱がぎっしり詰まっているので、屈んで進まなきゃいけない。数秒後に屈んだまま出てくると、コンクリートブロックほどの大きさの箱を持っている。ラベルには歯をむき出してうなる犬の写真と製品名――〈きみのお尻にガブリ〉。彼女はその箱をぼくたちの足元に置く。サルヴァドールもぼくも1歩退く。

「これがあらゆる点でいちばんお薦めの花火」彼女は言う。「火薬200グラム、24発のすごい音と光の尾。6色で、ほとんど1分間持続」

よさそうだ。でも〈きみのお尻にガブリ〉がぼくたちの目的に適《かな》うことを確認したい。

「友だちが、たとえば800メートルほど離れてても見られるかな？　それじゃ遠すぎる？」

「おおー、うわー、は保証する。いくつ必要？　ひとつ50ドル、3つなら135ドル」

ぼくは6つ買う。それだけあれば充分だろう。エレノアができるだけ多くの花火に点火してショーを長く続けられれば、それに越したことはない。クズ人間どもが気づいて駆けつける可能性が高くなるわけだから。でも同時に、エレノアもできるだけ早く逃げなきゃいけない。じっと坐って〈きみのお尻にガブリ〉をいつまでも打ちつづけていれば、クズ人間どもに捕まってしまう。

娘は親指をなめて代金を2回数える。コンテナのなかに戻って、追加の箱を5個と、輪ゴムで留めたお香のようなものを持ってくる。

「火口《ほくち》も必要？」彼女は言う。「5ドル。花火に直接火をつけるのはやめたほうがいいよ。自分の手や足のためにね。杭とテープでやる？」

「そうすべき?」

彼女はまたなかに戻り、木の杭を6本と絶縁テープを持ってくる。「これを使えば花火が倒れないから。地面に杭を立てて花火をテープで取りつける。あと10ドルね、よろしく、まいど」

「オーケイ。間隔はどのくらい必要かな? 花火と花火のあいだの」

「そこはまあご自由に。60センチでも6メートルでも。派手にやって」

ぼくは代金を渡す。彼女はローンチェアに戻る。くすんだブロンドの髪を2本の指で挟み、その先にライターの火を近づける。

サルヴァドールとぼくは買ったものをSUVの後部に積みこむ。車がガタンと跳ねたときに花火が自然に爆発することはあるのだろうかと考えていると、サルヴァドールがぼくの袖を引っ張る。

「あの子の電話番号、訊くべきかな?」彼はささやく。

ぼくは彼を見る。ふざけているのではない。こいつの危険なほどの愚かさは本当に信じがたい。フェリスがぼくを見ると、こんなふうに見えるんだろうか。この比較はどのくらい正確なのだろう。そこでもう考えないことにする。

「次に会ったときならいいかもな」ぼくは言う。

「だね」彼はうなずきながら言う。「すごくいい考えだ。そうする」

42

いま欠けているものは？　トレイシーの電話を待つあいだ、ぼくは自分の計画に穴があるという前提で考える。そうすれば、見つけて修正することができるから。農場の衛星画像をじっくり検討する。建物があるところを拡大し、またズームアウトして敷地の周辺部分を見ていく。どんな詳細を見落としてる？　確実じゃないけど、私有道路からドライブウェイに入るところにゲートがあるかもしれない。これもトレイシーたちと落ち合う点をそこにする理由になる。

おもに思考を集中するのは目くらましについてだ。トレイシーと子供たちには――ぼくにも――できるだけ長い時間が必要だ。クズ人間どもが家から走って、エレノアが花火を打ち上げる森の遠い端まで到達するのにどのくらいかかるだろう。郡のハイウェイからそう遠くないところに小さな空き地がある。最高じゃないか。ぼくは〝グーグルマップで距離を測る方法〟を検索する。敷地から空き地までの距離は、正確に言うと965メートル。〝平均的な人が1キロ走るのにかかる時間〟でトップに出てくる結果は6～7・5分だから、965メートルなら5～7分といったところ。だとすると、往復で10～14分。クズ人間どもが侵入者を追いかけるのにかかる時間はそこに含まれない。

それだけあれば充分だろう。クズ人間の誰か、とりわけゴツいひげが世界レベルのアスリートということはなさそうだ。ただ、どうすればさらに時間を増やせる？ 1分でも長いほうがいい。クズ人間が侵入者を狩る時間が長くなればなるほど、こっちに有利だ。花火を打ち上げるまえに、エレノアにクズ人間に追わせる跡を作っておいてもらったら？ それで彼らをしばらく引きつけておける。ビールの空き缶とか？ 靴の片方。ビーチサンダル！ まちがった方向へ行く道に、明るい色のサンダルが落ちている。**おい！ あっちに行ってるぞ！ 追いかけよう！**

幸いバークの家から1キロ半ほどのところに、セブン‐イレブンがある。ぼくは携帯のタイマーを設定して出発する。しばらく全速力で走り、倒れそうになったところで、あとはよろよろとジョギングする。11分9秒かかった。いちばん安いビール〈オールド・ミルウォーキー〉の1ダースパックを買い、クズ人間どもに見つけさせる安物のサングラスも買う。**ほら！ サングラスだ！ こっち！** 家にゆっくり歩いて帰る。

月曜に、もう一度エレノアに連絡してみる。「どうして返事をくれなかった？」ぼくは言う。「重要な話なのに」

「言ったでしょ。わたしは働いてるの。今夜も仕事」

「いつ終わる?」

「遅いよ。たいてい10時すぎ。明日電話する」

明日じゃだめだ。トレイシーがいつ連絡してくるかわからない。いますぐエレノアと話す必要がある。でも彼女と言い合いはしない。ぼくは10時少しまえに車で市庁舎に行く。駐車場で待って、出てくる彼女を捕まえるつもりだったが、駐車場にはほかに2台しか車がなく、どちらも彼女のおんぼろ車ではない。

彼女にメッセージを送る。いま市庁舎。どこいる?

1秒後に電話が鳴る。彼女のため息が聞こえる。「家よ」

「もう?」

またため息。「来て」

ぼくたちは家のまえのポーチに坐る。ぼくはジョイントに火をつけ、彼女に渡す。ポーチは古いタイプで幅が広く、家の3辺を取り囲んでいる。50年、もしかすると100年前にここに坐っている家族をたやすく思い描くことができる。彼らのほうはぼくたちを想像できるだろうか――エレノアとぼくを? 世界がどう変わったかということまで想像できる?

「今晩は早く帰れた?」ぼくは言う。

「今晩は仕事がなかったの。どの夜もなかった」

「嘘をついてたのか?」ぼくは途方に暮れる。「なぜ?」

エレノアは肩をすくめる。上の2階からドラムがドスドス鳴りはじめ、ギターソロが夜に甲高く叫ぶ。

「ヘッドフォンつけて!」エレノアが2階に向かって大声で言う。数秒後、叫ぶギターがさらに大音量になったところでいきなり消える。

「どの夜もなかったって、どういう意味?」

「歩きましょ。ここは蒸し暑すぎる」

ぼくたちは数ブロック歩いて彼女の家の裏の公園に行き、噴水のそばのベンチに坐る。この公園、この噴水は知っている。いつも故障してカラカラに乾いているのに、今夜は珍しく水が滝のように流れてきらめいている。夜風が涼しくて気持ちいい。

「じゃあ、オーケイ、まず」ぼくは言う。「目くらましの作戦を立てた。クズ人間どもを家からおびき出すんだ。花火で。きみが敷地の端で打ち上げて、その間にぼくが表の道から家にそっと近づく」

ぼくはエレノアに計画全体を伝える。細かいところまですべて。話し終えても彼女は黙っている。どうして不機嫌なのかも、なぜ嘘までついてぼくを避けていたのかもわからない。ただ、彼女が乗ってこないことをさほど心配はしていない。エレノアは怖れ知らずだ。それ夜中に2メートル半の塀を飛び越え、悪党に唐辛子スプレーを吹きかける娘なのだ。それに彼女はフェリスでもない。黒いゴスの心の奥底でパールとジャックのことを気にかけている。母親のことで、ぼくと同じ経験もしてきた。ぼくがなぜこんなことをしているのか、なぜあの子たちがぼくたちを必要としているのかを理解している。

「建設的に批評してほしい」ぼくは言う。「まだ叩き台だから。どんな意見でも真剣に聞かせてもらう」

「ハードリー」彼女は言う。「ほんとに真剣に聞いてもらいたいの」

「オーケイ。聞いてる」

「これは危険すぎる」

「そんなことはないよ。約束する。森の空き地はハイウェイから100メートルほどだ。きみは誰かが現れるずっとまえに自分の車に戻ってる。ここまでやってきて怖くなったのか？」

「そういうことじゃないの。このこと全体が危険すぎる。いろいろうまくいかない可能性がある。すべてがうまくいかない可能性だって。もしそうなったら……」

いま彼女が言っていることは、本当にぼくが聞いているとおりの意味なのか？　「つまりぼくに……何もするなってこと？」

「もう一度CPSに話してみるべき」

信じられない。「で、ここ数週間のろくでもない対応がまともになることを期待しろって？　それまでパールとジャックが運よく生き延びられることを祈れって？」

「もう一度だけやってみて」

クソ信じられない！　まずフェリス、次にエレノアも。**エレノアまで？**　フェリスに見切られたのはわかる。彼女にとってぼくは何者だ？　人生にややこしいものを持ちこむ必要はない。でも、エ、レ、ノ、ア、まで？

「本気でぼくたちは本当の友だちだと思ってた」ぼくは言う。

「本当の友だちは、相手が完全にイカれちゃったときにはきちんと指摘する」

ぼくは立ち上がってベンチから噴水の端に移動する。エレノアもついてくる。坐って、スニーカーを濡らさないように両足を引き上げ、顎を片方の膝にのせる。

「怒らないで」彼女は言う。

ぼくは頭がくらくらしてるけど、怒ってはいない。いまの事態を心のなかで何度も、何度も、何度もくり返して理解しようとしている。どうしてエレノアがぼくをここまで失望させる？　しかもいまごろ。

彼女は手を伸ばして水をすくう。何をしてるのか、ぼくが気づくまえに、けっこうな量の水が飛んでくる。よけようと飛びのいたけど、それでも体にかなりかかる。ひびの入った肋骨からサンダルまでの左半身がほとんどびしょ濡れになる。

「ごめん」彼女が言う。「まずい」

「もう助けてくれないんだね？」

「いま助けようとしてるの。わたしの話、聞いてる？」

ぼくはとても特別な緑を憶えている。あの年の芝生や木々の緑を。5月。竜巻の季節。でもその日は穏やかで、美しかった。学校の最終日だった。いや、ぼくにとって最終日だったのかな。休み時間だ。先生が校庭を歩いてきた。休み時間がもう終わった？　彼女はぼくを校舎に連れていった。校長室に。校長はぼくの母さんと同じシャンプーを使っていたんだろう。校長室がそのにおいだったから。それはぼくの勝手な想像？

坐って、ハーディ。あなたにとても大事な話があるの。

「ハードリー」エレノアが言う。「わたしはあなたを、なんていうか、嫌いたくない」

「オーケイ。ありがとう」

「それはわたしにとって、めったにないことよ。今回は説明がつかない」

「オーケイ」

「だからお願い。お願いだから、わたしを信じて。これは、やめにして。ほかにもっといい方法がある」

「つまり、ノーということだね。ぼくを助けてくれない」

「CPS。彼らにもう一度やらせてみて。いいでしょ？　彼らが役立たずなのはわかってる。でも、もう一度チャンスを与えて。そうしてなんの害がある？　彼らと話して、今度はどうなるか見てみるの」

　まさにフェリスが言ったのと瓜《うり》ふたつのたわ言だ。「もう一度やらせてる時間はないんだ。それに、彼らがまじめに話を聞いたらどうなる？　トレイシーは子供を取り上げられる。そうなるのは、きみもわかるだろ。よりによって、どうしてきみがそれを望むんだ？」

　彼女は何も言わない。また水をすくって、ぼくにかけようとする。今度はぼくも準備ができているので、うまくよける。

「エレノア」ぼくは言う。「ぼくは別に妄想を抱いてるわけじゃない。この計画がクレイジーだってことはわかってる。本当に。でもぼくの目をまっすぐ見て、こんな危険を冒す価値はないと言える？　この手で実際に状況を変えられる機会が人生に何度あると思う？　本当に人生をがらっと変えてしまうような機会が。ぼくの全生涯で、これがただひとつの転換点かもしれない。いいや、これこそぼくの人生で重要な転換点かもしれない」

「ハードリー……」

「いいんだ」ぼくは言う。「これまでいろいろとありがとう。心からそう思ってる。また会おう、そのうち」

　正直なことばだ。これで終わり、エレノアとの関係も。ドラマチックで長々しい別れの場面もなく。ぼくはまた立ち上がり、左足のサンダルをキューキュー言わせながら自分の車に歩いていく。

43

家への帰り道では、ほかの車を見ない。たったの1台も。真夜中が近いから、そう不思議でもないけど、ぼくの街はそれなりに大きな都市で、真夜中といってもそれほど遅い時間ではない。やはり不思議だ。ようやく目にとまった生命を表すものは、ひとりの歩行者で、広い大通りの中央分離帯をきわめて固い決意で歩いている。ものすごく背が高く痩せていて、テカテカのトレンチコートをはおり、なんとまあ、大昔の飛行士用ゴーグルをつけている。彼は通過するぼくの車を無視する。この世界かどこか別世界に命がけの用事があるのだろう。ぼくは車の窓をおろして風になぶられ、いまのが夢でないことを確かめる。

バークの家に着き、道端に車を寄せてエンジンを切ったとたん、ものすごく疲れて、ぺしゃんこになったように感じる。世界が天地逆さまにひっくり返り、ぼくの体の上にありとあらゆるものがのしかかってきて、つぶされたみたいに。車から玄関、玄関から自分の部屋に行く短い距離すら歩く気力が起きない。

座席をうしろに倒して目を閉じる。記憶にないほど昔から起きている気がする。パールとジャックを初めて見たときから、ずっと覚醒している。目を開ける。トレンチコートと飛行士用ゴーグルの謎の男が固い決意でぼくのほうに歩いてくる。彼はここで何してる？男がぼくの肩をつかんで揺さぶる。何か言おうとしている。緊急に伝えたいことがあるのだ。路地に書かれた文字を指差している。〝やめろ〟……夢のなかでは、その文字の意味がはっきりわかる。**あの子たちについてあきらめるのをやめろ。**

「あきらめない」ぼくは謎の男に言う。「あきらめない」

「何をだ？　起きろ、起きろ。元気に立ち上がれ」

ぼくは目を開ける。車の窓ガラスに反射する太陽のまぶしい光に目を細める。朝だ。バークがぼくの肩を揺すっている。鳥がピーチク鳴いている。もわっとするが、まだ暑いというほどではない。ゆうべの体がつぶれそうな重しは消え、次に起きることがこれまでになくはっきりと、絶対的にはっきりと見える。

エレノアは必要ない。フェリスも必要ない。これはあらゆる映画にある瞬間だ。主人公がすべては自分にかかっていると悟る――そもそもこうあるべきだったと悟る瞬間。

「やってやるさ」ぼくは言う。

「なんとしても」

「ぜったいやるぞ」バークが言う。

「具体的に何を？」

ぼくはバークを見上げる。彼のタクティカル・サングラスに自分の顔が映っている。一瞬、それが自分だとわからない。「バーク」ぼくは言う。「あんたは正しい。ぼくは銃を持つべき、だろう？　念のために」

彼は微笑む。「キッチンで話そうか。3分後に来てくれ」

キッチンでぼくは縦長のグラスに水道水を注いで2杯飲む。冷蔵庫のぼくの棚は空っぽで、食料の抽斗のぼくの部分もスカスカだ。いつ買ったかも忘れたブラックオリーブの缶ひとつと、電子レンジで作るポップコーンの古い袋がひとつあるだけ。ぼくはポップコーンを電子レンジにかける。エレノアが抜けたので、花火はサルヴァドールが上げるしかない。計画のいちばん大事なところを本気で彼に――サルヴァドールに――まかせるつもりか？　しかしそれも一瞬のさざ波のような、かすかな疑いで、ほとんど意識するまえに消えている。できるさ。ぼくはサルヴァドールを準備させることができる。彼がうまくやれるように、きちんと教えられる。

エレノアからメッセージが来る――お願い、どうかCPSをもう一度考えて

ぼくは返事を送る――だめ

そうして悪いことがある？

ぼくは携帯を遠くに置く。ポップコーンが音を立てて弾けはじめるころ、バークが威風堂々と部屋に入ってくる。体のまえに成型プラスチックのケースを抱えているが、まるで

そのなかに貴重な宝石や宝か、輝かしい人間の魂が入っているかのようだ。

彼はケースをテーブルに置き、金具をパチンとはずす。「この問題をまじめに考えてみた」と言う。「どんな仕事にもそれにふさわしい道具が必要だ。おまえの考えは？」

緩衝材のなかに収まった銃は……銃だ。ぼくの思考はそこから始まり、そこで終わる。本物の銃に触れたことは人生で一度もない。これほど銃に近づいたことさえ。この銃は小さく、黒く、ずんぐりしている。〝呪われた西部開拓地〟で〝死んだ保安官〟が持ち歩く偽物の6連発銃より重そうで、ずっと凶々《まがまが》しく見える。

「あんたの意見を尊重するよ、バーク」

「思慮深い判断だ」

彼はケースから銃を取り出し――これまた威風堂々と――上部をカチッと開く。なかをのぞいて、弾がこめられていないことを確認している。のだと思う。そうであってほしい。

「グロック19はディスコでいちばんかわいい娘じゃないが、信頼できて使いやすい。ホローポイント弾を使えば、充分な阻止能力もある。火器は使い慣れていないという前提でいいか？」

「うん。それでいい」

彼は銃を持ち手のほうから差し出す。「グロックには安全装置がない。だから取り扱いにはいつも気をつけること。自分を撃たないように」

ぼくはバークの手にある銃を見つめる。もういい、ありがとう。そう言いたくなる。やっぱりやめた。でも、考えられるかぎりすべての事態に備えておかなきゃならない。実際に使うつもりはないし。最悪のシナリオでも、銃を振りまわしてクズ人間を遠ざけるか引き下がらせ、ぼくたち──ぼくとトレイシーとパールとジャック──の逃げ道を確保するだけだ。

「手に取れよ」バークが言う。「咬《か》みついたりしないから」

咬みついたりしない？　ぼくは目を上げて、バークがまじめなのか、ふざけているのか確かめようとする。よくわからない。「これの値段は？」

「家族・友人割引価格だ。ホローポイント弾をひと箱つけて。シリアル番号は厄介だが心配するな。ちゃんと足がつかないようにしてある。600ドルだ」

「600ドル？」

「最高にお得な選択肢だぞ。転売しても価値が下がらない。やすやすと投資を回収できる。600だ」

600ドルは想定よりかなり高い。トレイシーに渡そうと思っていた資金からそれなりの額が減る。しかし銃の転売価格がわかる人間がいるとしたら、それはおそらくバークだ。今度のことがすべて片づいたらグロックを売って、上がりをトレイシーに送ればいい。

「ほら」バークが銃をぼくのほうに突き出して言う。「装着感を試してみろ」

ぼくの携帯が鳴る。電話だ。非通知。すぐ戻るとバークに告げて自分の部屋に走っていき、緑のボタンをタップする。

「ハロー?」ぼくは言う。

沈黙。思わず彼女の名前、トレイシーを口にしそうになるが、すんでのところで踏みとどまる。もしかすると、彼女がしまっていた電話をネイサンが見つけて、最後にかけた番号にリダイヤルしたのかもしれない。もしかすると、トレイシーはいまごろ床に倒れて死んでいて、その横にはパール、そしてジャックもいるのかもしれない。

「わたし」トレイシーが言う。

「準備はできてる」

「木曜。あさって。彼は午《ひる》すぎから夜遅くまでいなくなる。10時ごろ戻ると言ってるのが聞こえた」

ぼくの頭は考える。もっとも安全なのは、ネイサンが外出してから戻ってくるまでの時間のまんなかあたりだ。6時とか? でも目くらましの花火は夜になってから、せめて黄《たそ》昏時《がれどき》のほうが効果がある。

「8時半にしましょう」ぼくは言う。「パールとジャックもいっしょに、ドライブウェイが終わるところで会いましょう。ぼくはそこに車で行って、あなたがたを待ってます。8時半きっかりに」

「わたしはどうすればいい？」トレイシーが言う。「このまえ話したでしょ。彼がいなくなっても、つねに誰かがまわりにいる。かならず誰かをわたしたちの見張りにつけてるの。いきなりドライブウェイを歩きはじめたら……」

「だいじょうぶ。彼らの気をそらしますから。母屋から引き離します」

「どうやって？」

「花火です。敷地の西の端で打ち上げる」

「花火？　え？」でもそこで、ペイントボールを撃っていた高校生たちを思い出したのだろう。納得したようだ。彼女はため息をつく。「なんてこと」

「8時半ちょうどに」

　いや待て。だめだ。8時半ちょうどにトレイシーと子供たちを拾うのは、うまくいかない。サルヴァドールが花火を打ち上げるのにどのくらいかかるか、正確にはわからない。ほんの数分でも予定より遅れて、クズ人間どもが花火に引き寄せられるまえにトレイシーと子供たちが家を出ようとしたら、それこそ大失敗だ。いま気づかなかったら、とんでもなく悲惨なことになったかも。

　サルヴァドールが数分早く花火を打ち上げても、それはそれで問題になりうる。クズ人間どもが花火を追いかけるのが早すぎて、さっさと家に戻ってくるのもまずい。

「8時半ちょうどは、やめます」ぼくは言う。「花火の音が聞こえるのを待ってください。

8時半に聞こえるはずですが、少し早くなったり遅くなったりするかもしれない。花火の音が聞こえたら、連中が全員出ていくのを待つんです。たぶん5分か10分ほど。みんないなくなったかどうかはわかります？」

「うーん。そうね、わかると思う」

「そこで出発して、できるだけ早く移動してください」パールとジャックが心配だ。このこと全体をすごく怖がらないだろうか。たぶん怖がる。でも、ママといっしょだ。ネイサンから逃げるのだ。これからいろいろいいことが起きると理解してくれるだろう。そう祈る。「何も持ってこないでください。スーツケースとか箱とか、そういうものは」

「全員が家から離れなかったら？」彼女が言う。「そこは考えた？」

そこだけ考えていたと言ってもいい。だからいまバークがキッチンにいて、ぼくにグロック19を売り、おまけにホローポイント弾をつけようとしているのだ。「ええ」ぼくは言う。

「つまり？」

「全員が離れなきゃいけません。もしそうならなかったら電話してください。家まで行きます。そこで会いましょう。ぼくのほうで準備していきます」

彼女は長いこと黙っている。〝準備〟とはどういうことなのか尋ねない。もはや答えは重要ではないのだ。ぼくはまたそう感じる。彼女は飛んだ。未来に向かって離陸した。どこに着陸するかは彼女の考えることではない。

「ほかには?」ようやく彼女が言う。

「8時半」ぼくは言う。「あさって。花火の音が聞こえるまで待つ。家が空っぽになるのを待って、ドライブウェイの終端でぼくと会う。もし──」

「もう切らなきゃ」

「オーケイ、でも……」

「いますぐ」

ピー、ピー、ピー。切れた。

キッチンに戻ると、バークがコーヒーを淹《い》れている。グロックは灰色の緩衝材の巣に戻してある。ぼくはためらい、銃を取り上げる。想像していたよりさらに重く、ずっと温かい。指をできるだけ引き金から遠ざけているが、掌に汗をかきはじめているのがわかる。

ぼくが部屋に入ると、耳をなでてもらいたくて、たいていぴたりと寄り添ってくるユッタが、いまはキッチンの反対側のもといる場所から動かない。

「銃が自分に合ってるかどうかは、撃ってみるまでわからない」バークが言う。「明日の午後、いくつかアドバイスしてやってもいいぞ。無料だ」

ぼくは慎重に銃をケースにしまい、掌をジーンズの生地でふいて、「そうしよう」と言う。

44

サルヴァドールに電話をかける。呼び出し音を聞きながら、彼に目くらましを担当させるなんて、ぼくは頭がおかしくなったんじゃないかとまた思う。すべて――本当にすべて――は目くらましにかかっているのだ。つまり、すべての鍵を握るのは……サルヴァドール。でも迷ってる時間はない。迷う時間は終わりだ。

サルヴァドールが車でやってくる。バークは自室に閉じこもっているので、ふたりの顔合わせをする気まずいやりとりは避けられる。バークとサルヴァドール、これがぼくのチーム？　いや、これがぼくのチームなのだ。ぼくはやれる。やってみせる。

サルヴァドールはぼくの聖域に招き入れられて陶然とする。足も地につかない感じで恭《うやうや》しく部屋を見てまわり、フトンとか、煉瓦と板積みの本棚とか、Ｘｂｏｘ、『イカロスの墜落のある風景』のポスターといった、畏敬とは無縁のものに畏敬の念を覚えて息を呑む。

「坐って」ぼくは言う。「じっとしててくれ。いいね？　例の計画を憶えてるか？」

彼はフトンの端に腰をおろす。「もちろん！」

「きみには目くらましを担当してもらう」ぼくは壁に立てかけてある花火に顎を振る。「あれに火をつけてくれ」

彼が歓声をあげて拳を突き上げるのを待つが、サルヴァドールは口を開くまえに黙って考えている。そんな彼を見るのはたぶん初めてだ。「ぼくが？」彼はようやく言う。

これはいい兆候、だよね？　サルヴァドールが黙って考えるというのは、大人になっていること、自分の役割がいかに重要か認識していることの証では？

ぼくは彼の隣に坐り、ＭａｃＢｏｏｋ Ａｉｒを開いて、農場の衛星ビューを呼び出す。ふたりで画面を見ながら、敷地の北西の端にズームインする。

「森のここに空き地があるだろ？」ぼくは言う。「ここで打ち上げるんだ。ハイウェイのこのあたりの路肩に車を駐めて。マップにピンをつけておけ」

「オーケイ」

「いますぐ」

「ああ」彼は携帯を取り出してマップにピンをつける。ぼくは、ちゃんとできているか確かめる。

メモをとらせなければ。ペンとファストフード店〈ソニック〉の紙袋を彼に渡す。

「これから説明することを全部書き留めてくれ」ぼくは言う。「あさっての8時にそこへ行って、ハイウェイの路肩に車を駐める。夜8時だ。そこに着いたら、花火を打ち上げるまえに、目くらましのなかの目くらましを作る」

ぼくは説明する——彼が一言一句書き留められるように、ゆっくりと。ビールの空き缶と、サンダル2足と、サングラスを適当な場所にばらまく。ポイントは、クズ人間どもを空き地から遠ざけて森の奥に入らせること。こういうだましを言い表すことばがあったな。なんだっけ？　偽装工作《レッド・ヘリング》。それだ。偽装工作をしたあと、花火を一列にセットする。杭とテープで。

「わかったか？」

彼はうなずく。ぼくは、8時半に最初の一発を打ち上げろと指示する。あの花火屋の娘の情報にしたがって1分後に次に点火する。それを続けて、終わったらすぐ車に引き返してその場を去る。

彼はうなずく。ぼくは最初から最後まで、すべてをもう一度説明する。

「ガソリンは今日満タンにしておくんだ。行きも帰りも制限速度を守ること。雨は心配しなくていい。天気予報は調べた」

ふたりで花火の説明書を読む。それぞれに主要な導火線と、着火しなかったときの予備の導火線がついている。むずかしくはない。火口に火をつけ、導火線に移し、5メートルうしろに下がる。

ぼくはサルヴァドールの肩越しにメモを読む。読みやすい字で丁寧に、正しい内容をメモしている。もっとも、これはただのメモだ。できれば車で現地まで行って森のなかの空き地やハイウェイの路肩をこの目で確かめたかったが、危険すぎるのはわかっている。でも花火は？　練習で上げちゃいけないってことはない。テスト用の花火を買おう。試験的に打ち上げながら、あのイカレ花火娘にコツはあるかと訊いてもいい。たとえば、花火6個を連結して、サルヴァドールが最初の1本に火をつけるだけですむような方法があるかも。そしたら彼は早く車に引き返せる。

「行くぞ」とサルヴァドールに言う。

彼はうなずく。まだ拳を突き上げない。いい兆候だ。このことをまじめに考えている。

花火の店に着くと、営業していない。窓の上の金属板は閉まっていて、花火娘はどこにもいない。横のドアも閉まっている。今日は定休日？　それとも今週いっぱい？　表示がないので何もわからない。

サルヴァドールが肩を落とす。イカレ花火娘、彼の人生最高の恋人がいないから落ちこんでるんだろう。ところがいきなり、彼にしてもふだんより大きな声で――ウサギが驚いて切り株に飛びこむほどうるさく――言う。「でも練習しないと！」

グーグルで別の花火屋を探す。最寄りの店は30分ほど行ったところだ。営業しているかどうか、ネットに載っていた番号にかけてみるが、応答がない。

「でも練習しないと」サルヴァドールがまた言う。さっきより声は小さいが、切羽詰まっている。

手持ちの花火を使うのは得策じゃない気がする。6箱——6分の目くらまし——しかないのだ。完璧な世界だったら、サルヴァドールの心の平安のために、ひと箱使ってもいいだろう。ぼく自身も安心する、まちがいなく。でも現実はどうなるかわからない。あさっての夜には、〈きみのお尻にガブリ〉の追加の1分が月とスッポンほどのちがいをもたらすかもしれないのだ。

むずかしい手順ではない。火口に火をつけ、それで導火線に火をつける。「だいじょうぶだ」ぼくはサルヴァドールに言う。

また車でぼくの家に戻る。〝呪われた西部開拓地〟の駐車場で木曜の午後7時15分に会おうと伝える。その時間ぴ、っ、た、りに。

彼はうなずく。「ぴったりに」

「敵をやっつけるぞ、サルヴァドール。おまえは花火の達人だ。自分を信じろ。いいな?」

彼はいっそう熱心にうなずく。「わかった」

水曜の朝は雑用をこなす。車にガソリンを入れ、オイルとタイヤの空気圧をチェックする。このまえ買った中古車のタイヤは持ちこたえている。次は〈ホーム・デポ〉。サルヴァドールに必要なもののリストを作った——懐中電灯、それに入れる電池、使い捨てライター3個、そして火口や使い捨てライターの具合が何かしら悪くなったときのために、先がくねくね曲がる長さ30センチの暖炉用ライター。隣の〈ベスト・バイ〉で、サルヴァドールの携帯に問題が生じたときのために、予備としてプリペイド式の携帯電話も買う。

あと忘れているものは？　〈ベスト・バイ〉で会計をするまえに、目をつぶって頭を整理する。売り場に戻って、プリペイド式携帯電話をもう1機追加する。ぼくの携帯に問題が生じるかもしれないから。〈ホーム・デポ〉に戻って、自分用の懐中電灯も買う。

エレノアがメッセージを3つ、電話を1回よこす。ぼくは無視する。心の狭い仕返しがしたいわけじゃない。やるべきことがまだたくさんありすぎて、集中が必要なのだ。

午後はバークに教えてもらった住所に行く。〈ティップル・アンド・ピックル〉をすぎて、倉庫が立ち並ぶ荒野に銃器店と射撃練習場がある。ぼくがネイサンに待ち伏せされたところからそう遠くない。バークがその入口で待っている。

「緊張してるか？」彼は微笑みながら言う。

「うん」ぼくは言う。嘘をついても彼にはお見通しだから。バークはものすごくうれしそうだ。

「まあリラックスして愉しめ。体のまんなかを狙うんだ」彼はぼくの体のまんなかを軽く叩く。「トン、トン」

「どなた？」

「カーポウ！」（グロテスクな暴力表現のアニメ『ハッピー・ツリー・フレンズ』のスピンオフ作品）

なかへ入る。ぼくはそこそこリラックスしている。銃器店は思ったほど怪しげでも、煙たくも、怖そうでもない。店内は清潔で、床はカーペットだし、照明も明るい。〈バーンズ&ノーブル〉みたいだが、本の代わりに銃が並び、まわりの壁には死んださまざまな生物の頭部の剝製《はくせい》が飾られている。陳列ケースや棚を見てまわっている客はふつうの人たちに見える。男も女もいる。ただひとりだけ、人目を避けているような落ち着きのない男がいて、彼はもしかすると職場を射撃場に変えようとしているのかもしれない。ああ、それに店員のふたりが腰にどでかい拳銃をぶら下げている。やっぱり〈バーンズ&ノーブル〉じゃない。

　店員たちは昔なじみのようにバークに挨拶する。射撃エリアの脇のカウンターで、店員のひとりがプラスチックのゴーグルと防音ヘッドフォンを渡してくれる。バークが持ってきたデイパックのチャックを開ける。自分専用の目と耳の保護具を持ってきているのだ。ぼくのよりはるかに本格的でかっこいい。

「好きなのを選んでください」店員が言い、紙のターゲットが並んだ背後の壁のほうを向く。基本的な同心円の標的や、あらゆる大きさと色の人型のシルエットに加えて、オサマ・ビン・ラディンのイラストや、人質を抱える強盗のイラスト、内臓が赤くハイライトされたX線男まである。

「今日は〝ハンター〟でいこう」ぼくが同心円の標的のひとつを指差すまえに、バークが言う。

カウンターの店員は、大きな青い紙のシルエット――膝から上の人型に標的の線が重なっている――を取り出してカウンターの上に広げる。目鼻も何もついていない青いシルエットにしては、妙に生きているような感じを受ける。ボディランゲージだ――両手をポケットに突っこんでいるように見える。フードコートでガールフレンドがトイレに行っているあいだ、ぼんやり立っているような。

「第4レーンで。愉しいハンティングを」

ぼくたちはドアをくぐって射撃エリアに入る。天井が低く、壁はコンクリートがむき出しだ。バン、バン、バン。第1レーンにいる男がイラストの強盗と人質を撃ち、両方の頭に穴をあけている。バン、バン、バン。ワオ、これはうるさい。ヘッドフォンをつけていても耳が鳴る。これに比べたら、テレビやビデオゲームの銃撃は静かなものだ。人生でずっと嘘をつかれてきた気がする。

バークがまたにやにやしている。「そのうち慣れる」

ぼくはうなずく。さっさと片づけてしまいたい、できるだけ早く。バークが最初の紙のターゲットをクリップで留め、ボタンを押してレーンの10メートル向こうに進める。かわいそうな〝ハンター〟。両手をポケットに入れて、ガールフレンドがブラウスを試着するあいだ待っている。

バークがグロックに弾をこめる見本を示してくれる。挿弾子《クリップ》じゃなくて弾倉《マガジン》だぞ、と強調する。15発入ってる。弾倉を銃に挿入する。薬室——というらしい——に弾をひとつ送りこみ、両手で構えてみせる。足をしっかり踏ん張った立ち方を示す。指はまだ引き金にかけない。

「銃の第1のルール」彼は言う。「撃たない相手に銃口を向けない」

バン、バン、バン。別のレーンにいる客が予測不可能なタイミングで連射する。終わったと思ったところで、またバン、バン、バンが来て、ぼくは飛び上がる。

「深呼吸して」バークが言う。「リラックスだ。照準を合わせる。フロント・サイトをあいつの胸のまんなかに。体のまんなかだ。引き金に指をかける。息を吸え。引《ヤンク》くんじゃなくて、絞《スクイーズ》る感覚だ」

ただもう早く終わらせたい。ぼくは引き金を絞る。グロックが爆発する。そんなふうに思える。オレンジと黄色の火が顔のすぐまえでパッとひらめく。顔のこんなに近くで爆発が起きるなんて。煙、火炎地獄のにおい。銃をおろすと、ターゲットの右上の端に穴があいている。シルエットには遠く及ばない。

バークがぼくの握りを調整して、両方の親指がまえを向くようにし、次の射撃を待つ。顔のまえの爆発を知ったいま、ぼくは1発目以上に2発目を撃ちたくない。

「フロント・サイトに集中しろ」彼が言う。「息を吸って、絞る」

ぼくは歯を食いしばり、目を細めて、また撃つ。少なくとも今回はさほどうるさく感じない。すでに耳がいくらか聞こえなくなってるからだけど。たぶん引き金を絞りながらビクッとしたし、目を開けていたかどうかもわからないので、シルエットの左腿に穴があいているのを見たときにはびっくりする。

「うーむ」バークが言う。

「バーク」とぼく。

「なんだ？」

「この件で手を貸してもらえないかな？　目くらましを担当してもらってもいい。花火を上げられる」

「花火？」

「それを担当してもらってもいい」

彼は微笑む。「やめとく」

彼はゆっくりとぼくの体をターゲットに向ける。「もう1回だ、さあ」

「本当に？」

ぼくはグロックを下に向ける。なぜ銃が必要なんだ？　銃なんか必要ない。誰かを撃つつもりで銃口を向けるなんてことはぜったいしたくない。手が震えるのでグロックのグリップをしっかり握り直す。何を達成したいのか、なぜここにいるのかをもう一度思い出す。考えるんだ。明日はパールとジャックが父親を怖れる最後の日になるかもしれない。永遠にそうなる。アリゾナでふたりはごくふつうの幸せな子供になり、トレイシーはサルヴァドールのママ、ミセス・ヴェラスコのようになって、ふたりにとって必要なときにはいつもそばにいる。

ゴールはすぐそこだ。ここまでがんばってきたのに、自分もこれほど変わったのに、いまさらパールとジャックを見捨てるわけにはいかない。もし最後までやりとげたいなら、充分真剣にこのことを考えているなら、万事に備えておかないと。ぼくはグロックの銃口をまた上げる。

「サイトの使い方がわかってないと思う」とバークに言う。

「だろうな」

「フロント・サイトは……？」

「リア・サイトの刻み目のところに持ってくる」

ぼくはサイトをまっすぐ合わせる。体のまんなか。パールの足首についた煙草の火傷跡のことを考える。空調のクローゼットの扉に取りつけてあるデッドボルト錠のことを考える。あの青いシルエットはネイサンかもしれない。あの青いシルエットはネ、イ、サ、ン、だ。

「息を吸って、絞る」バークが言う。

ぼくは引き金を絞って撃つ。

「よくなった」彼が言う。「悪くない。ほら、もう一度。習うより慣れろだ」

45

家に戻ると、バークはぼくをキッチンのテーブルのまえに坐らせ、弾倉の取りつけと取りはずしがまず問題なくできるようになるまで練習させる。ぼくは彼に銃と弾ひと箱分の代金600ドルを支払う。

「あとひとつ」彼が言う。

「オーケイ」

「もし誰かに訊かれたら……」

「何を？」

「この銃の出どころだ」

一瞬遅れて彼の言いたいことがわかる。「知らない人に売ってもらった」

「こういうのはどうだ。銃器店に行って、やはり銃を見に来ていた客と話をした。名前は知らないが、その男は親切で、売りたいグロックが1梃《ちょう》あると言った」

「まさにそれ」

「なんてラッキーなんだ！」

バークは寝室に鍵をかけて閉じこもる。8時半。決行のちょうど24時間前だ。エレノアがまたメッセージを送ってくる――信じて、お願い

さらに――必要なら嫌でもCPSに引きずっていく

ぼくは返事をする――だめ

話だけでも？？？

だめ

やるべきことをすべて含んだ詳細なチェックリストを作って、チェックをつけはじめる。花火、火口、杭、ダクトテープを車のトランクに入れる。使い捨て携帯に通話分数をチャージし、懐中電灯に電池を入れる。〈オールド・ミルウォーキー〉1ダースの中身をキッチンのシンクに空け、その空き缶と、ふぞろいのサンダル2足と、安物のサングラスを〈トレーダー・ジョーズ〉の買い物袋に入れる。それも〈ホーム・デポ〉の袋といっしょにトランクのなかへ。

自分の服と本2冊、古い写真や誕生日カードや社会保障番号カードなんかの重要書類が入ったマニラ封筒をバックパックに詰める。ほかの生活必需品――正直なところ、あまりない――は小さな箱ひとつにまとめる。トレイシーと子供たちをアリゾナに送り届けたあと、西に走りつづけることにした場合には、あとでバークにこれを送ってもらう。

未装塡《そうてん》のグロックはバックパックの正面の小さな仕切りのなか、弾倉と弾の箱はファスナーつきのもっと小さなサイドポケットへ。そこに現金も入れてファスナーを閉める。丸めて輪ゴム数本でしっかり留めた100ドル札の束だ。3200ドルはトレイシーに。ぼくの財布に入れた100ドルは移動中のガソリン代と食べ物に使う。

ここからアリゾナ州フェニックスまで14時間。そこから戻ってくればまた14時間、ロサンジェルスに行くなら6時間。どっちにするかは分岐点で決めよう。じつを言えば、たぶん心のなかではもう決まっている。

ぼくの荷造りをずっと観察していたユッタが、耳をなでてもらうために近づいてくる。全体重で寄りかかるので、ぼくはバランスを崩しそうになる。

「おまえも連れていきたいけどな」ぼくは言う。

フトンに横になり、計画を何度も、何度も、何度も復習する。何を忘れてる？　何が足りない？　神経がピリピリしすぎて食べ物が喉を通らない。寝ようとも思わない。パイプでマリファナをやるが、こんなに効かないのは初めてだ。

風が立つ。ガレージの車2台分のファイバーグラスの扉に打ちつけて、ドンドン音がする。ぼくの部屋の壁ひとつはその扉だ。明日の夜もこんなに風が強ければ、サルヴァドールは花火に火をつけるのに苦労するかもしれない。ぼくはもう5度目か6度目に手を洗う。たぶん火薬のにおいだが、それが手から消えない。あの農場の衛星写真が撮られたのはいつだろう。もう森がなくなってたら？　サルヴァドールが行ってみたら、あのあたりが丸裸になっていて、隠れるところがなかったら？　彼のママ、ミセス・ヴェラスコのことを考える。ぼくの肩を小突き、息子と仲よくしてくれてありがとうと言った人のことを。

車でグエンとマロリーのアパートメントに行く。ふたりは水煙管を吸っていて、『ジ・オフィス』の代わりに——心の準備はいいかな？——『パークス・アンド・レクリエーション』の再放送を観ている。ぼくよりはるかに目利きのグエンに、最高のリラックス効果が得られてカウチから立てなくなるお薦めのインディカ種はなんだと訊いてみる。彼は考え、部屋に戻ってスカイウォーカーOGの一種を持ってくる。

「どこ行くの？」去りかけたぼくにマロリーが訊く。

ぼくは彼女に近づいてハグする。グエンにもハグ。ふたりともハイになりすぎていて、驚かない。

ぼくはプレストンに電話する。

「今度はなんだ？」彼が言う。

「兄さんはやるよ」ぼくは言う。

「何を？」

「美しくてエレガントで効率のいい都市を設計する」

「うるさい」

「本当に。きっとそうなる、プレストン」

彼は一瞬黙り、「わかってる」と言って電話を切る。

家に戻って、スカイウォーカー0Gをちょっとやり、『イカロスの墜落のある風景』を眺める。そもそもイカロスって誰だ？　ギリシャ神話だというのはわかる。たしかミノタウロスといっしょにいた？　実際に本で読んだことはない。携帯を取り出す。ウィキペディアによると、イカロスは父親が作った翼をつけてクレタ島から逃げ出そうとした。だから、ぼくのなかでミノタウロスと結びついたのだ。イカロスは逃げたが、太陽に近づきすぎて、熱で翼の蠟《ろう》が溶けてしまった。彼は空から落ちて溺れた。

自分のいまの状況を考えると、勇気が湧く話ではない。このイカロスはぼく、なのか？出来損ないの翼で飛び立って太陽に近づきすぎるのはぼく、か？

いや。ちがう。ぼくバージョンの話では、海のなかにいるのはパールとジャックだ。彼らを助けなきゃいけない。だってほら、海に落ちたイカロスがかならず沈むとはかぎらない。ぼくバージョンの話だと、農夫か漁師か羊飼いの誰かが海に飛びこんで、彼を安全な場所に引き上げる。

エレノアからまたメッセージが来る——わたしを永遠に無視するの？　本気で？

そしてまた——ほんの2分でいいから話せない？

彼女のアドバイス、フェリスのアドバイスにしたがう可能性についてちょっと考える。

児童サービスにもう一度だけチャンスを与えるかどうか。明日の朝、立ち寄ることもできなくはない。するとそこにいいケースワーカーがいて、その人が有能かつ勇猛で、ぼくが言う証拠を受け入れ……。

いや。忘れたのか？　考える時間は終わった。トレイシーはぼくを信用している。すべてについて信用してくれている。彼女を失望させるわけにはいかない。パールとジャックを失望させてはいけない。いま自分を疑ったり怖がったりしちゃだめだ。これはぼくの人生の唯一の転換点なんだ。どれだけ多くの人間にそんなチャンスが訪れる？　何人がそれを選べる？　ごくわずかだ。本当に、本当にわずか。

スカイウォーカーOGがいい仕事をして、気分が落ち着きはじめる。夜1時。明日のいまごろには、すべてが終わっている。

46

早めに〝呪われた西部開拓地〟に行く。駐車場の誰もいない隅っこに車を駐め、このために取っておいた最後のスカイウォーカーOGをパイプで吸う。西の〝廃坑の鉱山列車〟山の切り立った頂《いただき》の上に、黒い雲が湧き上がっている。30分前に最後に天気予報を確認したときには、降水確率は10パーセントだった。もう確認しない。もし雨が降ったら降っただ。ぼくにできることは何もない。

駐車場のこっち側は木々が境界になっている。セミの声は耳が痛くなるほどだ。音が上がったり下がったり、上がったり下がったり、曲は同じでもひとつずつ異なる無数のギターソロの叫び。スカイウォーカーOGがあってよかったが、もう必要ない。ぼくはすでに落ち着いている。心臓の鼓動のリズムをセミのビートに合わせる。計画はわかっている。準備はできた。

7時15分ちょうどにサルヴァドールがやってくる。SUVをぼくの車の横に駐め、外に飛び出す。こっちにまわってきて、ぼくの車のボンネットを元気よく叩く。

「敵をやっつけるよ」彼は言う。「ぼくは花火の達人だ」

「それはなんだ?」とぼく。サルヴァドールが紙袋を持っている。ニンニクと肉のフライのすごくいいにおいがする。

「パステリートス。ママが作ったんだ。とっても美味しいよ。今晩仕事があるって言ったら、きみにもって多めに作ってくれた。あとで食べてもいいいし、いま食べてもいい。いま3つ食べて残りの3つはあとにしても。きみが決めて」

「サルヴァドール」

「何?」

「いや、なんでもない」

　ぼくは車のトランクを開ける。サルヴァドールのSUVに移す必要があるものは完全にわかっている――〈きみのお尻にガブリ〉が6個入った箱。杭、ダクトテープ、火口、ライターが入った〈トレーダー・ジョーズ〉の買い物袋その1。懐中電灯ひとつ、使い捨て携帯電話1機、ビールの空き缶1ダース、ふぞろいのサンダル2足、安物のサングラスが入った〈トレーダー・ジョーズ〉の買い物袋その2。サルヴァドールに返すMacBook Airもある。何も忘れないように、すべてトランクの左半分に整然と並べてある。

　ならなぜぼくは突っ立って、〈きみのお尻にガブリ〉のうなる犬の目を見おろしている?

たぶん、サルヴァドールが持ってきた馬鹿げたパステリートス、彼のママの手作り料理のにおいのせいだ。彼のほうを見ると、袋を開けてなかをのぞいている。パステリートスを数え直して、ぼくに正しい情報を与えたかどうか確かめているのだ、おそらく。

サルヴァドールは安全だ。クズ人間どもがひとりでも空き地に着くころには、とっくにいなくなっている。計画はなんの支障もなく実行されて、サルヴァドールには、いつかわが子に聞かせる自慢話ができる。

でも、彼はまだ16歳だ。自分のロボット・クラブを作りたがっている。彼はサ、サ、サ、サルヴァドールだ。ぼくは自分の意思でこれをやってるけど、サルヴァドールが心からやりたいのかどうかはわからない。いや、嘘だ。わかっている。サルヴァドールは自分の意思でやっていない。ぼくがやらせているのだ。

けど、彼は安全だ。それに彼なしでどうやって目くらましをすればいい？　もう延期するには遅すぎる。トレイシーはパールとジャックに用意させて、すでに引き返せない状況かもしれない。彼らの人生をぼくにかけているのだ。

「どうしたの？」サルヴァドールが言う。「パステリートスは6個だったよ。思ったとおり。いま3つ食べたほうがいいかな。1個半ずつ？」

ああだこうだとまた100回悩むまえに、ぼくはＭａｃＢｏｏｋ Ａｉｒをつかむ。ＭａｃＢｏｏｋ Ａｉｒだけをつかんで、トランクの蓋を思いきり閉める。そして彼にラップトップを渡す。サルヴァドールをこんな危険にさらしちゃいけない。

「あのな」ぼくは言う。「トレイシーの予定が変更になったんだ。ネイサンは明日までずっと家にいる。こいつの決行は明日にするしかない」

「え？」

「数時間前にわかった。電話すればよかったな」

サルヴァドールは大きなニュースを脳内処理するときの5段階をたどる。そのうち4段階にはある程度の当惑が含まれている。「そうなの」ようやく状況を理解して言う。「ひどい話だよな。こっちはすっかりやる気になってたのに」

「ぼくも」

サルヴァドールががっかりしたのか、安心したのかは判別がむずかしい。もしかすると両方？　もしトレイシーから突然、子供たちとアリゾナで平穏に暮らしているというメッセージが来たら、ぼくもそう感じるかもしれない。

サルヴァドールは深く、深く息を吸い、ふうーっと吐き出す。「明日だね。了解」

「オーケイ？　明日またここで会おう。7時15分に」

こうしてぼくはまた車に乗り、うしろを振り返らずに走り去る。振り返らなくてもわかる。サルヴァドールはその場に立ったまま、あの馬鹿げたパステリートスの袋を持っている。ぼく自身も深く、深く息を吸って〝呪われた西部開拓地〟の駐車場から通りに出る。一度どこかで読んだことを思い出す。スカイダイバーが完全な均衡点に達すると、動きもなく空中に平和に浮かんでいるのか、最高速度で地面へと落下しているのかわからなくなるらしい。

ワオ。いまぼくは何をした？　サルヴァドールがいないとなると、ぼくは自分で花火を打ち上げたあと、大急ぎでトレイシーと子供たちを拾わなきゃならない。空き地からぐるっと敷地をまわって私有道路を通り、ドライブウェイの端まで行く距離も、測ろうとすら思わなかった。1キロ半ほどかな？　車で2分、プラス空き地から車まで戻るのに1分？　たいしたことじゃない、だろう？　追加の3分だ。たいしたことかもしれないけど。でも、ぼくは自分を信じる。やれるとも。花火も自分で打ち上げれば失敗する可能性が低い。そう信じる。

街がうしろに消えていく。上下2車線のハイウェイが上ったり下ったりしはじめる。それほど大きな高低差じゃないけど、アメリカ南部に広がる丘陵《きゅうりょう》地帯と言っても通るくらいだ。販売中の広大な森と、牛が草を食《は》んでいる牧草地を通りすぎる。スケジュールどおり。花火を打ち上げる空き地がまだありますように。花火6個を連結する方法がわかれば、失った3分とさらに何分かを取り戻せる。空き地に着いたとき、ユーチューブでやり方を見つけられるかもしれない。いや。監視のコツについてユーチューブを検索したときのことを思い出す。それが結局どうなったかを。今回は気が散らないように心がける。

大きな雨粒がフロントガラスを打つ。さらにいくつか続いて、そのたびにホラー映画の効果音みたいなパシャッという音がする。１秒後に空が割れ、ワイパーが追いつけないほどの雨になる。日の入りまであと30分あるのにヘッドライトをつけなきゃいけない。暗いのはかまわないが、雨はいけない。ぼくは自分と取引する。この先何が起きても、怖がらずにずっと冷静でいること。オーケイ？　取引成立。これを成功させるには、そうするしかない。フェリスはぼくにはできないと思っている。エレノアも。見てみようじゃないか。

雨が弱まり、ポツポツとなってやむ。曇った鏡を手でふくみたいに、風が雲をあらかた吹き払い、地平線に燕脂《えんじ》色の光の線が浮き上がる。

一時停止の標識がある――郡のハイウェイ44とポスト・ロードの交差点だ。ここが敷地の北西の角。うしろから来る車はいないので、ちょっと地図アプリで自分の位置を確かめる。よかった。現実世界もすべてアプリと一致している。44をまっすぐ行って、森に５０0メートルほど入ったところが、路肩に車を駐めて空き地まで歩く場所だ。ポスト・ロードを右に折れ、野原や牧草地のなかを９００メートルほど走って左折すれば、そこがドライブウェイにつながる私有道路だ。花火を打ち上げたあとはそのルートをたどる。

いまは7時45分ちょうど。スケジュールより早く来ていて、かなり時間の余裕がある。ポスト・ロードを行って曲がる場所を確認してもいいかな。危険はないはずだ。ネイサンはすでにいない。午後じゅう出かけているとトレイシーが言っていた。その後、彼女からは異変を知らせる電話もメッセージもない。いまポストを行っておくほうが、１秒を争うときに曲がり角を見失うよりずっと安全な策だ。

そこで右折してポストに入る。1分ほど走ると道は下り、また上る。ぼくはスピードを落とす。上りきったところから、遠く農場の建物が見える。母屋、納屋、小屋がふたつ。並び方はトレイシーが説明したとおり、グーグルの衛星ビューで見たとおりだ。ダブルワイドのトレーラーハウスはほかの建物の集まりから少し離れている。

ポスト・ロードがまた下り、曲がってそれていく。もう少し農場を見ていたいけど、停まるのもスピードをさらに落とすのも危険すぎる。曲がり角はこの先だ。道路脇の柵の傾いた杭とだらんと垂れた鉄線を見つづける。曲がるところがわかりやすいことをひたすら祈る。次に戻ってくるときにはもっと暗くなってるし、めちゃくちゃ急いでるから。

あった。すごくわかりやすい。私有道路はアスファルトじゃなくて土だ。平らで広く、錆びた〝進入禁止〟の看板が立っている。見すごそうと思ったたって無理だ。

次の寂しい交差点でUターンし、ハイウェイ44に引き返す。農場とそのうしろの森をまたひと目見る。この距離と角度で確実なことは言えないけど、農場から空き地はほぼ100パーセント見えない。

ハイウェイ44に戻る。1分ほど走ると、GPSの女性が目的地まで100メートルですと言う。スピードを落とす。ハイウェイの両側は深い森。目的地の設定は大雑把《おおざつぱ》だったから、車を駐めるのに最適な場所を探す。ハイウェイと木々のあいだの砂利の路肩は、ほとんど車1台分の幅もない。ゆっくり進んで、路肩からさらに1メートルほど奥に入れる場所を見つける。地図アプリによると、いまいる場所は空き地の真南だ。

エンジンを切り、ボンネットを開け、ヘッドライトが消えていることを確かめる。外に出たときにキーを持っていることも確認する。ボンネットの蓋を引き上げる。誰かが車で通りかかってぼくの車に気づき、つまらない興味を抱いたら、オーバーヒートで立ち往生してハイウェイを人家があるほうへ歩いていったと考えてくれることを祈る。ここのセミの音量はすさまじい。耳が聞こえなくなる。これに比べたら〝呪われた西部開拓地〟のセミの鳴き声なんて教会内のささやきみたいなもんだ。

8時5分。あと25分ある。2往復する必要があるので、まず花火の箱を抱える。まだ懐中電灯はいらないと思うけど、念のため花火の箱に放りこむ。

森に入る。それほど歩きにくくはない。荒れてはいても都市圏の隅にある未開発地だ。アラスカの原野でも、お伽話《とぎばなし》の魔法の森でもない。木と木の間隔は広くて簡単に通り抜けられるし、下草も蹴りながら歩けばだいじょうぶ。迷ったりする心配もない。心配なのは、グーグルの衛星写真が数年前に撮られたもので、空き地がいまは森に呑みこまれていることだ。花火を打ち上げるだけの広さがなければ、そうとうやばい。

葉に残った雨が滴っている。ぼくからは汗が滴る。雨上がりでもあまり涼しくならず、湿度が跳ね上がっている。地面はぬかるんでいても、足がすべるほどじゃない。どんどん暗くなってくる。懐中電灯を持ってきてよかった。わかる? ぼくも昔より物事の先を読めるようになっている。駐車違反切符の窓口に並んでいた昔の自分を思い出す。ぼんやりしすぎて、何枚かある切符の支払いを全部いっぺんに延期することすら思いつかなかった。

空き地はあるべき場所にあった。充分広くて、木々で完全に丸く囲まれている。その端まで歩き、８００メートル向こうの家がちょっとでも見えるかどうか確認する。何も見えない。完璧だ。

花火の箱をおろし、駆け足で車に戻る。時間を計っている。1分43秒。ほぼ当初の見積りどおり。花火が上がってアドレナリンが体を駆けめぐれば、もっと短縮できるだろう。〈トレーダー・ジョーズ〉の袋ふたつを空き地に運ぶ。8時15分。あと15分だ。まず目くらましのなかの目くらまし、偽装工作《レッド・ヘリング》をする。空き地からもハイウェイからも離れた森のなかに〈オールド・ミルウォーキー〉の空き缶をばらまき、踏み跡が始まるところにふぞろいのサンダルを1足、終わるところに安物のサングラスを置く。

さて。次は花火を固定する杭。最初の杭を取って気づく……地面に打ちこむ金槌か木槌を買うのを忘れた。くそっ。くそっ。どうして金槌か木槌を買わなかった? 最初のパニックが訪れ、冷静さが試される。ぼくはパニックを無視する。だいじょうぶ。空き地には雨をさえぎる木がないから、地面は濡れて柔らかくなっている。杭を地面に立てて、足で踏みつける。今日はサンダルじゃなくて〈ＶＡＮＳ〉のスニーカーをはいている。杭が土のなかにめりこむ。揺すってみる。グラグラしない。だいじょうぶだ。

ダクトテープで最初の杭に最初の花火を取りつける――噴き出るほうを上に向け、導火線が邪魔されないように。**警告：火の玉が飛び出します**。杭をあと5本、1メートルずつ離して、花火をあと5個。すでにアドレナリンが体じゅうを駆けめぐっている。ライターをつけてみる。3つとも異状なし。火口の束をほどく。あと5分ある。準備完了、スケジュールどおり。これより時間はかけたくなかった。車が路肩に駐まっている時間が長くなればなるほど、誰か――たとえば、ハイウェイ・パトロール――に気づかれ、調べられる可能性も高くなるから。

いま足りないものは？　金槌か木槌のほかに何を忘れた？　立ち止まって考えられるのはもうこの数分だけだから、利用したほうがいい。急いで車に戻る。ためらいながら、バックパックからグロックとフル装塡された弾倉を取り出す。銃に弾倉を取りつけ、バークに教わったとおり、スライドを引く。これで弾が入った。またためらいながら、カーゴショーツの右ポケットにそれを入れる。銃はしっくり収まる。ポケットの蓋のボタンを留める。グロックを使う必要はない、と自分に言い聞かせる。最悪のシナリオでも、超最悪のシナリオでも、空中に威嚇射撃をすればすむ。それだけだ。もし本当にまずいことになっても。

現金がまるごと入った封筒を左ポケットに詰めこむ。誰かに車を盗まれることはありそうにないが、用心するに越したことはない。ペイントボール・コンバットの高校生たちが戻ってきて、この車を乗りまわしてやれと盗んでいったらどうする？　あらゆることを考えておかないと。

駆け足で空き地に戻る。飛んだり跳ねたりせず、ペースは一定に保つ。グロックが偶然暴発することはないとバークは請け合った。そこは彼を信じるしかないけど、そもそも〝偶然〟の定義は、ぜったい起きないと思っていたことが起きる、だろう？

すっかり日暮れになり、頭上の空は柔らかな薄青に紫と灰色が混じったマーブル模様だ。トレイシーから直前のメッセージが入っていないか、最後に携帯をチェックする。何もない。しかし受信状態が安定しない。バーが1本になったり、2本になったり、消えたり。1本、0本、0本。

笑えることを考えようとする。落ち着きを保つのに役立つような、笑えることは？　ひとつ思い出した。緊急治療室《ER》で薬漬けになったときだから、憶えてたのが意外だけど、エレノアが〈ウォルグリーン〉から出てきて、ぼくにアタマジラミ用のシャンプーの箱を放った。〈ヴァムース〉（同じ発音で〝急いで立ち去る〟という意味の単語がある）。ちょっと笑えたが、長続きしない。エレノアがここに来るべきだった。ふたりで計画を実行すべきだった。それとも、ぼくが彼女とフェリスのアドバイスに耳を傾けるべきだったのか。とにかく、ひとりでやってはいけなかった。

火口に火をつける。それを導火線にくっつける。導火線はたちまち火花を発し、思ったより早く燃えていく。あわてて何歩かうしろに下がる間もないうちに、最初の火の玉がヒュルルーッと酔っ払ったように空に打ち上がる。

47

ぼくはひたすら急ぐ。木々の枝のあいだから見える〈きみのお尻にガブリ〉の最後の1発の光と、すぐそこに聞こえる耳をつんざくような爆発音が、うしろから追いかけてくる。真下から見ると、夜空に広がる花火はあきれるほどきれいだ。広がる花火の真下に立った、い、い、あのときを憶えているか?――これがいまのぼくの落ち着きを保つ戦術だ。すでに幸せな結末を迎えた昔の出来事であるかのように想像して、たとえば心地よい椅子に坐って窓から静かな景色を眺めるみたいに、そのことを振り返る。

あまりに速く走りすぎて止まるのが遅れ、自分の車の横にぶつかりそうになる。空き地から戻ってくるのに1分もかかっていない。1分以内ということが事実としてわかるのは、ボンネットを勢いよく閉めると同時に、最後の明るく青い星が梢《こずえ》のはるか上で爆発したからだ。梢よりずっと、い、い、はるかに高い。イカレ花火娘の情報は正しかった。これなら農場の家のほうからぜったい見えて、聞こえる。ここまではすべて計画どおりに運んだ。

キーを挿すのに手間取ったりしない。エンジンは1発でかかる。ハイウェイ44は両方向何も走っておらず、ぼくはすんなりそこに入って、なめらかにアクセルを踏む。

アスファルトは雨でまだ濡れていて、ヘッドライトの光できらめく。たぶんすべるので、制限速度の80キロを守る。万一ハイウェイ・パトロールが通りかかったときの用心でもある。

交差点では一度完全に停車し、左折してポスト・ロードに入る。速度計を見ると、じわじわと100キロ近くになっている。少しずつスピードを落とす。私有道路の入口まで、たぶんあと2分ほどだ。トレイシーはすでに急いで子供たちを母屋から連れ出している。一方の手でジャックの手を、もう一方の手でパールの手をつないで。**さあ、ふたりとも、ドライブウェイを歩いていくの。**アリゾナまで行く途中、トレイシーはくわしい話を残らず聞かせてくれる。彼女はいまぼくに話している。ぼくたちはもうここから何キロも離れて、アリゾナへ向かっているところだ。

道が下って上る。農場の建物が見える。そのうしろの森の上にぼんやりと煙が見える。花火の名残だ。ふたりの小さな人影が煙と森のほうに移動しているのも見える。クズ人間ども――目くらましが成功したのだ。成功！　でも……どうしてもうあんなに距離を稼いでる？　走るのが速すぎる。もう森のすぐ手前だ。この時間であんなに遠くまで行けるはずがない。道が曲がって農場が見えなくなるまえに、スピードを落とす。そしてあのふたりが走っているのではなく、車を運転していることに気づく。三輪の全地形対応車《ATV》を運転していたのだ。

農場が見えなくなる。ぼくはアクセルを踏む。だいじょうぶ。だいじょうぶ。トレイシーはATVについて何も言わなかったから、ぼくもその可能性は考えなかった。ATVの速さはどのくらい？　クズ人間が走るより速いのはまちがいない。ぼくたち――トレイシーと子供たちとぼく――の時間は少なくなる。でもだいじょうぶ。時間はまだ充分ある。たぶんATVに乗ったまま森のなかには入れない、だろう？　クズ人間どもはおりて歩かなきゃならない。つぶれたビール缶のあとをたどって、あちこち不良高校生たちを捜してまわるのだ。いちばん重要なのは、目くらましがうまくいったということだ。

曲がった先に〝進入禁止〟の看板が現れる。ぼくは私有道路に入る。少しスピードを出しすぎ、鋭く曲がりすぎて、浮いた車の尻が横に振れるのがわかる。ぼくの胃も浮いて横に振れる。とはいえ、たいしたスリップじゃない。ぼくは車をまたまっすぐ走らせる。狭い道は濡れた赤土で、アスファルトにも増してすべりやすい。助手席側に浅い溝、運転席側にはそれより深い溝がある。時速25キロまでしか出せない。まだ充分時間はある。私有道路の端まで行ったところに車の向きを変えられる場所があるといいけど。でないとバックでずっと戻ってこなきゃならない。

道はくねくねと続く。衛星ビューでこれは予想していた。農場の建物のまわりには日除《ひよ》けの木々があるので、ときどき母屋の明かりがチラチラと見えるだけだ。

ドライブウェイの入口に近づいているにちがいない。そこでトレイシーと子供たちが待っている。ヘッドライトを消すべきか？　ヘッドライトを消す。まだ真っ暗というわけでもない。くねくね走っていくと、前方にその場所が見える。赤土が砂利に変わる。ぼくはドライブウェイの入口にゆっくりと車を停める。方向転換できるくらいの幅がある。これは本当によかった。

だが、トレイシーと子供たちは……いない。左、右を見る。ぼくだと確実にわかるまで、見えないところに隠れているのかも。ただ、隠れられる場所はどこにもない。近くに木もなく、ところどころ背の高い草が生えているだけだ。道の横の溝もせいぜい深くて1メートルといったところ。

危険を承知で懐中電灯をつける。明らかにクラクションは鳴らせない。いつまで待てる？　彼らはもう来てなきゃおかしい。5分前には到着しているはずだ。

トレイシーとの会話を一言一句、思い出そうとする。ドライブウェイが終わるところまで歩いていきてください、そこで会いましょう、と言ったはず、だろう？　それともたんに、ドライブウェイが終わるところで会いましょう、と言った？　だとしたら……ドライブウェイがあっちで終わるところで会うつもりになってるとか？　つまり、ここから数百メートル先の母屋に突き当たるところで？

いや、それはない。彼女には100パーセント、歩いていきてと言った。99パーセント確実に。それに、あっちの端じゃ意味がない。意味があるのはこっちだ。トレイシーと子供たちがこっそり逃げてこられて、ぼくの車が注意を引かないのは。

パールとジャック……彼らはどうなった？　トレイシーに何が起きた？　ネイサンが彼女の計画を嗅ぎつけたのか？

それでも、ぼくは落ち着いている。あわてない。実際、こんなことができて自分でも驚いている。車のギアをパークからドライブに入れ替え、家のほうへ向かう。落ち着いているから、判断はたやすい。トレイシーと子供たちはドライブウェイの向こうの端で待っているか、なんらかの理由で遅れている。どっちにしても、ぼくは彼らを拾わなきゃならない。彼らがやってくるのを待っている時間はないのだ。

砂利がぼくの車の底を直撃する。ドライブウェイはほぼまっすぐなので、少しスピードを出せる――50キロ、そして65キロ。前輪の新しい中古のタイヤはがんばっている。いまのところ。トランクにジャッキと工具は入れているけど、また今回もスペアタイヤはない。なぜスペアを買おうと思わなかった？　ただ、いまどれかのタイヤがパンクしても、どっちみち交換している時間はない。

日除けの木々の横を走り抜け、ブレーキを踏んで前庭のまんなかに急停車する。母屋は正面、納屋は左で、そのまえに車が1台ある。つぶれそうなダブルワイドは右側で、そのまえには赤いピックアップ・トラック。あのトラックには見憶えがある。

どの建物もぼろぼろだ。母屋の羽目板は腐り、屋根はひん曲がり、窓ガラスは割れて、全体が崩れかかっている。納屋の少なくとももうしろ半分はもう崩れていて、お坐りから苦労して立ち上がろうとしている犬みたいだ。トレーラーの片方の端には錆びた鉄屑《てつくず》の山、反対側には汚れて水でぐしょぐしょになったソファがある。

トレイシー、ジャック、パールはどこにもいない。落ち着け。くそっ。母屋のなかだ。そう推測するしかない。どうしてトレイシーはメッセージをよこさなかった？　車のエンジンをかけたまま外に出る。だいじょうぶ。クズ人間ふたりはいまごろ空き地を見つけているだろう。森のなかをドスドス歩き、ビールの空き缶のあとをたどって不良高校生たちを捜しているころだ。ぼくがトレイシーと子供たちを見つける時間は5分か、たぶんもっとある、だろう？

納屋から男がひとり出てくる。あの夜中のパーティにいた、前髪を短く切ってうしろを伸ばしたマレットの怪しげな男だ。途中まで上げた腕に銃を持っている。グロックより大きくて銀色、ぼくが〝呪われた西部開拓地〟でホルスターに収めている6連発銃の本物版だ。

「おまえはクソ誰だ？」彼が言う。銃はゆるく握っている。銃口がやや下がるが、それでもなんとなくぼくのほうを向いている。

ぼくは正面から男と向き合わない。斜めに立っているので、彼からぼくの右手は見えない。ぼくは右手をズボンのポケットにおろし、フラップのボタンをはずす。グロックのグリップに触れる。感覚がひとつずつ麻痺《まひ》していく。まず音が途切れる。セミの声と不安定なエンジン音が消え、窒息しそうな自分の呼吸音しか聞こえなくなる。次に周辺視野が暗くなり、男の銀色の拳銃から目が離せなくなる。グロックのひんやりしたプラスチックのグリップに触れた人差し指に、体じゅうの末端神経が集中している。

「おまえは**クソ誰**だと訊いたんだ」彼は拳銃を軽く振って特定の単語を強調しながら、また言う。

ぼくは母さんが死んでから、神とか超越的存在とか、その手のものを本気で信じてはいない。でもいまは静かに心からの祈りを唱える。どうか、どうか、この人生で一度だけでも、うまい嘘をつかせてください。

「クソ誰かって？」ぼくは言う。「こないだの夜、ネイサンのまえの家で開かれたパーティで会ったじゃないか」

男はぼくを睨みつけ、銃をおろさない。でもさらに銃口を上げることもない。いいことだ。「憶えてないな」

「あのパーティを憶えてない？　あそこにあったウォッカをどのくらい飲んだんだ？」

「おまえを憶えてないってことだ」

「彼はどこだ？　ネイサンは。ここで会うことになってるんだが」

「街に行ってる。おれは彼のクソ秘書じゃない」

「なかで待たせてもらう」ぼくは言う。

「おれは彼のクソ秘書じゃない」

男は銃口を下げ、くるりと背を向けて納屋のなかに消える。ぼくの視界が揺らいで、もとに戻る。音もまた聞こえる。いまどうなりかけた？　どうなりかけたかは、わかってる。体が震える。母さんの声が聞こえる。

でも、だいじょうぶだった！

トレイシーと子供たちを捜さないと。いますぐ。ぼくは車のエンジンを切り――アイドリングにしておくと、もう怪しすぎる――ポーチの階段を駆け上がる。玄関のドアは開いている。網戸に鍵はかかっていない。

48

廊下。左側に階段。右はリビング。明かりはついているが、誰もいない。リビングは思ったほど散らかっていない。上品で頑丈そうな農家の家具がいくつか。暖炉の上の棚には額に入った昔の家族写真。でもこの家はじわじわと腐食が進んでいる。コーヒーテーブルの上のペンキのガロン缶には煙草の吸い殻がいっぱいで、床の敷物には食べかけのピザが裏返しに落ちている。煙草の煙と猫の小便の饐《す》えたにおいもする。

グロックを取り出す。指は引き金にかけず、バークに教わったとおり、銃身に添えている。廊下を進んでキッチンへ。明かりはついていて、誰もいない。猫の小便のにおいがきつくなる。焦げた肉のにおいもする。トレイシーに呼びかけるべきだろうか。ほかに誰かいる？　相手に驚かされるより、驚かすほうでいたい。納屋にいた男に、ほかに誰か残っているのかと訊けばよかった。いや、訊かなくてよかったのか。幸運を逃すことになったかもしれない。

キッチンの隣のダイニングにも人はいない。階段に戻り、できるだけ静かにのぼる。２

階の廊下はあまり明るくない。目が慣れるのを待ちながら、どこかから馬鹿な猫が飛び出してきたら死ぬほど怖いなと思う。

家の表側に寝室がふたつ。どちらも空っぽだけど、誰かが寝ていたのはわかる。床に服が放ってあるし、シーツは乱れ、最近吸った煙草のにおいもする。ゴツいひげとガリガリの酔っ払いだろう。外の赤いトラックは彼らのだ。あのふたりがATVに乗っていたのだ。

廊下を家の裏のほうへ進む。いまはすばやく移動している。時間の感覚を失ってしまった。家のなかにどのくらいいるのかもわからない。携帯をすばやく見る。8時42分。だいじょうぶ。それほどたっていない。まだだいじょうぶだ。

バスルーム。誰もいない。閉まったドアはあとふたつ。別の寝室ふたつだ。一方のドアの下から細い光の線が見えている。そのドアをそっと開ける。**トレイシー**。彼女が大きなアンティークの衣装簞笥《だんす》のまえに立っている。必死で、でも黙ってその扉を引き開けようとしている。何をしてるんだ？

「トレイシー！」ぼくはささやき声で叫ぶ。

彼女はさっと振り向き、目を見開く。「どうしてあなたがここに？」

理解できない。「あなたのためです。子供たちのため。早く――」

「どうしてドライブウェイが終わるところでわたしたちを待たなかったの？」

「行かないと。いますぐに。パールとジャックはどこです？」

彼女は笑う。泣く。そのあいだのどこかだ。ぼくはようやく衣装簞笥の扉に南京錠《なんきんじょう》がついていることに気づく。扉の金具のまわりの木に何本も溝ができている。床にはハサミと刃先の曲がったステーキナイフが落ちている。それらで溝を掘ったのだろう。

「彼が子供たちを閉じこめたの」トレイシーが言う。「出かけるまえに。あの人でなしが。わたしには開けられない。あの人でなし。昨日あいつに携帯を取り上げられて、あなたに連絡できなかった」

パールとジャックが衣装簞笥に閉じこめられている。怖くてたまらないだろう。この簞笥にふたり入れれば、空調のクローゼットより狭くなる。トレイシーは泣きながらまわりの板を削っていた……。

「だいじょうぶ」ぼくは彼女に言う。ほかにどう言えばいいのかわからない。冷静でいなければ、自分たちのために。銃をポケットに戻す。子供たちがなかにいるのに、錠を撃って壊すわけにはいかない。「なんとかしましょう。オーケイ?」

奇跡的に彼女はうなずく。「オーケイ。わかった。お願い」

ハサミじゃだめだ。曲がったステーキナイフも使えない。この南京錠はそうとう手強《てごわ》い。扉の金具というのか留め金というのか、とにかくそこにドライバーを突っこんで全体をはずすしかない。

「工具箱はありますか?」ぼくは言う。「工具が入ってる抽斗《ひきだし》とか、どこかに?」

彼女の目にまた荒々しい炎が燃え立つ。「ないの！」

ドライバーがどこにあるか知っていれば、彼女自身がもう使ってるはずだ。たしかに。ドライバーでも太刀打《たちう》ちできないかもしれない。新しい中古車のタイヤ——ぼくは思い出す。タイヤ用の工具がある。ラグレンチの長いほうが1本と……バール。

「あります」ぼくは言う。「すぐ戻ります。2秒で。ふたりにだいじょうぶと伝えてください。パールとジャックに、だいじょうぶだって。いいですね？」

「ええ、オーケイ、わかった」

「ここにいて。すぐ戻ります」

階下《した》に駆けおりる。網戸を突き破り、ポーチに飛び出て凍りつく。ぼくの車の横に別の車がある、SUVだ。ネイサンか？　いや、サルヴァドールのSUVだ。サルヴァドールのSUV？　なんだと！　サルヴァドールがいる。彼もSUVから出かかったところで凍りついている。運転席側のドアを開け、片方の足をまだランニングボードにのせて、運転席側の窓越しに、納屋から出てきた男を見ている。

納屋の男はSUVから3メートル。腕を上げ、大きな銀色の拳銃をサルヴァドールに向けている。

「ここでクソ何が起きてるんだ？」納屋の男が言う。

「サルヴァドール！」ぼくは言う。

納屋の男がさっと銃口をぼくに振り、またサルヴァドールに振って発砲する。心臓が胸のなかでつぶれるくらい重い衝撃波。SUVの運転席側の窓が砕け散り、フレームのなかに崩れ落ちる。サルヴァドールも崩れ落ちる。突然ぼくは手にグロックを握っている。ポケットからいつ出したのかもわからない。引き金を引いたことも憶えていない。グロックの銃身が閃光《せんこう》を発する。1発。納屋の男がうめいて両膝をつく。ぼくは目を閉じる。それとも最初からずっと閉じてた？　目を開けると、納屋の男が砂利の上にうつ伏せに倒れている。動かない。

ぼくはSUVに走る。サルヴァドールが仰向《あおむ》けに倒れている。片方の白目しか見えない。顔の残りは血まみれだ。彼が息を吐くと、口から血の泡が出る。

「だいじょうぶだ」ぼくは言う。「くそっ。くそっ」

弾が彼のどこに当たったのかわからない。顔の血が多すぎる。ようやくガラスの破片が切りつけたこめかみの傷を発見する。血は全部そこから出ているようだ。ガラスの破片だったのか、銃弾だったのか。そんなことがありうるだろうか——銃弾がほぼはずれたなんてことが？

「ぼくはだいじょうぶ」彼が言う。「ごめん」

サルヴァドールは話せる。いい知らせだ。いい知らせでなきゃいけない。「だいじょうぶだ」ぼくは言う。「よくなるからな」

「頭が痛い。ここに来たんだ。きみがいるのはわかってたから。手伝いたかった」

グロックのグリップを強く握りすぎて壊してしまいそうだ。スーパーマンが石炭の塊を握りつぶしてダイヤモンドに変えるみたいに。ぼくは銃をしまい、あわてて携帯を探す。911にかけるために。いや。ちがう、ちがう、ちがう。まずサルヴァドールをここから連れ出さないと。トレイシーと子供たちを連れ出さないと。もしほかのクズ人間どもが空き地から戻ってくるまえにサルヴァドールとトレイシーと子供たちを連れ出さなければ……クズ人間どもは警察や救急車なんかよりずっと早く戻ってくる。

「体を起こせるか？」ぼくは言う。

サルヴァドールに手を貸して起こしてやる。銃弾はかすっただけでも、流れる血が多すぎる。彼を立たせる。

「頭が痛い。ごめん。よく見えない」

「血が目に入ってるだけだ。顔をふくなよ。ガラスがついてるかもしれない。顔に触るな。力を抜いて静かにしてろ」ぼくは彼をSUVの後部座席に移動させる。まだキーを手に持っていたので、それをひねり取る。「すぐ戻る。トレイシーがぼくの車を運転して、おまえとぼくはこの車で行く。外から見えないように横になってるんだ。だいじょうぶ。横になってじっとしてろ」

ぼくは馬鹿らしいほど、奇跡的に落ち着いている。ショックでふだんとはちがう精神状態なのか。自分の車のトランクを開け、ライナーをはがして収納部からバールをつかみ取り、母屋に走って戻る。砂利の上にうつ伏せに倒れている納屋の男のほうは見ない。見ることができない。あれは現実じゃない。あんなことは現実に起きなかった。このショックがどのくらい続くのかはわからない。このことが終わるまで続いてくれればいいけど。トレイシーが南京錠のまわりの木にまたハサミで溝を掘っている。うまくいかないのはわかってるはずだけど、彼女もショック状態なのかもしれない。

「そこをどいて」ぼくは言う。

彼女はバールを見て、衣装箪笥から何歩か離れる。「急いで！」

ぼくは扉についた金具の下にバールの尖ったほうを突っこんで壊そうとする。でも金属板はボルトでしっかり固定されている。ならどうする？　バールを南京錠のU字部分に直接突っこんで思いきり体重をかける。その瞬間には何も起きず、ぼくはただ爪先が浮き上がるくらいバールに寄りかかっている。次の瞬間——パチッ。南京錠が開く。ぼくはバランスを失ってうしろによろめく。

「ああ、神様」トレイシーが言う。南京錠をはずして衣装箪笥の扉を開けると、なかにパールとジャックが押しこめられている。ほとんどひとり分もないスペースだ。でもふたりの顔からは、そんな悪夢のような場所に閉じこめられていたことはうかがえない。銃声や、ハサミが溝を掘る音や、ママのすすり泣きを聞いていたのかどうかもわからない。彼らの表情は、ベンチに坐っていたあの最初の日とまったく同じ。うつろで、感情がなく、あくびの直前か直後のようだ。もう何百万回と乗ったいつもの通勤バスに乗っているような顔。

「行かなきゃ」ぼくはトレイシーに言う。

彼女は子供たちに手を差し出す。エンジンのうなりが聞こえる――最初は小さく、だんだん大きく。トレイシーにも聞こえたのだろう、ぼくのほうを向く。ぼくは森に面した窓のまえまで行く。単一のヘッドライトがふたつ、別々に飛び跳ねている。ATVだ。ゴツいひげとガリガリの酔っ払いが大急ぎでこっちに戻ってきている。

次に起きることは、たいした謎でもない。あと1、2分でゴツいひげとガリガリの酔っ払いが家のまえに突入して、サルヴァドールのSUVを見る。ぼくの車も見る。納屋の男が砂利に突っ伏しているのも見る。彼の体を納屋に引きずっていく時間はなかった。どっちみち、そうする気にもなれなかったと思う。ゴツいひげとガリガリの酔っ払いは銃を持っているか？　侵入してきた高校生たちを追いかけるつもりだったのだ。当然持っている。

ぼくはトレイシーの腕をつかむ。「ここで待っててください。オーケイ？　動かないで。子供たちを守って」

彼女はうなずく。いまは少し落ち着いている。やはりショック状態なのだ、たぶん。

「これを」彼女にぼくの車のキーを渡す。「万が一のために。ぼくの車を使ってください。SUVの後部座席に少年がひとりいます。出発するまえに彼をぼくの車に移して。怪我してます。街から出る途中でどこかの病院におろしてやってください。約束してくれますね?」

「約束する。ええ」

ぼくは彼女に現金がすべて入った封筒も渡して、ポケットからグロックを取り出し、階段をおりる。リビングのすぐ内側に待機して部屋の角から顔を出し、廊下の先の開いたドアのほうをうかがう。体のまんなかを狙え。あわてるな。体のまんなかを狙え。あわてるな。ここにいるのは、いまのぼくだ。昔のぼくじゃない。

エンジンのうなりがどんどん近づく。誰かの叫び声が聞こえる。**くそっ!** エンジン音が止まる。また悪態と叫び声。**なんだこりゃ! こっちに来てみろ! こいつはだめだ。**できない。なんなんだクソ! 名前が聞こえる。ガーウィンか、ガーブラー? ぼくが殺した男の名前だ。めまいの波が押し寄せるのをこらえる。ぼくは人を殺してない。人の命を奪ってない。あれは現実じゃない。あれは現実に起きなかった。

悪態と叫び声がふいにやむ。つぶやきだけになる。もう何を言ってるかわからない。これといって見えるものもない。玄関ドアの向こうに、サルヴァドールのSUVがわずかに見えるだけだ。彼が息を殺して、なんの音も立てませんように。

ブーツが大きな音を立ててポーチの階段を上がってくる。ぼくは頭をリビングに引っこめる。網戸がバタンと開く音がする。

「止まれ！」ぼくは叫ぶ。「銃を落とせ！」

「おまえがクソ誰かはわかってるぞ」ゴツいひげだと思うが、叫び返してくる。「あれはおまえの車だ。ほかに誰がいる？　出てこい。みんなで話をしようじゃないか」

「銃を落とせ！　ふたりとも」

「わかったよ。下に置いてる。ゆっくりとな」

「落とすんだ、頼むから。こっちに聞こえるように」

「もう置いた。出てきて自分の目で見てみろ」

影が動く。ぼくが左に飛ぶと同時に、背後のリビングの窓が爆発する。耳が鳴る。肩から反対側の腰まで斜めに切られたような痛みが走る。廊下をブーツが歩く振動を感じて、窓の横の壁まで這っていく。グロックはまだ持っている。

ガリガリの酔っ払いが窓から顔をのぞかせる。横顔がランプの逆光でシルエットになっている。「いたぞ！」彼が叫ぶ。

引き金を3回引くと、ランプの光が消える。煙の向こうでガリガリの酔っ払いが窓枠にだらりと倒れるのが見える。その頭の一部が床に落ちる。立とうとすると床が血ですべる。彼の血だけど、ぼくの血もあるかもしれない。背中の痛みはひとかたまりになって左側に集中している。何かが燃えているようなにおいがする。

ゴツいひげがリビングの入口から手をまわして当てずっぽうに部屋のなかを撃ちまくる。

ソファが破裂して灰色の詰め物が宙を舞う。煙草の吸い殻が詰まったペンキ缶が破裂する。ぼくは身を屈めている。立ち上がろうと思ってもできるかどうかわからない。部屋の入口あたりの壁を狙って引き金を引く。ゴツいひげが入口に立ってぼくを狙い撃つ。ぼくは撃ち返す。暗いし煙だらけだし、音がうるさすぎて、大地が裂けたみたいだ。ぼくの左肩が砕け散る。痛みは想像を絶する。事前には知ることのできない秘密だ。知ったら絶望して死んでしまう。銃はなんとかまだ右手に持っている。もう1回、さらに2回撃つ。3回で指が麻痺して、ぼくは沈黙に呑みこまれる。

49

硬材の床。黒く濡れた敷物の端っこ。ふわふわした薄い灰色のソファの詰め物。灰。雪。8月に雪。雪の結晶にはひとつとして同じ形がない。学校でそう習う。どうしてそれがわかる？　疑わしいな。

銃を握った自分の手を見る。ぼくの手。ぼくの銃。弾倉にはまだ弾が残っている。少なくとも1発は。それはわかる。弾倉が空《から》になったらスライドが開いて止まるとバークに教わったから。射撃練習場で撃ったときにもこの目で確かめた。ぼくの銃のスライドはまだ開いていない。

ポケット。銃。ぼくは銃をポケットに戻す。右手が必要だから。左腕が上がらない。肩の痛みは少し弱まった。一時的に痛みが引いているが、長くは続かない。**すぐ戻ります。**本棚の下から2段目に右手をかけ、膝立ちまで体を引き上げる。『ブリタニカ百科事典Ⅷ　ピラニア《Piranha》～スカーフィ《Scurfy》』、『ブリタニカ百科事典Ⅸ　スカーロック《Scurlock》～ティラー《Tirah》』。次の段、その次の段まで這い上がって、とうとう立つ。〝スカーフィ〟ってどういう意味だ（〝ふけが出るの意）？　もしかして、いま感じていること？　ぼくはいまスカーフィ？　これまでショック状態でなかったとしても、いまはまちがいなくそうだ。

　ゴツいひげがピクリともせず入口の床に倒れている。目を開け、口を開け、頬と耳を床にくっつけて。地下のゴロゴロ鳴る音を聞いているかのように。たとえば……あの古い映画を憶えてる？　無法者が鉄道のレールに耳を当てて、列車が近づくのを聞いていた。最初から全部観たかどうかは忘れたけど、あのシーンだけは憶えている。

　部屋のなかを歩く。ゆっくりと、でも歩ける。死にかけてはいない。右手でドア枠をつかんで、ゴツいひげを乗り越える。下は見ない。開いた目も、血で濡れたひげも。ぼくはまた震えている。別の古い映画を憶えてる？　エレベーターのドアが開くと血がドバッとあふれ出す？　ぼくの母さんはホラー映画とバングルスが好きで、ヴァン・ヘイレンのなかでいちばん好きなメンバーは、デイヴィッド・リー・ロスでも、エディ・ヴァン・ヘイレンでも、ドラマーのもうひとりのヴァン・ヘイレンでもなかった。好きだったメンバーは……名前を思い出せない。ひげ面の人。母さんは、誰も名前を憶えなかった彼のことが気の毒だったんだと思う。

　階段。1歩ずつ。死にかけているのだとしたら、それはちょっと夢を見ることに似ている。パニックになっていると同時に、リラックスしている。奇妙な細部に気づく。それぞれの段の下には細い真鍮の棒が押しつけられている。階段のてっぺんから垂らしているカーペットをしっかり留めるためだ。頭がいい。2階の廊下。ひとつの部屋のドア枠の木に、印と名前、高さ、日付が書いてあるのが消えかかっている。なんだ？　ああ！　ずっとまえにここに住んでた子供たちの成長記録か。いまどこにいる、パトリック1983？　人生でどんなことを体験した？

トレイシーがぼくを抱きしめる。ぼくが倒れるのを支えようとする。意味ない。どっちみち、ぼくは床に崩れる。

「ちょっとだけ横になる」ぼくは言う。

「ああ、神様」

車のドアがバタンと閉まる音がする。車が家の外に到着して砂利が鳴る。この順番じゃないかもしれない。たぶん逆だ。

トレイシーがぼくの体にそっと触れていく。怪我がどこか確かめようとして。

「あらゆるところ」ぼくは言う。

「え？」

「行って」

ぼくは仰向けに倒れて天井を見つめる。階下《した》で網戸がキーッと開く。突然、超自然的な聴力が身についている。首をまわす。トレイシーが衣装箪笥の扉を閉めている。

「静かにしてて。ぜったい音を立てないで」まだ箪笥のなかにいるパールとジャックにトレイシーが言う。彼女は南京錠をもとのようにはめ、よく見ないかぎり壊れたことがわからないようにする。箪笥を背に腰をおろし、両膝を抱え、足を蹴り出す。バールを蹴っているのだ。ベッドの下に。

だめ、だめ、だめ。何をしてる？　まだ時間切れじゃない。早く外に出て逃げないと。少なくとも、やってみないと。階段が軋む。ぼくはまた天井を見上げる。体重が500キロになっている。手が上がらない。ほとんど小指を持ち上げることもできない。手を上げなきゃいけない。ポケットの銃を握らなきゃいけない。

「この人がどこから来たのかわからない」トレイシーが言う。「NAの会合から尾けてきたんだわ。きっとそう。わたしが嘘をついてないのはわかるでしょ」

ネイサンがぼくを見おろして立っている。ぼくが見つめている天井の四角のなかに、彼の顔が入る。「よう、久しぶり」

「彼、ビリーを殺したの？」トレイシーが言う。

「カスども3人を全員殺した」ネイサンが言う。そしてぼくに、「おまえはあのカスども3人を全員殺した。何か言いたいことはあるか、若いの？」

指がカーゴショーツのフラップのボタンに触れる。手をポケットにすべりこませるが、なかは空《から》。銃がない。くそっ。ポケットに入れたつもりだったのに。たしかに入れた。銃が見える。ほら、まだ1階のリビングにいるとき。硬材の床、敷物の端っこ。ふわふわした雪。誓って言うけど、ぼくは銃をポケットに戻した。

ネイサンがぼくの胸に足をのせる。心臓の上に。ゆっくりと、リズミカルに力を加えはじめる。「だいぶ血が出てるぞ」彼が言う。

「ぜったい尾けてきたのよ」トレイシーが言う。「信じて」

ネイサンが彼女を見る。「信じろと？」

ぼくはネイサンの足首をつかむ。両手で。でも胸からどかすだけの力が出ない。

「彼はパールとジャックを連れ去りたかった」トレイシーが言う。「頭がおかしいの。それか何かの変態。ほんとよ」

彼女がこうする理由はわかる。理解できる。頭のいい人だ。子供たちと生き延びようとしている。でも、あとどのくらいあの子たちを生かしておけるだろう。ああ、トレイシー、ここから逃げろ。せめてやってみろ。これが最後のチャンスかもしれない。あなたと子供たちは階下《した》におりられるかもしれない。

「おまえを信じるよ」ネイサンが言う。

「誓うわ」彼女が言う。

ネイサンはまたぼくを見おろす。まだ足で心臓を踏みつづけている。正確、均等なリズムで。彼は微笑み、「早くしろ」と言う。「ひと晩じゅうやってるわけにはいかないんだ」

ぼくは顔を背ける。人生で最後に見るものをネイサンの顔にするものか。いまはトレイシーを見ている。彼女にわかってもらいたい……何を？　なんだろう。ぼくがベストを尽くしたこと？　ああ、もちろん。でも、それは彼女にとって重要じゃない。誰にとっても。トレイシーはぼくのほうを見もしない。ネイサンを見上げている。グロックを、ぼくの銃を持ち上げて彼を狙う。ネイサンはそうする彼女を見ていない。まだ微笑みながらぼくを見おろして、足でのんびり押しつづけている。

ぼくの銃。彼女はどうやって……？　ああ。ああ。ぼくの体を確かめていたときだ。怪我を調べてたんじゃなかった。ぼくの銃を探してたんだ。ああ。

彼女の手は震えていない。グロックは不動だ。

「おれを見ろ」ネイサンがぼくに言う。

ぼくは見ない。トレイシーを見つづけている。彼女が引き金を引くのを見て、閃光を見て、ネイサンが床のぼくの隣にドサッと倒れるのを感じる。

50

「911に電話する」トレイシーが言う。

ぼくは死んでいない。どうしてそんなことが？　右肘を立ててなんとか体を起こす。左腕はまだ使えない。うしろの壁を使って、ほとんど背中と尻だけで体を動かし、坐る姿勢になる。といっても、ほとんどへたりこんだ姿勢だ。どうして死んでない？　ありえないはずだ。

「救急車を呼ぶ」トレイシーはぼくの知らない携帯で911にかける。ネイサンのだ。それを耳に当てる。

「待って」ぼくは言う。「やめてください。あなたたちは行かないと。ここにいちゃいけない」

トレイシーはネイサンの死体をちらっと見て、携帯をおろす。通話を終了する。彼女に説明する必要はない。警察や緊急医療班《EMT》が到着したときに彼女がまだここにいたら、ここでなくても近くにいたら、ろくでもないことになる。殺人容疑で逮捕されなかったとしても、子供たちは連れていかれる。いずれにしろ。

「だいじょうぶ」ぼくは言う。「行って。ぼくのことは心配しなくていい。死んでないから」

「でも――」

「子供たちが。さあ行って」

彼女はためらい、うなずく。「ハイウェイに乗ったら電話する。911に、そこから」

「そしたら彼の電話は捨ててください。投げ捨てるんです」

「救急隊を送ってもらうから」

「完璧です」

壁を背になんとか身を起こすと、体重がまた500キロになる。いや、1トンに。もう小指すら動かせない。これだけ血が出ていった体が重くなるなんて。科学的検証に耐えないと思う。理屈に合わない。

「サルヴァドールを忘れないで。病院に。彼を病院でおろしてやって、どうか」

「約束する」

トレイシーはベッドから上掛けを引いてきて、ネイサンの死体にかける。自分がしたことを見たくないのだ。あるいは、子供たちに見せたくない。衣装箪笥の南京錠をはずして、扉を開ける。

「さあ、行くわよ」彼女は言う。「急がないと。車に乗っていくの。わたしたち3人だけで。もうここへは戻らない」

トレイシーはパールの手を取って箪笥から出してやる。次にジャックを。ふたりの顔は——まだうつろで無表情だ。ふたりとも自分のなかに深く閉じこもっている。彼らにとってこの世界はただの影、ぼんやりした輪郭だ。耳をつんざく銃声も、たぶんささやき声にしか聞こえない。

でもそこで……何が起きてる？　壁にぐったりと寄りかかったぼくを見て、今回は彼らの目に一瞬、本物の驚きが浮かぶ。ぼくのことがわかったのだ。本当に。市庁舎にいたやつだと。彼らの救出をあきらめなかったのだと。ふたりの目にひらめいたその驚き——その命のひらめき——が、正直言って、ぼくのこれまでの人生でいちばんすばらしい経験になる。

トレイシーはパールとジャックを急いで歩かせ、部屋の入口で立ち止まる。なぜ止まる？　行かないと。3人でいい、いますぐ。トレイシーはパールの肩に手を当て、ぼくのほうを振り返らせる。ジャックもお姉さんの動きをまねして、ぼくのほうを向く。

「彼はハードリー」トレイシーが言う。「ハードリー、こちらはパールとジャックよ」

「ハイ」ぼくは言う。

そして彼らはいなくなる。階段をおりる音がする。表の網戸がバタンと閉まる音も。車のドアが閉まる音も聞こえる。車のエンジンがかかる。あのギアはバックに入れたときにいつも甲高く叫ぶんだ。蜘蛛を見つけたかのように。

1分後、それより短かったかもしれないが、ぼくの車のエンジンのガタピシ言う音が遠ざかって、完全に聞こえなくなる。いま聞こえるのはセミの声と自分の呼吸の音だけだ。あたりが暗くなってくる。夕闇が夜になるというより、視界の隅から暗くなる感じだ。ライトの光がだんだん絞られていくような。

ぼくは死んでないけど、死にかけている。それはわかったことだ。もう事実と向き合わなきゃ。たとえトレイシーが９１１に電話しても、ＥＭＴは間に合わない。ここはまわりに何もない荒地のまんなかだ。それが事実。

でも、トレイシーと子供たちは旅立った。自由になった。安全に。ぼくはもうゆったりできる。けどできない。どうこう言っても、ぼくは臆病者だ。死ぬのが急に怖くなる。天国があって、そこで母さんが待っていると信じられればいいけど。そう、それはない。信じようとしてみる。だめだ。でも想像することを禁じるルールはない、よね？ それで少し怖くなくなる。

トレイシーと子供たちは旅立った。もう自由で安全だ。それでまた少し怖くなくなる。

ポケットで携帯が鳴る。いまの体重は5トンだけど、奇跡的に手を動かして、血のついた指で緑のボタンをタップすることができる。

「永遠には逃げられないよ」エレノアが言う。「わたし、しつこいから」

「降参する」

「いまどこなの？　ちょうど目が覚めたとこ？　声が変。それともたんにラリってるだけ？」

　空調のクローゼットで見つけたおもちゃのカウボーイを思い出す。あれはぼくの車のグラブコンパートメントに入っている。パールとジャックに返すつもりだったのだ。ぼくのこのストーリーの華麗なるフィニッシュとして！　完全に忘れてた。でも、彼らはどこかの時点でグラブコンパートメントのなかを見て、きっとあのおもちゃのカウボーイを見つける。見つけなくたって心配することはない。パールとジャックは旅立ち、安全で自由になった。それがこのストーリーのただひとつ重要な点だ。

「ハロー？」エレノアが言う。「誓って言うけど、今度わたしを無視したらその心臓を引きちぎって食べるからね」

「いや」

「いやって、それはもう無視しないってこと？　それとも心臓を食べるな？」

「つらかった」

「何が」

「きみに見捨てられて」

「見捨ててないよ、馬鹿、助けようとしてんの。あなたがどんなにおかしなことをすると決めても、わたしは助ける。ただそのまえに、合理的な選択肢をすべて話し合いたかっただけ」

電話が指からすべって膝に落ちる。今度は拾い上げて耳まで持ってくるのがはるかにたいへんだ。これで最後、残念だけど。そうなる。

「マジで？」ぼくは言う。

エレノアが本当は見捨てるつもりじゃなかったというのはうれしい。でも彼女は正しかった。ぼくは彼女の言うことを聞くべきだった。たしかに馬鹿だ。いまの自分を見てみろ。このすべてを見てみろ。フェリスも正しかった。ぼくは死ぬはめになった。パールとジャックとトレイシーも死なせてしまうところだった——本当に、いともたやすく。トレイシーのことを神に感謝する。彼女が土壇場でネイサンを撃って救ってくれなかったら、何もかもめちゃくちゃにするだけで終わるところだった。

「たぶんぼくは、助けたんだな」ぼくは言う。

「何話してるの？」

「たぶんめちゃくちゃにしたけど、少しは助けた。ややこしい」

エレノアは数秒間黙っている。「あなた、だいじょうぶ？」

「怖い」

「怖い?」

でもエレノアと話してると、また少し怖くなくなる。いま必要なのはそれだけだ。「憶えてる?」ぼくは言う。

「憶えてるって?」

「あの塀。きみが忍者みたいに飛び越えた」

「どうしたの?　ハードリー、だいじょうぶ?　いまどこ?」

「きみは」

「え?」

「根はとてもいい人だ」

「いまどこにいるか言って。拾いに行く。いますぐ」

エレノアが泣いてる?　なんで泣いてる?　電話が指からすべり落ちる。いまの体重は5トン。惑星ひとつ分ほど重い。もう動かない。最後の動きになってしまった。

死ぬってどういうことだろう。正確にはいつそうなるんだろう。宙ぶらりんは好きじゃない。死ぬのがどういうことか、決めることにする——消された炎から出た煙、命の最後の煙がふわりと漂って空へのぼっていく。そしてその瞬間、未来がちらっと見える。

アリゾナ。きれいで小さな家。家のまえの庭にサボテン?　いいね。それと花も。裏庭にはブランコ。トレイシーがデッキでコーヒーを飲みながら、犬と遊ぶパールとジャックを眺めている。パールとジャックが笑って走り、転んでもすぐ起きて、また笑って走るのが見える。砂漠の日の出は信じられないくらい美しい。

謝辞

私の出版エージェントで友人のシェーン・サレルノには、本当にことばで言い表せないほど感謝している。シェーンがついてくれたことで文字どおり毎日が一変した。彼がいなければ、私はどこへ行っていたかわからない。〈ストーリー・ファクトリー〉にいるほかの皆さん、とりわけドン・ウィンズロウにも感謝したい。

編集を担当してくれたエミリー・クランプと、発行人のライエイト・シュテーリクにもお礼を言う。作家としての私を信頼してくれて本当に、本当にありがたい。

ウィリアム・モロー社とハーパーコリンズ社の皆さんにもお世話になった。ことにブライアン・マレー、ジェニファー・ハート、ケリー・ランドルフ、エド・スペイド、アンディ・ルコント、ケイトリン・ハーリ、テッサ・ジェームズ、ジュリアンナ・ヴォイチェク、マーク・メネジス、サブリナ・アノニ、ギレルモ・チコに謝意を捧げる。最初から私といっしょにいて、裏から支えてくれたダニエル・バートレットとカーラ・パーカーにも、特別な感謝を捧げる。

私の人生には数えきれないほどすばらしい人たちがいる。私にはもったいない。ここで少しだけあげておく――エレン、アダム、ジェイク、サム、サラ、ケイラ、ローレン、トマス・クーニー、テレンス・クーニー、トリッシュ・デイリー、ミサ・シューフォード、レネ・サンチェスとケリ・ウェステンバーグ、マーサ・サンチェス、ローラ・ムーン、スコットとジェニファー・ブッカー、アリシアとクリス・ミラム、クリスとエリザベス・ボーダーズ、ティティ・グエン、ジャニス・ディロン・ハイムガーナー、クリステン・コール、サイ・グエン、エリン・レッドファーン、スザンナ・ロドリゲス・レサウン、カルロス・バサス・デル・レイ、エドゥアルド・ナンクラレス、アンとジョエル・ガソルス、ドッティ・ベイカー、テレサ・リー、そしてシーラ・プロッサー。

ここ数年で亡くなった人たちも忘れてはならない――クリス・マッギン、サム・シルヴァス、ペギー・ハーゲマン、バービー・スティールマン、マイク・バーニー、そして（世界最高の笑みを持つハンサムな男）イヴァン・クリンゲンバーグ。

本書執筆のための調査を手伝ってくれたオーブリー・マクダーミド、レイチェル・ホルト、ケイデン・クック、スティーヴ・ヒルにも感謝する。

犯罪小説家のいちばんいいところは、犯罪小説コミュニティの一員になれることだ。私はここで世界一好きな人たちと会うことができた（誰を指すか、ご本人たちにはわかっていると思う）。幸運にも知り合いになれた作家、読者、書評家、ブロガー、マーケター、書店員の皆さんに心からありがとうと伝えたい。

わが妻クリスティンは、これまで私に起きたなかでもっともすばらしいことだ。以来ずっと、私は家計費で遊ばせてもらっている。

解説

吉野 仁

ケネディ暗殺事件を背景においた犯罪小説『11月に去りし者』(ハーパーBOOKS)は、ハメット賞をはじめ海外ミステリーの主要な賞を数多く受賞したばかりか、日本でも高く評価され、各種ランキングで挙がったほか、第十一回翻訳ミステリー大賞受賞の栄誉に輝いた。その作者ルー・バーニーによる新作『7月のダークライド』(原題:*Dark Ride*, 2023)が満を持しての登場である。

『11月に去りし者』は、一九六三年十一月のアメリカを舞台に、まったく異なるタイプ三人の視点で描かれたロードノヴェル型クライムだ。ニューオリンズの暗黒街に生きる男ギドリーが、ケネディ暗殺にからんだ組織の企みに巻き込まれ、身の危険を覚えて西へと逃亡した途中、娘とともにカリフォルニアへ向かっている女性シャーロットとニューメキシコ州サンタマリアで出会う。そこへギドリーを狙う非情な暗殺者バローネが近づいていた。殺人、陰謀、逃避行などの派手な要素が重なりあった犯罪活劇ものの面白さのみならず、恋愛小説の趣きやどこか哀愁を感じさせる描写など、ジャンルの枠にはまらず、語り口の巧《うま》さや変化に富んだ話運びの妙に唸らされた。登場人物の姿が読後いつまでも心に残るのだ。それだけに、作者が次に発表する新作への期待は高まるばかりだった。

では、『7月のダークライド』はいかなる物語なのか。

主人公は、二十三歳の青年ハードリー。本名はハーディだが、みんなからハードリーと呼ばれているため、自らもそう名乗っている。hardlyとは「ほとんど……ない」「すこしも……ない」という意味の英語だ。一年半通っていた大学を辞め、いまは遊園地のなかの恐怖体験ゾーン〝呪われた西部開拓地〟で訪れた客を怖がらせている。最低賃金の仕事だが、自分なりに満足した生活を送っており、親しい仲間とマリファナをやっては酩酊しつづけている典型的な負け犬のダメ男だ。

そんなハードリーが、駐車違反の切符をもって、市庁舎の窓口の列に並んでいるとき、廊下のベンチに腰かける小さなふたりの子供に目をとめた。六、七歳の男の子と女の子で、ガリガリに痩せており、しかも女の子の足首には、煙草の火傷跡らしき小さな丸い点が三つ並んでいた。やがて母親がやってきて子供たちと去っていった。不審に思ったハードリーは、市庁舎に戻り、児童サービスに連絡しようと試みた。

「ダークライド」とは、レールの上の乗り物に乗り、冒険やファンタジーなどのテーマで演出された空間をめぐるタイプの遊園地アトラクションのこと。ハードリーの仕事場〈美しきアメリカ大陸〉には〝呪われた西部開拓地〟のなかに〝廃坑の鉱山列車〟というダークライドがある。ハードリー自身もまた、やっかいな問題を抱えているであろう母子らを救うべく、どんな出来事が待ちかまえているか分からない闇のなかを進んでいくのだ。

思えば『11月に去りし者』は、悪党ギドリーが、夫のもとから子供と一緒に逃げ出した妻シャーロットに近づいていく展開だったが、この『7月のダークライド』もまたDV夫に苦しめられていた母と子らを助けようとする物語で、この部分だけみるととても似ているのである。正義のスーパーヒーローが悪をこらしめる話ではなく、ある種のアンチ・ヒーローものである点も同じだ。しかし、それでも『11月に去りし者』のギドリーは犯罪組織の幹部である三十代後半の男だったのに対し、こちらの主人公ハードリーは、腕っ節もない落ちこぼれの若者にすぎない。また、どこまでもシリアスな作風だった『11月に去りし者』に対して、本作はユーモアにあふれているなど、さまざまな面で異なっている。

とくに前半の展開を見ると、主人公は、探偵としての手順をきっちりと踏んで行動しているではないか。子供たちの母親の名がトレイシー・ショーであることをつきとめ、連絡した児童サービスが頼りにならないと分かったのち、仲間とともに虐待の証拠を探そうとする。インターネットで調べ、自宅を監視し、元私立探偵からアドバイスを受け、さらに探偵行を重ねて、トレイシーの夫ネイサン・ショーの正体を暴き出そうとする。探偵小説の定型ともいえる話の流れを律儀にたどっているのだ。

ただ、繰り返すまでもなく、ハードリーは、ハードボイルド型私立探偵小説に登場するようなタフガイとはほど遠く、非力な若者にすぎない。それでもなぜ虐待の疑いがある母子を助けようと奮闘しつづけるのか。もしかすると、探偵というよりも、ウェスタン・ヒーローをめざしているといったほうが正しいのかもしれない。

ダシール・ハメットやレイモンド・チャンドラーらが創造した私立探偵小説ジャンルの源流のひとつがウェスタン（西部劇）であることは、これまで指摘されてきたことだが、本作の後半は、まさにその流れを遡っているかのように思える。そもそもハードリーの仕事が遊園地のアトラクション〝呪われた西部開拓地〟における〝死んだ保安官〟役だったり、助けようとした子供たちの残したおもちゃがカウボーイハットをかぶった人形（アニメ『トイ・ストーリー』のウッディ？）だったりすることが、そのままウェスタン・ヒーローの待望を暗示しているではないか。ハードリーは、ディズニーランドを真似たまがいものの遊園地における、現実ではないまがいものの西部開拓地で働く、まがいものの保安官にほかならない。もしかすると、ほとんどウェスタンのヒーローらしくないハードリーだからこそ、その立場をひるがえし、弱き人たちの味方である真のガンマンになることで、暗闇にさらされた己の魂もまた救おうとしているのかもしれない。たまたま遭遇したにすぎない虐待事件の解決にとことんこだわる理由はそこにあるのではないだろうか。

もっとも本作の読みどころは、こうしたメインのストーリーにとどまらず、ユーモアあふれる語りをはじめ、さまざまな魅力がちりばめられているため、単純にはまとめられない。とりわけ強烈な個性をもつ人物の登場に事欠かないのだ。まずは市役所の窓口でハードリーに対応するエレノアがゴス・ファッションの女性だということに驚かされる。さらに、彼女のおばあちゃんはハードロックを熱愛する老婦人だ。元私立探偵のフェリスもまた予測不能な行動に出る女性である。作者は、デビュー作『ガットショット・ストレート』（イースト・プレス）ですでに示したとおり、クセのある手ごわい女性の描き方が抜群に巧い。いや、ハードリーの職場の同僚である十六歳のサルヴァドール、家主のバーク、九歳で母を亡くしたハードリーと同じ里親のもとで育った黒人の兄プレストンなど、主人公をとりまく男性陣もそれぞれにいい味を出している。おおむね脳天気で好き勝手に生きているように見えつつ、社会にうまく適応できない人々が抱える困難や鬱屈、人生の澱のような側面までをもユーモアやウィットにくるんで作中へ落としこんでいるのだ。しかもゴス娘のエレノアが常識的でまっとうな意見を口にするなど、単なる類型でとらえてはおらず、悪徳弁護士へ挑む主人公の戦いにしても、仲間たちと協力し、機知に富んだ企みや意外な行動を見せていく。本筋から脱線気味のエピソードにいたるまで、心を揺さぶられる展開に不足はない。そして、その先がどう転ぼうとも、ダークライドに乗ったハードリーの運命を見守らずにはおれないラストが待ち構えているのだ。

さて、この『7月のダークライド』は、ルー・バーニーの長編第五作にあたる。前作『11月に去りし者』の原書刊行が二〇一八年なので、じつに五年ぶりの新作なのだ。『11月に去りし者』の訳者あとがきの最後に、次作は「結婚をテーマとしたサイコ・サスペンス」だと書かれていたが、どうやらその作品がうまく進行せず、思いきって新たなテーマに挑み、それが本作となって結実したようだ。ちょうど世界が新型コロナウイルスのパンデミックに覆われた最中に執筆されたことも作品に影を落としているのだろう。現在すでに新作に取りかかっているという話もあるので、愉しみに刊行を待ちたい。

訳者紹介　加賀山卓朗

愛媛県生まれ。翻訳家。主な訳書にバーニー『11月に去りし者』、コスビー『黒き荒野の果て』『頰に哀しみを刻め』（以上、ハーパーBOOKS）、ル・カレ『スパイはいまも謀略の地に』、ルヘイン『あなたを愛してから』（以上、早川書房）などがある。

ハーパーBOOKS

7月《がつ》のダークライド

2024年2月20日発行　第1刷

著　者　ルー・バーニー

訳　者　加賀山卓朗《かがやまたくろう》

発行人　鈴木幸辰

発行所　株式会社ハーパーコリンズ・ジャパン

東京都千代田区大手町1-5-1

04-2951-2000（注文）

0570-008091（読者サービス係）

印刷・製本　中央精版印刷株式会社

定価はカバーに表示してあります。

造本には十分注意しておりますが、乱丁（ページ順序の間違い）・落丁（本文の一部抜け落ち）がありました場合は、お取り替えいたします。ご面倒ですが、購入された書店名を明記の上、小社読者サービス係宛ご送付ください。送料小社負担にてお取り替えいたします。ただし、古書店で購入されたものはお取り替えできません。

この書籍の本文は環境対応型の植物油インクを使用して印刷しています。

Printed in Japan

ISBN978-4-596-53717-1